KETTLY MARS

Der Engel des Patriarchen

Roman

Aus dem Französischen
von Ingeborg Schmutte

LITRA DUKT

Bibliographische Information der Deutschen Bibliothek: Die Deutsche Bibliothek verzeichnet diese Publikation in der Deutschen Nationalbibliographie; detaillierte bibliographische Daten sind im Internet unter *http://dnb.ddb.de* abrufbar.

2019
Ungekürzte Ausgabe
Litradukt, Literatureditionen Manuela Zeilinger-Trier,
www.litradukt.de

Das französische Original erschien 2018 unter dem Titel
»L'ange du patriarche« bei Mercure de France, Paris,

Aus dem Französischen von Ingeborg Schmutte
Lektorat: Peter Trier
Umschlaggestaltung und Satz: Berliner Süden
Umschlagabbildung: Etienne Desclides, Quelle: Unsplash
Herstellung: CPI Clausen und Bosse, Leck
Printed in Germany

ISBN: 978-3-940435-31-6

Ich widme diesen Roman:

meiner Cousine Émilie Frantze Moïse, unserer Zuneigung, unserem Einverständnis und unseren Spaziergängen in ungeahnten Welten

Jean Wolff, dem leiblichen Vetter, Herzensbruder und erwählten Freund, meinem begeistertsten und strengsten Leser

Tessa, meiner Tochter, meiner Leserin seit jeher, die mich stärkt, wenn ich schwach werde

meinen Kindern Coralie und Emmanuel für die Zuneigung und das Lachen im Alltag

Ingeborg Schmutte, Michel Soukar, Leslie Péan und Néhémy Pierre-Dahomey, deren Rat mir geholfen hat, auf Kurs zu bleiben, wenn ich auf Sicht fuhr.

Für meinen Freund Jean-Claude Fignolé,
der an einem sonnigen Morgen ins Paradies der Indianer
aufgebrochen ist

Gelobt sei der Alptraum, der uns enthüllt, dass wir die Hölle erschaffen können.

J. L. Borges

PROLOG

Edwin und Vanika verschmelzen auf dem Motorrad miteinander. Der Wind peitscht sie, und sie frösteln in ihrer leichten Bekleidung. Edwin hatte im ganzen Leben noch an keiner so verrückten Party teilgenommen. Er weiß nicht, bei wem er war, und ist sicher, dass weder Vanika noch er je wieder den Fuß dorthin setzen werden. Was soll's, er kann sich Partys in diesen Vierteln ohnehin nicht leisten. Der Freund eines Freundes an der Universität hatte ihm gesagt, dass es am Freitagabend bei Familie X Alkohol und gutes Essen für alle geben würde. Er hatte die Adresse in Montagne Noire notiert und sich gesagt, dass er vielleicht einen Versuch wagen sollte.

Dutzende Wagen waren bereits auf der Straße geparkt, als sie einige Stunden zuvor eingetroffen waren. Edwin hatte keine Mühe gehabt, das Haus zu finden. Eine weiße Villa, verziert im Giebelfeld mit neoantiker Stuckatur, ein dicker Rasenteppich zu beiden Seiten der langen Allee, Bougainvilleen, Frangipani, eine Blütenorgie. Ein Wächter am Eingang hatte ihn angewiesen, sein Motorrad in einem Innenhof abzustellen. Das Fest fand im linken Flügel der Villa statt, in einem zweistöckigen Saal, dessen Fenster mit cremefarbenen Seiden- und Spitzenvorhängen sich fast auf Bodenhöhe öffneten. Einige Skulpturen und große Vasen mit frischen Blumen waren geschmackvoll im Raum verteilt. Auf der oberen Etage beleuchtete ein Strahler an der Rückwand ein prächtiges Wandgemälde von Burton Chenet. Von überall im Saal gab es eine interessante Sicht auf die Festfauna. Eingangs hatte man ihnen keine Fragen gestellt, weder nach ihren Namen noch nach denen ihrer Eltern noch nach ihren Bankauszügen. Der Eintritt war wirklich frei. Edwin hatte einen Stoßseufzer der Erleichterung ausgestoßen, denn hinter seiner gleichgültigen Miene hatte er befürchtet, dass man ihm den Zugang zu diesem Eden verweigern würde.

Zu Beginn des Abends hatten Vanika und er sich unter all diesen unbekannten Gesichtern befangen gefühlt. Es waren dort

Sprösslinge von Bürgerfamilien und ein paar junge Herumtreiber ohne Namen und Stammbaum, die sich, wie sie, zufällig eingefunden hatten, ein kleiner Anteil an Außenseitern. Es half nichts, dass sie ihre besten Kleidungsstücke Marke Nike oder Hugo Boss angezogen hatten, in diesen Kreisen wittert man Geld oder den Mangel daran auf Anhieb. Edwin hatte am ganzen Abend den Freund des Freundes, der ihm den Tipp gegeben hatte, nicht zu Gesicht bekommen. Nach ihrem ersten Glas waren Vanika und er in die Atmosphäre eingetaucht. Die Bar war gut bestückt, die Kellner diskret und großzügig. In einer Ecke des großen Saals offerierte ein Buffet nach Belieben Mini-Sandwiches und Petit Fours.

Als es zu regnen begann, wurde die Atmosphäre märchenhaft, unter den gedämpften Lichtern des Gartens rieselte es von den Bäumen, und der Rasen sah aus wie von Diamanten überpudert. Die karibischen, amerikanischen und Latinohits, die ein DJ in Trance pausenlos mixte, elektrisierten die kleine Menge. Jedes Mal, wenn die Stimmen der Halbgötter des Showbiz aus den Lautsprechern aufstiegen, die mächtigen Bässe die Musik in Eingeweiden und Geschlechtsteilen vibrieren ließen, erhoben sich Freudenschreie aus dem dicht gedrängten Publikum. Von Zeit zu Zeit hoben sich Arme, und die Blitze der Smartphones fixierten Lächeln und schweißnasse Körper, die in Echtzeit in den sozialen Netzwerken gepostet wurden. Ein paar Festgänger machten sich in kleinen Gruppen heimlich auf, um im Garten hinter dem Fächer eines Baums des Reisenden* Joints zu rauchen. Vanika und Edwin verloren sich aus den Augen und trafen sich wieder. Sie streiften sich im Vorbeigehen und lächelten sich zu, immer noch ein wenig ungläubig angesichts all dieser Euphorie. Und dann entfernten sie sich wieder, um jeder mit einem Partner zu tanzen. Es beunruhigte sie nicht, sich womöglich zu weit voneinander zu entfernen, sie würden schließlich immer wieder zueinander finden. Die meisten Mädchen auf der Party tranken viel und zierten sich nicht, Hüften und Gesäße zwischen zwei oder drei Partnern zu schwingen.

* Palmenähnliche, bis zu 15 Meter hohe Pflanze, die einem großen Fächer ähnelt, so genannt, da sie Reisenden als Wasserspeicher dienen kann.

Edwin trank, aß und tanzte. Enthemmt durch den Alkohol liebkoste er Mädchen, hübsche Mädchen, die es sich gefallen ließen, denen er nicht wieder begegnen würde, die ihn nicht wiedererkennen würden, wenn die Party einmal ein Ende hatte. Er wusste, dass er zu viel trank, aber was er da erlebte, war zu schön, zu stark. Er entdeckte, dass das Leben wunderbar, wie in einem Traum sein kann, wenn es auch der Traum der anderen ist. Vanika war schön, ihre Haut schwarz wie die Nacht, sie hatte volle Lippen, weite Nasenlöcher und tiefe Grübchen. Ihre Augen strahlten wie zwei Mondstücke. Ihr Körper erregte die Fantasie bei Männern und Frauen. Vielen Burschen war sie aufgefallen, und sie hatten sich abgewechselt, um mit ihr zu tanzen, ihren Duft zu atmen. Sie wollten wissen, woher sie kam, wer sie war. Sie stammte nicht aus ihrer Welt, und dieses Geheimnis übte eine fast unerträgliche Anziehungskraft auf sie aus. Vanika, trunken von Cocktails, lächelte sanft, berührte sie flüchtig und entzog sich ihnen. Edwin und sie entfernten sich von der Party mit der letzten aufbrechenden Gruppe. Sie hatten die Nacht bis zur Neige gekostet. Sie verabschiedeten sich von niemandem und gingen inkognito, wie sie gekommen waren.

Edwin und Vanika verschmelzen auf dem Motorrad miteinander. Das Gefälle der Montagne Noire ist steil, und es ist nach dem Regen gefährlich, dort abwärts zu fahren. Der Rausch aus Alkohol und Vergnügen vernebelt ihnen immer noch das Gehirn. Und immer noch klopft der Musikbeat auf ihr Trommelfell und vermischt sich mit dem Geknatter des Motors. Edwin muss sich am Lenker festklammern, um auf der Fahrbahn zu bleiben. Seine Augenlider unter dem Helm sind schwer. Er konzentriert sich, damit das Motorrad ihm nicht durchgeht, das Fahrzeug scheint sein Eigenleben zu leben und sich mitunter zu weigern, seinen Befehlen zu gehorchen. Vanika hält sich an Edwins Körper fest, um nicht dem verrückten Verlangen nachzugeben, sich mit offenen Armen, zurückgeworfenem Kopf, die Augen verloren im unermesslichen Himmel, ins Leere fallen zu lassen. Sie möchte immerzu lachen. Lachen oder sterben. Sie fahren an der um diese Zeit verlassenen Place Boyer vorbei, keine Polizeikontrollen, sogar die Nutten sind heimgekehrt. Fahren über die Kreuzung beim alten Friedhof von Pétionville, der immer noch darauf wartet, zum Busbahnhof zu werden, und beschleunigen, als sie auf der Straße nach Frères sind. Eine fast gerade Linie von fünf bis sechs Kilometern bis Pernier, die sie wie im Schwindel zurücklegen. Sie sind zu Hause. Edwin stellt das Motorrad in einen Schuppen. Vanika steigt, torkelnd auf ihren Stöckelschuhen, ab. Sie leben in einer bescheidenen Dreieinhalb-Zimmer-Wohnung in einem Winkel von Pernier, wohin kein Asphalt gelangt ist. Die dicken Wolken, die die Nacht zugedeckt hatten, öffnen sich und lassen ein Stück Vollmond hindurch. Ein Licht von seltsamer Schönheit, das sich mit der Morgenröte mischt. Dort befinden sich ihre beiden Schlafzimmer und ein größerer Raum, der als Küche, Ess- und Wohnzimmer dient. Zwischen den beiden Schlafzimmern fasst eine winzige Toilette kaum zwei Personen zugleich. Ein vager Uringeruch steigt daraus auf, fließend Wasser ist in dieser Zone Luxus. Sie gehen jeder in sein Schlafzimmer, ohne noch miteinander zu reden, überwältigt von Müdigkeit und dem Alkohol, der immer noch den Sauerstoff in ihrem Blut aufzehrt. Edwin zieht seine Schuhe, seine Jeans aus, behält sein Poloshirt an und stürzt sich auf sein Bett.

In einer Art Nebel hört er, dass sich seine Zimmertür öffnet. Vanika kommt wieder zu ihm. Ihre Füße auf den grünen Mosaikfliesen sind nackt, sie trägt ein blaues T-Shirt und einen orangefarbenen Minislip. Sie schlüpft neben ihn ins Bett.

»Mir ist kalt, kann ich einen Augenblick bei dir bleiben?«

»Mhm ... Wenn du willst ...«

Mit der Antwort wendet er sich ab, um zu schlafen. Sie sagen sich nichts mehr. Es herrscht Ruhe, die Hunde im Viertel bellen nicht mehr. Ein ängstliches Kikeriki steigt aus der Morgenfrische auf. Vanika seufzt und drückt sich an Edwins Rücken. Er rückt ab, um ihr Platz zu lassen. Sie drückt sich noch enger an ihn. Während er bereits in Schlaf versinkt, schwappt ihm der Alkohol wie eine Welle an die Stirn, ihm ist, als falle er in ein Loch. Vanikas Wärme an seinem Rücken hält ihn am Rand des Abgrunds zurück. Er ist glücklich, dass sie da ist. Ihre Hand bringt ihn wieder auf festen Boden, die Hand, die sie jetzt unter sein Poloshirt gleiten lässt. Er seufzt. Sie kitzelt ihn an einer Brustwarze. Sein narkotisiertes Gehirn reagiert nicht. Sie atmet kräftiger, er fühlt ihren lauen Atem im Nacken. Sie steckt ihm ihre Nase unter die Achsel, um an ihm zu riechen, zu schnuppern; er hat den Schweiß von der Fete noch nicht vollständig abgewaschen. Sie schließt die Augen und seufzt. Edwins Geschlechtsteil schwillt in kleinen Stößen an. Er sagt sich, dass es Zeit für sie wird, in ihr Zimmer zurückzukehren, aber der Gedanke bleibt eine Sekunde lang in der Schwebe, zieht an seinen geschlossenen Augen vorüber und vergeht. Vanikas Hand bewegt sich abwärts, ihre Finger folgen der Spur der Bauchmuskeln bis an den Rand seines Schambeins. Edwin versucht, aus seiner Benommenheit auszubrechen. Sein Wille ist aus Watte. Vanikas Liebkosungen werden gezielter und bewirken, worauf sie wartet. Schließlich umfasst sie sein steif gewordenes Glied mit ihrer heißen Hand. Der Hand, die ihn ins Paradies mitnehmen will. Edwin erstickt fast. Er braucht Luft. Vanika hält ihn in Atemnot. Schnell Luft! Mit einem Satz springt er aus dem Bett, keuchend, seine Lunge ist kurz davor zu bersten. Ungläubig sieht er Vanika an, die auf dem Bett liegen bleibt. Auch sie sieht ihn an und winkt ihn zu sich heran. Er erkennt ihre Augen nicht wieder. Edwin findet keine Worte. Sie starrt auf die Ausbuchtung seiner Unterhose. In einem Atemzug sagt sie:

»Du willst mich doch auch, Edwin. Schau, in was für einem Zustand du bist ...«

Edwin schließt die Augen und öffnet sie wieder in der Hoffnung, dass die Szene sich verändert. Er ist noch nicht nüchtern. Aber nein, er ist wirklich in einer Lage, die ihn von innen heraus panisch werden lässt. Vanika steht auf und presst sich an ihn. Sie sucht seine Lippen. Brüsk wendet er sein Gesicht ab und stößt sie gewaltsam zurück. Sie fällt sitzend auf das Bett. Er nimmt die Gelegenheit wahr, um schnell seine Jeans anzuziehen, die neben dem Bett auf einem Stuhl lag.

»Was tust du, Edwin? Willst du mich etwa so lassen, mit diesem Verlangen, das mir den ganzen Leib verbrennt?«

Edwin verlässt das Zimmer. Vanika folgt ihm, ihre Fäuste öffnen und schließen sich, sie atmet durch den Mund. Edwin wird bewusst, dass in dieser surrealen Theaterszene ein Dialog unmöglich ist. Einige brennende Sekunden verstreichen. Sie geht wieder zum Angriff über und versucht, ihn gegen den Esstisch zu klemmen.

»Was haben diese faden bürgerlichen Tussis, die du auf der Party begrapscht hast, was ich nicht habe?«

Edwin packt Vanika bei den Handgelenken und presst sie zusammen, dass sie fast brechen. Er sieht ihr tief in die Augen und sagt ihr langsam, jedes Wort betonend:

»Sie sind nicht meine Schwestern ...«

Vanika genießt den Schmerz, den Edwin ihr zufügt. Sie scheint seine Antwort überhört zu haben. Als sie spricht, erkennt er ihre Stimme in ihrer Rauheit nicht wieder.

»Liebe mich ... nur ein Mal. Ein einziges Mal.«

Edwin ist zum Heulen zumute. Er antwortet Vanika nahezu bittend:

»*M pa nan ras kabrit**, Vanika! Was ist denn los mit dir, Herrgott noch mal?!«

»Lass Gott bei all dem draußen, Edwin ... Komm ...«

Edwin ist erschöpft. Er möchte sich nicht mit Vanika prügeln. Sie hat einen hysterischen Anfall. Oder aber es ist der viele Alkohol, niemals hat sie so viel getrunken. Vielleicht hat man ihr Drogen verabreicht, wer weiß? Diese Party scheint ihnen anzuhaften. Er stößt Vanika nochmals weg und läuft zur Toilette, schließt sich ein. Sie hämmert an die Tür und schreit weiter auf ihn ein:

»Idiot! Du hast nichts begriffen! Du ... du bist nichts als ein Homo! Sind dir Männer lieber? Sind diese dreckigen bürgerlichen Schlampen dir lieber? Du kannst mich mal! Du impotenter Schwachkopf! Du weißt nicht, was du verlierst! *Massisi! Wouch!* ...«**

Vanika überhäuft Edwin noch einige Minuten lang mit Beschimpfungen. Dann kehrt sie mit versagender Stimme erschöpft in ihr Zimmer zurück und knallt wütend die Tür zu. Edwin verharrt eingeschlossen in dem kleinen Raum und schläft schließlich, den Kopf angelehnt an der rückwärtigen Wand, auf

* Ich bin nicht von der Gattung der Ziegen.

** *Masisi:* Homosexueller auf Kreolisch. *Wouch!*: Ausruf des Ekels.

der Kloschüssel ein. Als er zwei oder drei Stunden später dort herauskommt, ist es heller Tag, ein ermutigender Kaffeeduft zieht durch das Haus. Das Sonnenlicht schmerzt ihm in den Augen. Er hat am ganzen Körper Muskelkater. Vanika sitzt auf ihrem gewohnten Platz am Wohnzimmertisch, hat eine Hose und eine Bluse angezogen und trinkt eine große Tasse Kaffee. Sie wirkt frisch und sehr ruhig. Wie jeden Morgen sagt sie ihm: »Kaffee steht auf dem Kocher.« Edwin bedient sich, der gezuckerte Kaffee brennt ihm auf den Lippen, tut ihm aber wahnsinnig gut. Misstrauisch geht er zu Vanika und sucht nach Worten:

»Erinnerst ... du dich daran, was sich hier gestern Abend zugetragen hat?«

Leicht lächelnd schaut sie ihn an:

»Ja ... ich erinnere mich.«

1

Die tiefe Stimme von Alain und der raue Klang von J-M-B dringen von unten aus dem Garten zu Emmanuela. Sie trinken Bier und rauchen Gras. An manchen Nachmittagen sucht J-M-B nach ihrem Arbeitstag Alain zu Hause auf, um mit ihm über Geschäft und Projekte zu reden. Der beißende Geruch zieht ins Haus. Emmanuela duldet im Allgemeinen ihre Kifferei draußen, aber heute Abend nervt es sie, zu hören, wie sie wie zwei Idioten herumalbern. Sobald die Jungen sie erblicken, kommen sie wieder zu ihr in die Küche. Alain streift ihre Wange mit einem Kuss, tritt zurück und beobachtet sie hinter halb geschlossenen Augenlidern. Emmanuela ist sichtlich schlecht gelaunt.

»Serge ist vor etwa einer Stunde vorbeigekommen.«

»Ach ja? Ich hatte ihn nicht erwartet ...«

»Er hat vielleicht ein Gesicht gemacht, muss man gesehen haben.«

Alain ist am Oberkörper nackt, der obere Teil seiner Jeans sitzt auf seiner Gesäßmitte und lässt seine leinenen Boxershorts mit gelben und blauen Karos sehen. Auch seine Füße am Boden sind nackt. Er trainiert seinen Körper und seine Muskeln im Fitnessstudio mit religiösem Eifer. Er hält es für Ketzerei, seinen Körper unter einem Kleidungsstück zu verbergen, wenn es nicht absolut notwendig ist, selbst wenn niemand da ist, der ihn bewundern könnte. Sein Haarschnitt ist frisch vom Vortag, sein rechtwinklig getrimmter Bart verfeinert seine Gesichtszüge und hebt die Wölbung seiner Lippen hervor. Monsieur pflegt seinen Look, und gewisse Damen zahlen es ihm gut zurück. Dabei bleibt er bescheiden und sogar ein wenig schüchtern. Eine umwerfende Mischung aus Narzissmus und Treuherzigkeit. Er überragt seine Mutter um gut einen Kopf. Er streckt die Hand aus, um die Haarsträhne, die ihr in die Stirn fällt, zurückzuschieben. Immer noch lässt er sie nicht aus den Augen. Unter ihrer Erschöpfung und Gereiztheit hat er etwas gefühlt.

Sie zuckt die Achseln, schaut auf ihre Uhr und gibt ein *tchuip** von sich. Es ist gerade erst neun Uhr. An diesem Abend wird sie sich nicht um die Gemütszustände von Serge kümmern. Da gibt es etwas ganz anderes, was sie beunruhigt. Alain scheint die Verärgerung von Serge zu amüsieren. Er nimmt einen Schluck aus der Bierflasche und zwinkert J-M-B zu. Den Liebhaber seiner Mutter mag er nicht, wenn sie sich auch kräftig die Hände schütteln und einander auf den Rücken klopfen. Er wartet nur darauf, dass es zwischen ihnen nicht mehr stimmt. Die Eifersucht und Allmacht von Serge beleidigen ihn. Der Mann hat so eine Art, den Alltag seiner Mutter, ihre Arbeit, ihre Gesundheit, ihre Freunde, ihre Ausgänge zu kontrollieren. Und er gibt ihr so viel Geld und Komfort, dass er glaubt, ein Mitspracherecht über ihr Leben beanspruchen zu können. Emmanuela lässt sich alles gefallen. Seit sie verwitwet ist, schwierige Monatsenden hinter sich hat und einige Liebhaber, einer blanker als der andere, weiß sie zu schätzen, dass Serge sich aus kulturellen Gründen bemüht, ihr ein gewisses Standing, wie er sagt, zu verschaffen. Sie wird sich deshalb nicht beklagen, wenn er sie auch oft nervt. Im Bett ist er gut, das entschädigt ein wenig. Alain und sie belächeln Serge manchmal in seiner Überheblichkeit, seinem Bedürfnis, alles zu beherrschen. Die Angestellten seiner Im- und Exportfirma müssen ihn vergöttern oder hassen. Mit Serge gibt es keinen Mittelweg. Entweder alles oder nichts, schwarz oder weiß.

J-M-B kommt nach vorn und umarmt Emmanuela. Sie spürt seinen mageren, drahtigen Körper. Von mittlerer Größe, schmächtiger Natur, scheinen seine wilden Haare, die er in asymmetrisch geflochtenen Zopfbündeln trägt, all seine Energie zu enthalten. Große Augen mit intensivem Blick, jedoch ein eher banales Gesicht. Seine hohlen Wangen sind übersät von winzigen Pockenkratern. Er wirkt etwas älter, als er ist. Seine leichte Leinenjacke über einem klassisch geschnittenen, bis zum Brustbein aufgeknöpften Hemd ist an den Ellenbogen aufgekrempelt. Seine

* Schmatzender Laut mit den Lippen als Ausdruck der Verärgerung oder der Verachtung.

Aufmachung bei jedem Wetter. Seine nackten Füße stecken in weichen Mokassins aus rotem Leder.

»Geht's, Emmanuela?«

»Es geht ... etwas müde.«

»Sag mir, wer der Typ ist, wegen dem du so besorgt aussiehst, und ich geh sofort hin und polier ihm die Fresse.«

J-M-B versteht es immer, sie aufzuheitern. Er streichelt sie mit seinen schmachtenden Augen, jedoch aufmerksamen Blicks, ein unbestimmtes Lächeln auf den Lippen. Sie hat immer gemocht, wie aufmerksam er die Leute um sich anschaut, die er mag. Ein Blick, der böse werden kann, wenn man den Seinen etwas antut. Sie schaut ihn ihrerseits prüfend an, diesen ein wenig verrückten Freund von Alain, diesen zweiten Sohn, den ihr die Zuneigung beschert hat. Alain hat ihn eines Tages nach Hause gebracht, er hieß Didier Jeanton und war neu in seine neunte Klasse gekommen. Nicht sofort hatte sie ihn akzeptiert. Didier fühlte sich nicht wohl in seiner Haut. Er schlich an den Hauswänden entlang und machte sich ganz klein, wenn er sie sah. Aber als Didier sich dank ihrer Bemühungen wohlfühlte und Vertrauen gefasst hatte, entpuppte er sich als sympathischer Junge mit feinsinnigem Humor. Ihr Haus ist zu seinem geworden. Mit ihnen hat er Unfall und Tod von André erlebt, und seine Anwesenheit war für Alain, der zu früh seinen Vater verlor, eine solide Stütze. Zu dieser Zeit hatte Didier gerade Basquiat* entdeckt. Es war der Beginn einer gutartigen Verrücktheit. Monat für Monat haben Emmanuela und Alain mit angesehen, wie er sich verwandelte, anders kleidete, seine Haare länger wachsen ließ. Sie haben die unglaubliche Macht einer eingebildeten Identität entdeckt, die anstelle einer anderen trat. Eine Art Mimikry aus dem Jenseits. J-M-B hatte früh seine Mutter verloren und lebte zusammen mit seinem Vater, seiner Stiefmutter und seiner zwölf Jahre jüngeren Schwester. Schließlich hatte er, kaum überraschend, beschlossen, nicht mehr Didier Jeanton, sondern Jean-Michel-Basquiat zu heißen. In einem Wort mit Bindestrichen. Ihn so zu nennen, ist

* Jean-Michel Basquiat (1960–1988), afroamerikanischer Graffitikünstler, Maler und Zeichner.

seine einzige Forderung an die anderen, und ihre verblüfften Gesichter sind ihm völlig schnuppe. Seine Visitenkarten sind auf den Namen Jean-Michel-Basquiat ausgestellt. Alain und Emmanuela nennen ihn J-M-B, um es kürzer zu machen. Er ist bisexuell. Abgesehen von seinen gewaltfreien Eigenheiten ist er der beste Bursche, Alains unzertrennlicher Freund. Sie haben sich im vergangenen Jahr zusammengetan, um ein kleines Unternehmen zu gründen, das in Pétionville an der Rue Panaméricaine Informatikdienste und -produkte anbietet. Alain kümmert sich um Programmierung und Reparatur von Computern.

Emmanuela holt sich aus dem Kühlschrank eine Flasche Wasser und will in ihr Zimmer gehen, als Alain sie fragt:

»Hast du mit Patricia zu Abend gegessen?«

Die Frage überrascht sie. Eigentlich ist sie unverfänglich. Patricia ist ihre beste Freundin, und unter der Woche gehen sie gelegentlich abends essen, zum größten Leidwesen von Serge, der sie aus Prinzip und anderen subtileren Gründen nicht mag. Aber diese Befragung lässt ihr Herz schneller schlagen, als ertappe Alain sie dabei, ein Geheimnis in ihrem Kopf zu verbergen, während Spuren dieses Geheimnisses noch auf ihrem Gesicht verbleiben.

»Äh ... nein. Ich bin zu Couz gegangen. Sie wollte mich sehen.«

»Ah ... Couz! Geht's ihr gut?«

»Mhm. Sie lässt dich grüßen.«

Alains Blick leuchtet auf. Ein flüchtiges Leuchten, das Emmanuela nicht entgangen ist. Er hat etwas gespürt.

2

Fast ein Uhr morgens. Emmanuela kann nicht einschlafen. In der Hoffnung, ihr Hirn zu ermüden, das nicht abschalten will, hat sie ein wenig gelesen, doch der spannende, harte Roman einer kanadischen Journalistin, die in Somalia von Rebellen gekidnappt worden war, hat nichts gebessert. Überall herrscht Terrorismus, in den Nachrichten im Fernsehen, in Zeitungen, Filmen, Romanen. Man köpft Ungläubige auf YouTube, Gebäude und Zivilisten explodieren auf der Titelseite der Abendzeitungen. Wenn Hass und Machtgier mit Fanatismus aufgeladen werden, um die Menschen zu beherrschen, sind die in ihrer Frustration leicht zu überzeugen und zu manipulieren. Nichts Neues unter der Sonne der Jahrhunderte, nur die Götter und die Opfer ändern sich. Sie wird nichts von dem erzählen, was Couz ihr gesagt hat, weder Alain noch Patricia und erst recht nicht Serge. Sie muss diese absurde Geschichte nur vergessen. Serge hat sie nicht angerufen, er schmollt. Auch sie hat ihn nicht angerufen, um diese Stunde spielt er bei seiner Frau den vorbildlichen Ehemann. Seit Andrés Tod verkehrt sie mit verheirateten Männern. Alle schicklichen Männer ihrer Generation sind entweder verheiratet oder schwul. Damit hat sie sich abfinden müssen. Die Monate vergingen, und es wurde ihr in ihrem Bett immer kälter. Emmanuela braucht die Wärme eines Mannes auf ihrer Haut, um zu fühlen, dass sie lebt, um Mut zum Weitermachen zu fassen. André hat sie so schnell verlassen.

In der Wüste ihrer Schlaflosigkeit fluten in dieser Nacht Emotionen an, die ihren Geist an langen Tagen und in endlosen Nächten heimgesucht hatten und die zu bezwingen ihr mühevoll gelungen war. Sie war noch unter der Dusche, als André aufbrach. Sie hat ihn nicht aus dem Haus gehen sehen, nicht gewusst, in welcher Farbe Hemd und Hose waren, die er anhatte, ob er dunkelblaue oder schwarze Socken trug, ob er glücklich oder sorgenvoll, angespannt oder optimistisch war. Während ihrer Trauerzeit haben diese Details eine vorrangige Bedeutung in ihrem Leben angenommen, wie der Geschmack des Salzes oder der Widerhall des Gelächters. Sie ist zu der Überzeugung gelangt, dass er nicht gestorben wäre, wenn sie gesehen hätte, wie er an jenem fatalen Morgen bekleidet war. Sein Bild wäre auf ihrer Netzhaut eingraviert geblieben, und sie hätte ihn von diesem verhängnisvollen Strudel ferngehalten, in dem er untergegangen ist. Im Leichenschauhaus hat sie ihn nackt zur Identifikation wiedergefunden. Rigor mortis. Er war bereits in der dritten Phase des Todes, als sie ihn endlich zu sehen bekam, Augenlider, Hals und Kiefer in endgültiger Starre. Das Gesicht allerdings seltsam unversehrt und heiter, nur ein getrockneter dünner Blutsfaden im linken Mundwinkel, der Körper jedoch zerquetscht. In der ganzen Zeit hatte es niemand in dieser Stadt der Irren fertiggebracht, sie aufzufinden, da Andrés Mobiltelefon bei dem Unfall zerstört worden war. Seine Kleidung ist ihr trotz wiederholter Bitten nie ausgehändigt worden. Sie hat sogar einen kleinen Skandal im Leichenschauhaus verursacht. Anscheinend sind die Kleider in die Verbrennungsanlage geschickt worden. Für Emmanuela ist es, als hätten sie ihn zum zweiten Mal getötet. Man hat ihr seine Brieftasche bar jeden Papiers übergeben, geleert sicherlich von den Gaffern, die bei diesem makabren Schauspiel zugegen waren. Er ist ganz allein gestorben, ohne Abschied von ihr zu nehmen, ohne einen letzten Blick auf Alain, und dieser Gedanke schmerzte sie mehr als der Tod selbst. Wie war das möglich? Hatte er verstanden, was ihm geschah? Was für letzte Gedanken hatte er gehabt? Sollte sie es ihm verübeln oder ihn bedauern? Sie hat sich lange selbst bemitleidet. Schließlich stirbt man immer zu Unrecht, ist man beim Sterben immer allein. Wie bei einer Wette, die man unter dem untröstlichen, gleichgültigen oder spöttischen Blick der anderen verliert, die insgeheim froh sind, noch am Leben zu sein. Was mögen all die gedacht haben, die André und sie beneideten? Und die weniger Zahlreichen, die sie liebten? Jene, die auf ihre unvermeidliche Trennung spekulierten. Sie hatten zwar Geldprobleme, aber mit der Liebe kamen sie über die Runden. Ihr Zusammenhalt erstaunte ihre Freunde, und sie fragten sich, ob sie das perfekte Paar spielten oder es wirklich waren. Diese Freunde hätten in ihnen lieber gute Schauspieler gesehen. Ein glückliches Paar stört. Angesichts wahren Glücks kann man sich nicht mehr belügen und so tun als ob. Das Glück der anderen hat etwas Schamloses, legt Lügen bloß, bedrängt und zwingt einen, sich in die Augen zu sehen. Ihre Beziehung war nahezu vollkommen. In ihrem unfertigen Haus war auch ihre Liebe unfertig, und das passte gut zu ihnen. Jedes Mal, wenn es ihnen mit mühsam Erspartem gelang, Fliesen im Esszimmer zu legen oder Gardinen an Alains Fenster anzubringen, triumphierte ihre Ausdauer, und sie schliefen glücklich wie Kinder miteinander. André pflanzte mit Hingabe in ihrem kleinen Garten Reihen von rosa Ixoras, Beete mit mattblauen Vergissmeinnicht, rotem Blutweiderich und anderen Sträuchern, die Schatten in den Hof und Farben in ihr Leben brachten. Am Tag vor seinem Tod hatten sie die Installationsfirma für Warmwasser angerufen. Das Warmwasser hat schließlich Serge mehrere Jahre später installieren lassen, er hat auch den Eingang pflastern und diese riesige Armatur aus Eisengittern, einen metallenen Himmel, herstellen lassen, der oben mit den Mauern abschließt und Hof und Garten vollständig überdeckt. Seitdem können sie auf der Rückseite des Hauses durch die Küchentür nach außen gehen und sich jederzeit angstfrei an der Nacht und den Sternen erfreuen. Diese Einrichtung hat ihn vermutlich ein kleines Vermögen gekostet, aber Serge ist ein Sicherheitsfanatiker. Er lässt sie nicht bitten, kommt ihren Bedürfnissen zuvor und will sie stets erfreuen. Sein letztes Geschenk ist der funkelnagelneue Grill, der in einer Ecke des Gartens thront, eine Installation auf Rädern mit ihrem großen Rost, ihrem Deckel, ihren Ablagebrettern aus poliertem Holz rund um die Feuerstelle und der automatischen Gaszündung als Bonus. Veränderungen, an die sie sich nur schwer gewöhnt hat. Aber Gewohnheiten solcher Art lassen sich leicht annehmen. Allerdings versenkt jede der von Serge vorgenommenen Arbeiten im Haus, jedes seiner großzügigen Geschenke André tiefer unter die Erde, weiter fort ins Vergessen. Doch hat sie das ihrem Liebhaber nie sagen können.

Anfangs hatte sie Skrupel, versetzte sich in die Lage der betrogenen Frauen. Wie konnte sie ihnen ihre Ehemänner stehlen, wo sie doch selbst fast achtzehn Jahre lang glücklich verheiratet gewesen war? Untreue war ein Thema, über das sie mit anderen

Ehefrauen bei kleinen Familienfesten oder aber am Telefon mit Patricia plauderte, wenn ein Scoop die Seitensprünge des einen oder anderen ihrer Freunde betraf. Das aber waren Geschichten der anderen. Sie hatte André gebeten zu schwören, es ihr noch am selben Tag zu sagen, wenn er eine andere Frau in seinem Leben haben sollte, ginge es auch nur um eine einzige Nacht, eine einzige Nummer. Ihre Bitte hatte ihn erstaunt, und er hatte ihr nichts versprochen. Meine Liebste, solche Geschichten passieren nicht nur Männern, hatte er ihr nach einigen Sekunden gesagt. Durch den Umgang mit ihren Liebhabern waren ihr aber Zweifel gekommen. Sie waren von selbst aufgekreuzt, angezogen von dieser vierzigjährigen Witwe, die ihr Leid verschönerte. Sie waren Experten im Täuschen, mit einer Reihe von Techniken, um ihren Ehefrauen zu erklären, warum sie abends später nach Hause kamen oder woher ihre Schwäche rührte, die eheliche Pflicht zu erfüllen. Hatte André, die Liebe ihres Lebens, sich anderweitig umgesehen? Sie weiß es nicht. Wenn, dann hatte er es so gut versteckt wie die Experten, die ihre Liebhaber sind. Da er aber tot ist, belässt sie es beim Zweifel zu seinen Gunsten. Genau genommen hat sie ihm durch ihre Bitte, ihr jede eventuelle Untreue zu erzählen, stillschweigend das Recht oder die Möglichkeit eingeräumt, der Versuchung nachzugeben. Durch ihre Beziehungen zu verheirateten Männern schlägt auch sie nun dem grausamen Schicksal ein Schnippchen, das ihre Leben aus der Bahn geworfen hat. Alain wurde beim Tod seines Vaters etwas Wesentliches entrissen. Sie hat für ihn gelitten, vielleicht sogar mehr als für sich selbst. In jungen Jahren hatte sie als vaterlose Waise diesen Schmerz kennengelernt, der sich wie ein Überzug auf Gegenstände und Gedanken legt. Ihre Unfähigkeit, die väterliche Leere zu füllen, hatte sie vernichtet. Pech für solche Ehefrauen, die zweifeln, argwöhnen, Mobiltelefone überwachen und leiden. Sollen sie sich doch ebenfalls Liebhaber suchen. Wenn André noch am Leben wäre, bräuchte sie sich ihr heutiges Leben, in dem sie sich mit Umarmungen nach der Stoppuhr abfindet, nicht einmal vorzustellen.

Und jetzt, wo Emmanuela schließlich zu einem gewissen Gleichgewicht zurückfindet, Alain ein Mann wird, der anfängt, sein Leben in die Hand zu nehmen, lässt Couz, wie sie Paula, ihre alte Cousine mütterlicherseits, liebevoll nennt, sie kommen, um ihr Familiengeschichten zu erzählen, die eine Ewigkeit her sind. Um mit ihr von Engeln, Dämonen und einem wilden Karma zu reden. Um ihr eine unglaubliche Erbschaft zu übertragen, weil Couz fühlt, dass ihr langes Leben zu Ende geht, und sie ihr diese Dinge anvertrauen muss. Weil ihre Kräfte schwinden und sie die Angriffe nicht mehr lange abwehren kann. Um sie zu beschützen, hat sie ihr gesagt. Um ihr Waffen zu hinterlassen, da der Kampf nicht vorbei sei. Der Kampf habe wieder eingesetzt, behauptete sie. Aber welcher Kampf? Und wofür? Emmanuela lehnt die ganze Geschichte ab, sie hat nichts damit zu tun. Überhaupt nichts. Sie verwirft sie aus tiefster Seele. Couz hat ihr gesagt, sie solle sie wieder aufsuchen, sie müssten miteinander sprechen, weil sie ihr Dinge zu sagen, mitzuteilen habe. Couz erwartet sie, sie darf aber nicht zu lange zaudern.

Emmanuela wird nicht mehr zu ihr gehen. Sie will sie nicht einmal an ihrem Geburtstag nächste Woche besuchen. Sie wird sie anrufen und ein schlimmes Fieber vorschützen.

3

Neunundsiebzig Jahre heute. Man sieht ihr das Alter nicht an. Ihre graumelierten Haare bilden einen schönen Kontrast mit ihrer tiefdunklen Haut und mildern ihre Gesichtszüge. Trotz ihrer zarten Gesundheit, trotz Unfällen und Krankheiten, die ihren Lebensweg begleitet haben, ist sie stets von großer Lebensfreude beseelt gewesen. Couz lebt mit John, ihrem autistischen und hochbegabten Adoptivsohn, und Célia, ihrer Gesellschafterin seit zwanzig Jahren. Als John ihr über den Weg lief, war er mit ungefähr fünfzehn Jahren Waise und schlief im Bett des Elends, ohne festes Dach über dem Kopf, hatte aber das Glück, zur Schule zu gehen. Trotz seiner Schwierigkeiten zu kommunizieren hat seine Intelligenz Wohltäter auf ihn aufmerksam gemacht, die für ihn Schulstipendien aufgetrieben haben. Heute arbeitet er zum Zeilenhonorar für eine Tageszeitung von Port-au-Prince. Er schreibt Literaturkritiken unter Pseudonym. Er hat zwei Leidenschaften im Leben, Bücher und seine Adoptivmutter oder umgekehrt. Couz hat nur ein einziges Kind aus ihrer dritten Ehe gehabt, ihre Tochter Gina, die sie noch mit vierzig Jahren zur Welt gebracht hatte. Gina ist Ärztin und lebt mit ihrem Mann Christopher und ihren Zwillingen Samantha und Beverly in Chicago. Elvire, die Schwester von Couz, sowie ihre Brüder Jacques und Amédée leben jeder auf einem anderen Kontinent. Couz selbst ist durch ihre Ehemänner mit Zwischenhalten in Haiti viel in Europa und den Vereinigten Staaten von Amerika herumgekommen. Nach dem Tod von Théophile, ihrem letzten Ehemann, vor etwa zwanzig Jahren hat sie sich endgültig im Land niedergelassen. Sie hat John adoptiert und ist mit ihm in ein kleines Haus gezogen, das sie sich in einer tief gelegenen Straße von Pétionville am Rand von Jalousie*, auf halbem Weg zwischen Volk und Bourgeoisie, gekauft hat. Couz soll, als sie jung war, eine Frau mit Temperament gewesen sein, den Männern den Kopf

* Großes Elendsviertel am Südhang von Pétionville.

verdreht haben. Das sieht man an ihrem Blick, der ohne zu blinzeln die Menschen einschätzt, und an jenem leichten Lächeln, das noch schelmisch sein kann, wenn sie einen Tropfen Alkohol im Blut hat.

Sehr wenige Leute wissen, dass für Couz jeder herannahende Geburtstag eine Portion Angst mit sich bringt. Ihre kleine Schwester Elvire in Philadelphia weiß es. Ihr Bruder Jacques in Nantes, Professor für Geschichte im Ruhestand, weiß es auch. Und auch Amédée, Allgemeinmediziner in Abidjan, ist es nicht unbekannt, wenn er sich auch von den Familiengeschichten losgesagt hat. Sie wissen es, und ihre Geburtstage sind Tage, vor denen ihnen bangt. Roger, ihr Vater, ist an dem Tag, an dem er fünfundsechzig Jahre alt wurde, gestorben, Marguerite, ihre Großmutter, ist in der Nacht auf ihren einundsiebzigsten Geburtstag im Schlaf gestorben, beunruhigende Argumente, da kann man sagen, was man will. Couz hat es bereits auf drei koronare Bypassoperationen gebracht. Aber nicht ihr Herz ist das Problem. Eines Tages muss sie eben sterben, ob an einem Herzinfarkt oder einer Lungenentzündung. Sie muss sterben, um anderswo neu geboren zu werden. Sie versteht sich als Glückspilz, so lange Jahre auf diesem Planeten zugebracht zu haben. Sie ist bereit zu gehen, ihre irdische Zeit war erfüllt und ist es noch. Sie hat in ihrem Leben Menschen enttäuscht, anderen viel geholfen. Sehr reichen wie sehr armen. Ohne sich jemals bezahlen zu lassen. Sie möchte eines natürlichen Todes sterben. Jene aber wollen sie am Tag ihrer Geburt hinraffen. Dem Tag, an dem sich der Funke des ersten Atemzugs erneuert, ganz gleich, in welchem Alter man ihn feiert. Schon seit Jahren kämpften sie einen listigen und schmutzigen Kampf. Sie überwachen sie, aber sie war stets auf der Hut, erst recht an diesem Tag. Diesem Tag, an dem sie lacht, singt und haufenweise Kerzen auf einem Kuchen auspustet, während sie auf ihr Blut, ihre Adern, ihre inneren Organe hört, die Lücke voraussieht, durch die jene ihr Leben zerschmettern wollen. Einem Tag, an dem sie lange Stunden meditierend in ihrem Tempel, im Untergeschoss, im Allerheiligsten verbringt.

Bald zehn Uhr am Morgen. Célia ist zum Einkaufen auf den Markt gegangen. Sie will zum Geburtstag ihrer Chefin ein

Schweinsfußragout, weißen Reis und reife Kochbananen, ihr Lieblingsessen, bereiten, das Couz aber als zu üppig für ihre Diät nicht oft isst. Couz ist allein im Haus, sie erledigt ein wenig Hausarbeit. Johns Bücher liegen überall herum und belegen die meisten Tische. Sobald sie fertig ist, will sie nach unten gehen. Sie muss beten, hat das Bedürfnis zu meditieren. Die vorbereitende Arbeit ist lang, der Körper muss absolut geläutert sein. Sie wird die Zeit zurückverfolgen, die Botschaft entschlüsseln. Ganz gleich, wie hoch der Preis dafür ist. Jede Stunde, die vergeht, bringt das Unabwendbare näher. Die Konditorei ruft an, um ihr mitzuteilen, dass ihr Geburtstagskuchen fertig ist. Sie wählt Johns Handynummer, und als er abnimmt, bittet sie ihn, den Kuchen abzuholen, wenn er das Büro verlässt. Sie hat keine Zeit, ihren Satz zu beenden, lässt das Telefon fallen. Starren Blicks stützt sie sich auf einen Beistelltisch. Tief in ihrem Körper zerreißt etwas wie ein extrem gespannter Draht. In wenigen Sekunden ist sie hin und her gerissen. Der Rauch von angesengten Haaren füllt langsam das kleine Wohnzimmer, aber sie sieht keine Spur davon in der Luft. Sie kennt diesen Geruch. Den Weihrauch der Geopferten. Ihr Blick trübt sich. Sie fällt auf die Knie. Der Sturz ist heftig, und ihr Herz rast. Ihr Kiefer und die linke Schulter schmerzen. Ist es soweit? Jetzt überkommt sie eine große Müdigkeit, als wäre sie gelaufen. Sie keucht. Sie kann sich nicht mehr auf den Knien halten und fällt bäuchlings zu Boden. Im Fallen kippt sie einen Stapel von Johns Büchern um, in denen er morgens gelesen hatte, bevor er zur Arbeit gegangen war. Schweißperlen laufen ihr über die Stirn. Ihre Füße sind kalt. Couz ist zwar auf den Angriff gefasst gewesen, kann sich aber eines ungläubigen Gefühls nicht erwehren. Sie verscheucht rasch diese Ungläubigkeit, die nur eine Ausrede für ihre Angst ist. Sie hat gelegentlich Angst, obwohl sie weiß, dass sie erwählt ist. Obwohl sie im Lauf ihres Lebens in gefangenen Körpern so viele böse Geister abgewehrt hat. Wenn es aber um sie geht, ist das etwas anderes. Es gibt keinen Abstand, keine Distanz zwischen dem Dunkel und ihr, zwischen den Raubtieren und ihr. Um zu entkommen, denkt sie manchmal, sie täusche sich, werde unnötig panisch, es seien nur zufällige Eindrücke. Was sich aber in diesem Augenblick abspielt, ist nicht unschuldig und erst recht nicht zufällig. Sie darf vor allem nicht der Versuchung der Unschuld erliegen. Als sie ihren Schwächeanfall hatte, ist ein solider Geist wie eine langsame Fata Morgana unter ihrem Fenster vorbeigezogen. Sie hat ihn gesehen. In schrecklicher Nähe. Sie weiß, mit wem sie es zu tun hat. Sie ist im Begriff, eine Begegnung zu erleben, die immer die erste ist. Einen Schrecken, der für Körper und Seele jedes Mal eine Vergewaltigung ist. Etwas ist anwesend, das eine Abwehrreaktion auslöst, die den Kiefer blockiert und die Zähne ausbricht. Cousine kennt das Geheule, das aus den verdrehten Augen hervorbricht, wenn sie sehen, was ein menschlicher Blick nie zu sehen bekommen darf. Schreie, die die Eingeweide zerreißen. Schreie, die sie in Glaube und Gebete umwandeln muss. Aber an diesem Morgen ist sie kampfesmüde. Couz möchte sich gehen, sich sterben lassen, Schluss machen. Sie ist alt. Aber Emmanuela. Der Gedanke an ihre kleine Cousine erscheint in ihrem Kopf, der immer mehr durcheinander gerät. Emmanuela. Diese junge Frau, die sie so gern hat. Sie kann nicht von hinnen gehen, ohne sie erneut gesehen und überzeugt zu haben. Sie muss noch mit ihr sprechen, ihr die Gesten zeigen, die Gebete, die Macht der Gebete beibringen. Sie muss auch die Botschaft finden und sie ihr übergeben. Ganz gleich, was dafür zu zahlen ist. Sie muss sie in die Lage versetzen, ihre Mission zu erfüllen. Die Mission gewisser Frauen dieser Abstammungslinie. Couz muss für Emmanuela, für Alain, für ihre Enkelkinder in Chicago und alle übrigen Familienmitglieder durchhalten. Couz kriecht mühsam am Boden entlang, Zentimeter für Zentimeter. Sie hört das Reißen von Stoff, ihr weißes Kleid ist ruiniert. Célia wird nicht erfreut sein. Das Fläschchen Nitroglyzerin liegt in ihrem Schlafzimmer in der Nachttischschublade. Sie muss es bis dorthin schaffen. Ihr schmerzen die Knie, die sich am unebenen Boden aufschürfen, aber sie schleppt sich weiter. Der Schraubstock presst ihr immer noch Kiefer und Schulter zusammen. Ihr kriegt mich nicht, diesmal nicht. Kehrt dahin zurück, von wo ihr herkommt, ich verjage euch aus meinem Körper, meiner Seele und meinem Haus. Ich schicke euch ans Ende der Erde, in ein zehntausend Jahre langes Exil. In der Stille ihrer Verwirrung kommen andere Worte ihr auf die Lippen, geheime Worte, die sie murmelt, während sie kämpft, um ihren Lebenshauch, der aussetzt, zu bewahren. Endlich die Zimmerschwelle. Wie viel Zeit mag vergangen sein, seit sie gestrauchelt ist? Drei Minuten, vier, vielleicht fünf. Eine Ewigkeit. Sie ist endlich da. Mit Mühe hebt sie den rechten Arm, tastet, zieht die Schublade aus dickem Mahagoniholz heraus, die aus dem Möbelstück rutscht und im Fallen ihre Schläfe streift. Sie wollen also nicht aufhören. Das Fläschchen ist da, es ist unter ihr Bein gerollt. Bei der Anstrengung, es zu öffnen, zieht sie vor Schmerz eine Grimasse, ihre linke Hand gehorcht ihr nicht. Couz schiebt eine winzige Tablette unter die Zunge und bleibt erschöpft am Boden vor dem Bett liegen.

4

Emmanuela kehrt endlich wieder in ihr Büro zurück und verriegelt die Tür. Sie bittet die Sekretärin, sie in der nächsten Stunde, außer im Notfall, nicht zu stören. Sie setzt sich auf ihren Sessel, zieht die Schuhe aus, neigt sich nach hinten und holt mit geschlossenen Augen vier kräftige Atemzüge durch die Nase, wobei sie ihren Bauch aufbläht und die Luft sehr behutsam durch den Mund wieder ausstößt. Sie nimmt sich schon seit einer Ewigkeit vor, ihre Yogakurse wieder aufzunehmen. Sie muss Zeit finden, sich zu entspannen. In der kleinen Filiale der Secobank, die sie seit einigen Monaten leitet, ist die Spannung stark angestiegen, seit es heute Morgen eine Panne im Informatiksystem gegeben hat. Nach einer halben Stunde Wartezeit in engen Reihen sind die Kunden langsam wütend geworden und haben sich immer lauter beklagt. Dem Techniker von der Bank ist der Schweiß in großen Tropfen gelaufen, er bekam das Problem nicht in den Griff. Ein vom Firmensitz schleunigst geschickter anderer Techniker des Unternehmens war zwar unterwegs, aber um diese Zeit herrschte schrecklicher Verkehr in Bon Repos. Emmanuela musste kommen, um mit den Kunden im Schalterraum zu sprechen und sie zu bitten, sich noch zu gedulden oder sich an eine andere Filiale zu wenden. Und bei all dem ihre Ruhe bewahren, ungeachtet erboster und verletzender Worte der frustrierten Leute, die es eilig hatten, zu ihrer Arbeit zurückzukehren. Eine zu häufig sich wiederholende Situation. Die Hauptgeschäftsstelle muss gewisse fehlerhafte Ausstattungsstücke auswechseln, schiebt es aber trotz zweier schriftlicher Mahnungen an den Vorstand hinaus. Diese Filiale in einem Außenbezirk von Port-au-Prince hat zahlreiche Kunden, vor allem kleine Sparer. Eine Kundschaft, die keine großen Vermögenswerte umsetzt, nicht weiß, wie Online-Transaktionen zu machen sind, und keine Ahnung von ihrer Existenz hat, was vielleicht erklärt, warum man die teure Ausrüstung nur so zögerlich auswechselt. Und sie und ihre gestressten Angestellten müssen diese angespannten Situationen zwei- bis dreimal im Monat durchstehen. Immerhin geht augenblicklich alles gut, der Vormittag nimmt wieder seinen normalen Verlauf.

Emmanuela steht von ihrem Stuhl auf, um den Kalender an der Wand gegenüber zurechtzurücken, und setzt sich wieder. Mehr als einmal hat sie daran gedacht, nach einer anderen Beschäftigung zu suchen. Sie hat sogar ein Kündigungsschreiben verfasst, es aber nie abgeschickt. Serge hatte sie dazu ermuntert, aber sie behält diese Stelle noch, die ihr ihre Bewegungsfreiheit garantiert. Für ihren Posten als Mätresse hat sie keinen Vertrag unterzeichnet, und Serge kann ihr gut und gern, aus einer plötzlichen Anwandlung, den Rücken kehren, ohne Kündigungsfristen oder Urlaubstage zu bezahlen. Vorbei die großzügigen Zuwendungen. Und außerdem müsste sie in dieser Zeit chronischer Arbeitslosigkeit wieder auf Arbeitssuche gehen. Sie hat beschlossen, sich Zeit zu lassen, um etwas anderes zu finden, und behält ihren Job inzwischen weiter. Im Bankensektor ist in Haiti nichts zu verdienen, wie alle wissen, die Arbeit ist aber relativ verlässlich. Die Beförderung zur Filialleiterin ist jedoch zweischneidig. Nachdem sie jahrelang die Stufen der Verwaltungshierarchie emporgeklettert ist, hat sie endlich einen korrekten Posten mit anständigem Gehalt. Aber Bon Repos ist kein ruhiges Viertel. Dort herrscht zu jeder Stunde heftiger Verkehr, und vor allem ist es eine Zone, die empfindlich auf die Turbulenzen des bewegten politischen Lebens von Port-au-Prince reagiert. Ein dicht bevölkertes Viertel, wo Agitatoren aus dem Labyrinth der Gassen und Korridore dieses weiträumigen Areals der Ebene Cul-de sac in wenigen Minuten auf die Autobahn stürmen können, um aus brennenden Autoreifen Barrikaden zu errichten und bei den Verkehrsteilnehmern Panik auszulösen. Einmal hat sie eine schlimme Viertelstunde zugebracht, als sie an einer Barrikade von einer kleinen Gruppe von Hitzköpfen aufgehalten wurde, die am Wagenfenster brüllten und gestikulierten. Diese armen Leute, diese ewig Resignierten hatten nur diese Momente des politischen Aufruhrs und den Irrsinn des Karnevals, um sich abzureagieren. Sie waren genauso fix beim Töten, wie sie hochleben ließen, und hatten in den zwei Jahrhunderten, in denen man sie in immer denselben Kriegen Soldaten spielen ließ, nie denen Fragen gestellt, denen sie Fragen stellen sollten. Sie hat sich sofort über ihre verflixte Arbeitsmoral geärgert, die sie dazu gebracht hatte, sich trotz der im Radio angekündigten Unruhen in der Zone auf den Weg zu machen. Sie hatte gedacht, sie habe noch Zeit, Bon Repos zu durchqueren, denn diese Barrikaden wurden im Allgemeinen um die Mitte des Vormittags errichtet, wenn der *clairin** Körper und Geist in Hitze gebracht hatte, und am späten Nachmittag wieder abgebaut, wenn die Tagesarbeit erledigt war. Sie hatte sich reichlich geirrt. Sie war mit Beleidigungen gegeißelt, als dreckige Bürgerhure beschimpft und bedroht worden, mitsamt ihrem dreckigen, vom Geld des Volkes gekauften Bürgerhurenauto flambiert zu werden. Dank der Intervention eines jungen Kunden der Filiale, eines schielenden Burschen, der noch nie das Wort an sie gerichtet hatte, war sie wieder freigekommen, er hatte starken Einfluss auf die Menge.

Sie denkt an Patricia, die sehr schnell ihre Arbeit bei der Bank aufgegeben hatte. Ihre Freundin brauchte etwas anderes, eine Arbeit, bei der sie Leuten begegnen, von einer zur anderen Tätigkeit wechseln, die Kunden anlächeln und überzeugen konnte, ein Produkt zu kaufen. Emmanuela mag keine Veränderungen, auch überzeugt sie nicht gern Leute. Sie beschließt endlich, Patricia von ihrem Besuch bei Couz zu erzählen. Sie wird ihr zuhören und sie beraten können. Emmanuela wüsste nicht zu sagen wie, aber sie hat das Gefühl, als wenn sich die physische Ordnung der Dinge subtil verlagerte, als wenn sich jeder Gegenstand um sie herum bewegte, sich umstellte oder nur um einen oder zwei Zentimeter neigte und ihr das Gefühl von Sicherheit nehme, das sie nur hat, wenn sie weiß, dass jedes Ding genau an dem Platz ist, den sie ihm zugeteilt hat. Eine verstörende Illusion. Vielleicht Überarbeitung. Sie ist eine Ordnungs- und Pünktlichkeitsfanatikerin, gerade deshalb eine erfolgreiche Bankerin, weshalb auch ihre Freunde sie mit der Organisation von allem betrauen, was Aufopferung und Strenge verlangt. Sie muss auch Alain noch fragen, ob er vorige Nacht im Hof gewesen ist. Beim eilig eingenommenen Frühstück hat sie versäumt, ihm die Frage zu stellen. Seit dem Einbau der Sicherheitseinrichtungen durch Serge wacht

* Klarer Zuckerrohrschnaps, billiger als Rum.

Alain manchmal nachts auf, um im Garten etwas zu essen oder mit dem Blick auf den Mond, im Kampf gegen den Schlaf, der ihm wieder seine Alpträume bringt, zu meditieren. Seit sein Vater gestorben ist, leidet er an Schlafstörungen und versagt sich den Schlaf absichtlich. Und sollte es nicht die Schlafstörung sein, die ihn durcheinander bringt, dann sind es immer wiederkehrende Alpträume. Anfangs kam er manchmal zitternd, mit verzerrtem Gesicht zu ihr ins Bett, den Schreck noch in allen Fibern, der im Schlaf über ihn hergefallen war. Sie nahm ihn in die Arme, streichelte ihm den Kopf. Sie sagten nichts, bloß noch nicht die Traumbilder erzählen, vielleicht später, am folgenden Tag. Er schlief schließlich wieder ein, während sie noch lange danach wach blieb und sich fragte, was ihrem Sohn widerfuhr. Und er hat begonnen, häufiger Gras zu rauchen. Er sagt, wenn er geraucht hat, träumt er nicht, sein Traumbildschirm ist dann leer. Der gestrige Abend war jedoch anders als die anderen Abende. Sie hat nur gehört, dass sich der Schlüssel zweimal im Schloss der schmiedeeisernen Tür gedreht hat, die von der Küche auf den kleinen Garten geht. Klack ... klack. Sie ist aus dem Schlaf aufgeschreckt. Ein trockenes, ihr gut bekanntes Geräusch, das in der Stille des Hauses widerhallte. Aber die Begleitgeräusche sind ausgeblieben, Alains Schritt auf dem Boden, die Kühlschranktür, die auf- und zugeht, der Teller oder das Glas, das er auf den kleinen Gartentisch stellt, das Klingeln des Teelöffels, der den Zucker im Glas Milch umrührt. Diese Geräusche hört sie immer, selbst wenn er vorsichtig ist. Sie möchte wissen, ob er hinausgegangen ist, und falls nicht, ob auch er gehört hat, dass das Schloss entriegelt wurde. In diesem Fall musste das von den Nachbarn im Haus nebenan herrühren. Doch diese mögliche Erklärung befriedigt sie nicht. Schlief sie, und hat sie von diesem Geräusch geträumt?

Tags zuvor hat sie Couz angerufen, als sie von der Arbeit nach Hause kam. John hat das Telefon abgenommen. Er hat ihr sofort in seiner knappen Redeweise gesagt, dass seine Mutter am Vormittag eine ziemlich ernste Krise durchgemacht hat, der Arzt gekommen ist, es ihr aber schon wieder besser geht. Sie hat sogar ihre Kerzen ausgepustet. Drei ihrer langjährigen Freunde haben sie besucht. Couz ist am Leben, aber die Nachricht hat Emmanuela erschüttert. Erst vergangene Woche hatte ihr die alte Frau gesagt, dass sie sehr heikle Stunden nahen fühle. Ein Herzanfall an ihrem Festtag, welch seltsames Geschenk! Emmanuela macht sich Vorwürfe, dass sie nicht bei ihr gewesen ist, ihr Entschluss war aber gefasst. Sie wollte das Gespräch, das sie beim letzten Mal gehabt hatten, nicht wieder aufnehmen, nicht wieder in jene Richtung, in jene Vergangenheit zurückkehren. Sie hatte sich niemals in diese Seite des Lebens von Couz, der Dämonenjägerin, eingemischt, jetzt würde sie erst recht nicht damit beginnen. Diese Seite, die viele Leute nicht kannten, nach der viele andere suchten, Verängstigte, der Natur Entfremdete, von realen oder eingebildeten Schatten Verfolgte. Sie wollte keine von ihnen werden. Ob es um Familiendinge ging oder nicht. »Willst du mit ihr sprechen?«, hatte John sie in seinem üblichen schroffen Ton gefragt. »Natürlich, gib sie mir«, hatte sie mit einem Anflug von Angst geantwortet.

»Hallo? ... Emmanuela?«

Die Stimme im Apparat ist brüchig, sie ist zwar entschlossen, aber brüchig. Emmanuela fühlt, wie es ihr die Kehle zusammenschnürt. Ihr wird bewusst, dass John ihr in demselben verkürzten Stil ebenso gut Paulas Tod hätte mitteilen können. Die Abwesenheit ihrer alten Cousine drängt sich auf und füllt den Raum um sie: Paula hat immer irgendwo, ob am Ende der Welt oder im Land, dazugehört. Sie ist eine der Letzten einer Generation, die eng verbunden mit ihrer Großmutter und ihrer Mutter gelebt hat. Sie bewahrt im Gedächtnis ein Stück Familiengeschichte. Paula hat sie zur Welt kommen, aufwachsen sehen. Was hätte sie ins Grab mitgenommen, das Emmanuela wissen musste?

»Couz? Geht alles gut?«

»Gut ... gut. Weißt du, deine alte Cousine hat ein dickes Fell. Ich werde noch einige Schweinsfüße mit weißem Reis essen.«

Als Emmanuela das spitzbübische Kichern von Couz hört, lässt ihre Spannung ein wenig nach.

»Du, du änderst dich nie! Dein Arzt ist gekommen, nicht wahr?«

»Ja, ja. Er hat mir ein EKG gemacht. Das scheint in Ordnung zu sein. Ich nehme meine Medikamente weiter. Er empfiehlt mir, sobald es mir möglich ist, eine Überprüfung meines Gerippes in den USA vornehmen zu lassen, damit man feststellt, ob die Fäden an Ort und Stelle sind, mit denen man mir das Herz zusammengeflickt hat. Gina erwartet mich, wir haben gerade erst miteinander gesprochen. Ich will die Hin- und Rückreise bald machen.«

»Hm ... Ich verstehe. Du beruhigst mich.«

»Aber, Töchterchen, eigentlich war das kein Infarkt.«

»Ah ... Was war es denn, Couz?«

»Bloß ein kleines Unwohlsein ... ein vorhersehbarer Stressmoment ... das Herz wollte mitfeiern. Ich habe rechtzeitig das Nitro nehmen können. Kommst du heute Abend?«

»Ähm ... nein ... Mir geht es nicht gut ... seit gestern etwas Fieber. Dicker Kopf. Ich habe vielleicht mein Zikafieber. Hast du all die Mücken gesehen, die wir seit den letzten Regenfällen haben?«

»Es ist die Hölle mit diesen Viechern. Célia hatte sehr hohes Fieber und Pusteln am ganzen Körper. Du musst dein Haus ausräuchern lassen. Nimm Tabletten, viel Wasser und ruhe dich aus. Pflege dich, meine Kleine.«

»Okay, Couz. Und du auch. So ... ich verabschiede mich. Ich will dich nicht noch mehr ermüden. Ich umarme dich herzlich. Ein schönes Fest noch!«

»Danke, meine Liebe.«

»Gute Nacht, Couz!«

»Danke! Grüße Alain von mir. Geht es ihm gut?«

»Ich bestelle es ihm ... Es geht ihm gut. Ciao!«

»Ciao! ...«

Emmanuela nimmt den Hörer vom Ohr, ändert aber ihre Meinung und legt ihn gleich wieder an. Sie hört die Stimme von Couz, die nicht aufgelegt hatte. Sie hatten sich noch etwas zu sagen.

»He! Emmanuela?«

»Ja, Couz ...«

»Vergiss nicht ... ich erwarte dich.«

»Ich weiß nicht ... ich will sehen.«

»Ich bin für dich da, das nur möchte ich dich wissen lassen.«

5

Patricia Fièvre färbt sich mit rotem Fingernagellack die Zehennägel. Rot ist ihre Lieblingsfarbe. Sie dient Ogou, dem kriegerischen Geist, dem Verteidiger mit der Machete. Patricia ist eine impulsive, temperamentvolle Frau, eine Kämpferin. Der Mann, der sie zur Geliebten hat, ist das glücklichste Wesen auf Erden. Patricia ist im Glück wie im Unglück Freundin, treue Mätresse, Hure, Hündin ihrer Liebhaber, solange sie ihr treu bleiben. Aber zu guter Letzt betrügen sie sie immer. Indem sie sie wunschlos glücklich macht, nimmt sie ihnen die Möglichkeit, etwas zu entbehren, unterstützt nicht ihr Bedürfnis zu zweifeln. Ein wirklich verliebter Mann verzeiht, was immer man darüber sagen mag. Unzweifelhafte Treue tötet mit der Zeit das Verlangen. Es ist vielleicht ihre sehr hohe Meinung von sich oder auch das Gefühl, dass der Mann wie die Frau gleichermaßen schwer am Gewicht der Treue tragen, weshalb Patricia nicht akzeptieren kann, betrogen zu werden. Man komme ihr also nicht mit dem Gerede, ein kurzes Intermezzo hinter ihrem Rücken sei belanglos, all das sei erotisch einwandfrei. Patricia ist eine hübsche Hässliche mit einem seltsam anziehenden Charme, womit sicherlich ihre hohen Wangenknochen und, wenn sie lächelt, ihr schalkhafter Blick zu tun haben. Sie gibt sich Mühe, in Form zu bleiben, geht bei gutem wie schlechtem Wetter viermal pro Woche zur Gymnastik, lässt sich alle vier Monate zwölf anstrengende Stunden lang neue Zöpfe flechten, die ihr bis zum Gesäß reichen, pflegt jeden Samstag zu Hause Hände und Füße. Das volle Programm. Abgesehen von ihrer physischen Erscheinung, die sie pflegt, ist ihre natürliche Anmut für die, die mit ihr verkehren, Balsam für den Geist. Eine Anmut von der Wärme und dem Licht des Feuers. Sie liebt die, die sie lieben, auf immer. Sinn für Gerechtigkeit und Vergeltung ist ihr vorherrschender Charakterzug. Ein Charakterzug, der oft überhandnimmt und sie manchmal das gesunde Maß verlieren lässt. Sie lebt in einem Land, in dem Gerechtigkeit eine vage Vorstellung ist, ein käufliches Produkt, das nach variablen

Kriterien gemäß Gesetzen in bar, deren erste Opfer die Frauen sind, von Hand zu Hand geht. Folglich muss man sich Gerechtigkeit verschaffen können, darf keine Angst haben, mit Auge und Zahn zuzuschlagen.

Die Mitglieder der Familie Fièvre, ursprünglich aus der Gegend von Croix-des-Bouquets, einer kleinen Stadt zwanzig Kilometer nordöstlich der Hauptstadt, sind seit grauer Vorzeit Voodooanhänger. Die Familie kommt eigentlich aus Noailles, aus einem abseits der Stadt rechts der Hauptstraße gelegenen Dorf, das heute zu einer kulturellen Sehenswürdigkeit geworden ist. Jeder zweite Einwohner von Noailles stellt Eisenskulpturen her. Einige, bekannter und begabter als andere, bringen Stücke zustande, die wahre kleine Meisterwerke sind und in haitianischen Galerien und Museen in Übersee ausgestellt werden. Jahr für Jahr hat sich der Ort einen Ruf einzigartiger Kreativität buchstäblich geschmiedet, der schließlich Liebhaber und Kunsthändler angelockt hat. Patricia und ihr Bruder Abdias sind die beiden Abkömmlinge ihrer weit zurückreichenden Familie, die die Tradition fortsetzen. Eine Tradition, die ihr lange Zeit wie ein Stigma angehaftet hat. Als Kind hatte man ihr untersagt, über diesen Aspekt des Familienlebens zu sprechen, vor allem bei den Schwestern von der göttlichen Vorsehung. Obwohl ihre Ferien in Noailles von schönen Geschichten über ihre Ahnen, die den *lwa** dienten, erfüllt waren. Wie etwa der Legende von jenem Großonkel, *houngan*** seines Zeichens, der den Regen anhalten konnte. Wenn er am Ende des Tages auf seinem großen Schimmel aus seinen Gärten zurückkehrte, fiel kein Tropfen Regen auf ihn und sein Pferd, auch wenn der Donner grollte und der Himmel mit schweren schwarzen Wolken verhangen war. Erst wenn Onkel Enaud durchs Tor war, erhielt der Regen Erlaubnis, zu prasseln. Sich als Diener der *lwa* zu bekennen, ist das sicherste Mittel, auf dem Index der guten Gesellschaft zu landen, die in diesem Kult das Fortleben und den Ausdruck wilder Instinkte sieht, die eine Mehrheit der Bevölkerung nicht abzulegen vermag. Jener guten Gesellschaft,

* Bezeichnung für die Geister des Voodoo.

** Voodoopriester.

deren Abstammung man nicht besonders weit zurückverfolgen muss, um Vorfahren zu finden, die mit der rechten oder schlimmer noch, mit der linken Hand dienten. Patricia ist eine Frau, die in ihrer Spiritualität aufgeht, eine *fran ginen**, die ihre Wahrheit wie Adelstitel trägt.

Emmanuela ist fasziniert von diesem Rot, das auf den Zehen ihrer Freundin leuchtet, man könnte es für frisch ausgetretenes, vibrierendes, noch lebendes Blut halten. Ihr eigenes Blut versiegt langsam, läuft seit nahezu elf Monaten nicht mehr. Noch ein Monat, und sie wird den berühmten Zyklus abgeschlossen haben, der die Menopause bestätigt. Wie bei ihrer Mutter Judith werden ihre Regeln ausbleiben, ehe sie fünfzig Jahre alt ist. Sie hat gemischte Gefühle vor diesem neuen Lebensabschnitt. Sollte sie darüber glücklich oder beunruhigt sein? Was ist eine Frau ohne ihre Blutung, ohne ihre straff werdenden und schmerzenden Brüste, ohne ihre Stimmungswechsel, ohne diesen monatlichen und schmerzhaften Beweis ihrer Weiblichkeit? Den Schmerz wird sie gewiss nicht vermissen, aber was bleibt von ihrer Weiblichkeit? Von diesem heftigen Verlangen vor ihrer Regel, das sie manchmal dazu bringt, einen Mann aus seinen Tätigkeiten zu reißen, damit er sie ohne jedes Vorspiel wie ein Tier nimmt? Im Augenblick hat sie nur Hitzewallungen und ein vages Gefühl von Frustration. Welche Auswirkungen wird die Geschichte von Couz auf ihre Hormone haben? Patricia hebt den Kopf von ihrer Beschäftigung, um sie zu fragen:

»Willst du meine Zehen noch lange bewundern? Was ziehst du für ein seltsames Gesicht, seit du hier bist? Los, raus damit!«

Emmanuela lächelt. Patricia ist eine unbestechliche Frau, mit ihr muss nichts beschönigt werden. Sie stellt direkte Fragen und erwartet direkte Antworten.

»Es geht um Couz ... Kennst du meine Cousine Paula?«

»Selbstverständlich kenne ich Paula.«

»Sie sagt, dass ein Engel mit meiner Familie hadert.«

Patricia lacht nicht. Sie ist nicht erstaunt. Sie ist mit ihrer

* Voodooanhänger, die in der Familientradition praktizieren und schwarze Magie ablehnen.

Nagelprozedur fertig, Wattebäuschchen spreizen ihre Zehen. Sie blickt starr vor sich hin, während sie ihre Schönheitsutensilien ordnet.

»Ein Engel? Welcher Engel?«

»Mein Urgroßvater Horacius Melfort hat einen Pakt mit diesem Engel geschlossen. Er war ein sehr reicher Grundbesitzer und ein Politiker, der die Regierungen ein- und wieder absetzte. Du kennst den Typus. Die Sache muss schiefgegangen sein.«

»Wie, hat sie dir gesagt, heißt der Engel?«

»Yvo. Dir bekannt? Ist es ein Voodoogeist?«

»Nein ... ich will mich nicht absolut festlegen, das sagt mir aber nichts. Er muss wohl aus einer zwielichtigen Hierarchie stammen. Es gibt sogar in der Rangordnung der gefallenen Engel geistliche Mutanten. Manchmal, wenn sie hier in der Gegend zu tun haben, bedienen sie sich gewisser *Iwa* für ihre niederen Arbeiten. Hat sie dir nichts weiter über ihn gesagt?«

»Sie hat mir vielerlei und gar nichts gesagt. Dass dieser Engel solide Geister schicke, um das Gelände zu bereiten. Bis er selbst aufkreuzt, um zu ... zu ... Das ist alles so konfus für mich. Und Couz hat obendrein diese Art, dir Geschichten zu erzählen, die weder Hand noch Fuß haben. Sie kommt ohne Übergang von einer Generation zur nächsten. Sie hat mir auch gesagt, dass sie die Zeit bis zu ihrer Geburt zurückverfolgen müsse, um eine Botschaft aufzufinden ... Diese Botschaft ist die einzige Waffe, die diesen ... dämonischen Pakt auflösen kann. Ein mystisches Kauderwelsch, verstehst du?«

»Diese Geschichten, Emmanuela, sind sicherlich nicht so zusammenhanglos, wie sie aussehen. Das Böse erscheint oft irrational, wird aber von einer unerbittlichen Logik getrieben ...«

Emmanuela ärgert sich über Patricias Gelassenheit. Sie hätte ihre Freundin gern verwirrt, schockiert und sie bedauernd gesehen.

»Ermisst du denn wirklich, Patricia, was mir widerfährt? Ich muss heute Angst vor einem verflixten *zanj** haben, den mein Urgroßvater bestellt hat, damit er reicher oder mächtiger oder

* Engel auf Kreolisch, auch im Sinne von »Voodoogeist« verwendet.

beides wird. Er war tatsächlich sehr reich und sehr mächtig. Aber heute ist nichts mehr davon übrig. Alles wurde verschleudert. Das Gut, das er besaß, ist zu einem Ameisenhaufen, einem riesigen Ghetto geworden. Und ich sollte für einen Reichtum, von dem ich keinen Nutzen gehabt, eine Macht, die ich nicht gewählt, eine Entscheidung, die ich nicht gefällt habe, bezahlen? Laut Couz war meine eigene Mutter noch ein Kind, als dieser Pakt geschlossen wurde! Was ist das denn für ein Zeug? Ich will das nicht. Wir sind hier nicht im Kino. Wir sind im einundzwanzigsten Jahrhundert, Scheiße!«

»Beruhige dich, Emmanuela! Beruhige dich ... Ich verstehe sehr gut, was du empfindest. Es ist erschreckend, anders kann man es nicht nennen. Ich glaube jedoch nicht, dass deine Verärgerung die Realität verändert. Auch glaube ich nicht, dass Couz dir eine solche Geschichte erzählt hätte, wenn sie nicht von ihrer Wahrhaftigkeit überzeugt wäre. Sie ist keine Frau, die leichtfertig daherredet. Außerdem bin ich sicher, dass sie versteht, wie diese Enthüllung auf dich wirkt. Sie hat aber keine Wahl. Sie hat bestimmt keine Wahl ...«

»Sie ... sie hat mir gesagt, ich solle sie wieder besuchen kommen. Ich weiß nicht, Patricia, was ich machen, was ich letztendlich beschließen soll. Ich will einfach von dieser Geschichte nichts hören.«

»Die Entscheidung liegt bei dir, Emmanuela. Ich hoffe, dass nichts passiert und dein Leben weiterhin ungetrübt verläuft. Aber, meine Liebe, ehrlich gesagt zweifle ich daran. Ist dir seit deinem Treffen mit deiner Cousine nichts Seltsames aufgefallen?«

»Vor drei Tagen ... an ihrem Geburtstag ... hat sie einen Anfall gehabt. Ihr Herz hat gestreikt. Sie hat mich zwar nicht beunruhigen wollen, ich glaube aber, dass es ernst war. Meinst du, dass das mit allem, was sie mir gesagt hat, zusammenhängt?«

»Ich weiß darüber nicht mehr als du, aber es ist gut möglich. Sie allein könnte es dir bestätigen. Aber dir, Liebste, geht es dir ... gut seither?«

»Ja ... ich glaube schon.«

Emmanuela bricht in Tränen aus. Sie denkt an den Abend vor ein paar Tagen, an dem sie gehört hat, wie sich ein Schlüssel im

Schlüsselloch der Küchentür drehte. Es war nicht Alain, er ist in jener Nacht nicht in den Hof gegangen, wie er ihr versichert hat. Sie sagt Patricia nichts davon. Immer noch will sie sich überzeugen, dass sie geträumt hat. Patricia schließt sie in die Arme, lässt sie weinen. Emmanuela kann die Beunruhigung in den Augen ihrer Freundin nicht sehen.

»Geh zu ihr ... Ich bitte dich inständig, Emmanuela, geh zu ihr. Ihr braucht einander. Auch ich werde für dich da sein, wie du weißt.«

6

Die Wagen stehen seit mindestens fünfzehn Minuten still. Ein mechanisches Durcheinander, das einen Cocktail aus schwarzem, grauem und blauem Rauch ausstößt, der in die Nasen eindringt und an der Haut klebt. Um auf die andere Straßenseite zu gelangen, schlängeln sich Fußgänger, Schüler und Straßenverkäufer zwischen den vor Hitze vibrierenden Autos und Motorrädern hindurch. Ab und zu ertönt entrüstetes Hupen. Alle Straßenecken sind von hartnäckigen Fahrern verstopft, die nicht den Meter zurücksetzen wollen, der die Situation auf ihrer Höhe entlasten würde. Einige schweißgebadete Verkehrspolizisten laufen auf der Straße herum, sprechen über ihre Walkie-Talkies miteinander, schaffen es jedoch immer noch nicht, den dichten Stau aufzulösen. Edwin kämpft mit den eiligen, aggressiven Motorradtaxis, die, um sich schnellstmöglich einen Weg zu bahnen, über die Bürgersteige fahren. Er fährt Slalom durch den Verkehr der Avenue Brown. Die Sonne sitzt auf seinem Helm. Eine Mittagssonne, die sich seltsamerweise, in welche Richtung er auch fährt, ständig vor seinen Augen befindet. Seit einigen Tagen zieht sein Motorrad nach rechts, was das Fahren körperlich anstrengender macht. Wenn er am Tagesende müde nach Pernier zurückkehrt, schmerzt ihm die rechte Schulter. Er will den Geradeauslauf nächste Woche überprüfen lassen. Edwin hat es eilig, seine Besorgungen zu beenden. Er muss zur Bank, zu Mittag essen und am frühen Nachmittag zur Uni zu seinen Vorlesungen fahren. Wie an jedem Monatsende ist er in der Kanzlei seines Onkels, Rechtsanwalt Jules Carmel Jean-François, gewesen, der ihm zur Deckung der Unterhaltskosten einen Scheck für Vanika und ihn überreicht hat. Die Atmosphäre der Kanzlei Jean-François und Teilhaber wirkt auf ihn stets in derselben Weise, als betrete er einen privilegierten Ort, an dem Intelligenz und Vernunft die verwickelten Fäden menschlicher Dramen zu entwirren vermögen. Respektvoll streichen seine Augen über die großen Bände Zivil- und Strafrecht auf den Regalen hinter dem

Schreibtisch seines Onkels. Gern atmet er ihren Geruch ein und ahnt ihre Strenge, mit der sie Emotionen, Gefühle, Rechte und Pflichten voneinander unterscheiden. Eindrucksvoll, die Kraft des Gesetzes. Stets sind Leute da, die im Empfangsraum vor dem Schreibtisch der Sekretärin warten. Männer oder Frauen im Schlusspart strittiger Scheidungen, Opfer des Nationalsports, nämlich der willkürlichen Enteignung von Grundstücken und Immobilien, zwangsgeräumte Mieter, die verängstigt Hilfe suchen, eine kleine Menschheit in verzweifelter Lage, die von den Männern und Frauen in den Roben eine Antwort auf ihre Ängste oder Genugtuung für ihr Ungemach erwartet. Edwin studiert Jura, er will Rechtsanwalt werden wie sein Onkel, der Mann, der sich seit dem Tod seiner Halbschwester Isabelle um ihn kümmert. Unter der wartenden Kundschaft sind vielleicht uneheliche Söhne oder Töchter, die sich von ihren gewissenlosen Erzeugern legitimieren lassen wollen, denn die Wissenschaft ist heutzutage in der Lage, unanfechtbare Vaterschaftsbeweise zu liefern. Vielleicht wird Edwin eines Tages unter ihnen sein, dann allerdings als sein eigener Verteidiger, der über Kenntnis und Waffen verfügt, den Mann, dessen Gene er trägt, zu zwingen, ihn anzunehmen oder zumindest als rechtmäßigen Sohn anzuerkennen. Es geht ihm nicht um Geld oder Privilegien, sondern darum, ein Beispiel zu liefern, denn es ist an der Zeit, dass die Männer in dieser Gesellschaft ihre Verantwortung übernehmen oder zumindest aufhören, Frauen zu schwängern, wie es sie gut dünkt, um ihnen dann leichten Herzens den Rücken zu kehren. Edwin ist im Alter großer Gefühle und großer Träume, er würde gern, bekleidet mit seiner Toga, alle Ungerechtigkeit der Welt beseitigen. Er versteht sich gut mit seinem Onkel, einem strengen Mann, der nur diskret seine Zuneigung äußert, und ist dankbar, dass er ihn seit dem Tod seiner Mutter unter seine Fittiche nimmt. Zwar haben sie noch nicht darüber gesprochen, aber Edwin hat den Ehrgeiz, am Ende seines Studiums Referendar in der Kanzlei Jean-François zu werden. Der Onkel ist zufrieden mit seinem Eifer im Studium und seinem allgemeinen Werdegang. Es ist die einzige Bedingung, die er seiner von Krebs hingerafften Schwester Isabelle auf ihrem Totenbett gestellt hatte. Er würde sich um ihre beiden Kinder kümmern, solange sie ihre Ausbildung strebsam fortsetzten. Edwin ist, wie so viele andere junge Leute im Land, aus einer komplizierten Geschichte hervorgegangen. Er ist der Sohn eines Politikers, des Liebhabers seiner Mutter, einer schönen jungen Frau aus Miragôane, die ihren Lebensunterhalt als Frisörin in einem Schönheitssalon verdiente. Als Isabelle ihm ihre Schwangerschaft verkündete, bestritt er diese Vaterschaft kategorisch, und sie sah ihn nicht mehr wieder. Die Geschichte seiner kleinen Schwester Vanika ist eine andere. Isabelle hat ihr niemals sagen wollen, wer ihr Vater ist, obwohl er die große Liebe ihres Lebens gewesen sein muss. Offensichtlich war sie nicht die große Liebe seines Lebens. Er hatte auf Abtreibung bestanden, diese zur Bedingung für die Fortsetzung ihrer Beziehung gemacht und ihr dazu die Mittel gegeben, aber sie hatte sich geweigert. Dadurch war es zu ihrer Trennung gekommen. Die stolze Isabelle hat ihre Enttäuschung nicht verwinden können und diesem Mann nie gestattet, über ihre Schwelle zu treten oder sein Kind kennenzulernen. Maître Jules Carmel Jean-François hat sein Versprechen gehalten. Die heranwachsenden Jugendlichen Edwin und Vanika wurden in einer Pension untergebracht und ihre Schulausbildung wurde bezahlt. Als Edwin volljährig war, hat der Rechtsanwalt eine Unterbringung für sie gefunden, in der sie etwas unabhängiger lernen würden, für sich selbst zu sorgen. Als Edwin sein Zugangsexamen zur juristischen Fakultät bestanden hatte, schenkte ihm sein Onkel ein Motorrad, um sicherzustellen, dass er sich fortbewegen und seine Vorlesungen pünktlich besuchen konnte.

Vanika hat nicht mehr versucht, Edwin zu intimen Annäherungen zu verleiten, aber ihre beiden Körper beobachten sich ständig. Die Geschichte ist vergessen oder eher verdrängt. Das Leben in dem kleinen Haus in Pernier verläuft wieder normal. Edwin fährt jeden Morgen zur juristischen Fakultät, Vanika besucht weiterhin ihre Informatikkurse im Technischen Institut. Ihre Freunde kommen zu ihnen zum Kartenspiel und zum Plaudern. Von jenem denkwürdigen Abend aller Verrücktheiten, aller Trunkenheiten, an dem sie das nicht wieder Gutzumachende hätten begehen können, haben sie nicht wieder gesprochen. Dennoch ist ein in Schweigen gehülltes Unbehagen immer noch vorhanden. Vanika, seine liebe kleine Schwester, ist die Gleiche, aber zwischen ihnen ist ein Abstand entstanden. Ein schmerzlicher Abstand. Ein Schleier verhüllt Vanikas Blick, und er kann nicht mehr, wie früher, darin eintauchen, um Lachsalven mit ihr zu lachen und sich über alles zu amüsieren, wie sie es so gern machten. Es liegt ein Schatten auf ihren Freuden, ein Gewicht auf dem Schwung ihrer Gesten. Edwin bringt es nicht fertig, wieder von dem Abend zu sprechen. Vanika scheint sich nichts daraus zu machen. Er hätte so viel dafür gegeben, zurückzukehren zu der Zeit vor jener Nacht in Montagne Noire, vor jenem denkwürdigen Fest, von dem ihm schließlich der Eindruck bleibt, dass sich der Teufel in ihre Leben eingeschlichen hat.

Nach über einer Stunde in der Schlange auf der Bank hat Edwin den Scheck seinem Konto gutschreiben lassen und etwas Bargeld abheben können. Er verlässt schließlich den Boulevard John Brown, noch immer mit der Sonne vor Augen, die ihm unaufhörlich zusetzt. Er denkt wieder an seinen Plan, in die Nähe der Uni und des Instituts, in das Vanika geht, umzuziehen. Pernier ist ein ruhiger Winkel, und die Mieten dort sind erschwinglich, aber die täglich zurückzulegende Entfernung ist anstrengend. Edwin fährt in Richtung Champ-de-Mars, wo der Verkehr besser fließt und die Straßen breiter sind. Er fährt am Nationalpalast vorbei und wendet sich links zur Rue Oswald Durand. Es ist ihm trotz seines Helms als wenn die Sonne seine graue Substanz im Wasserbad kochte. Es bleibt ihm noch Zeit, in einem kleinen, von Studenten besuchten Restaurant in dieser Straße einen Happen zu essen und vor den Vorlesungen ein wenig Atem zu schöpfen. Ein seltsamer Geruch steigt aus dem Auspuffrohr des Motorrads auf. Edwin atmet in kleinen, achtsamen Zügen. Man könnte es für brennendes Fleisch halten. Ihn umgibt ein leichter weißer Rauch. Die Straße ist praktisch leer, er sieht nur ein einziges Auto etwa zehn Meter vor sich und Fußgänger. Er wirft einen Blick zurück, um herauszufinden, ob dieser widerwärtige Geruch vielleicht von einem anderen Motorrad oder einem brennenden Abfallhaufen auf einem Bürgersteig kommt. Als er den Kopf zurückwendet, ist es, als sei er schon tot. Seine Augen haben nur eine zu seiner Rechten auftauchende Silhouette gestreift, und das Leben ist erstarrt. Er bremst eine Sekunde zu spät am Rand des Abgrunds. Das Motorrad schleudert, macht einen ungeheuren Satz vorwärts und rutscht unter die mächtigen Räder eines entgegenkommenden Tanklastwagens.

7

Geschickt streift Serge sich seine beigefarbenen Jeans, danach sein blaues Polohemd über und zupft es in der Hose zurecht, indem er die gespreizten Beine mehrmals beugt und den Bauch einzieht. Dann schiebt er seine Rolex auf sein Handgelenk und betätigt in gewohnt knapper und genauer Bewegung die metallene Schließe. Er macht weiter mit den Socken und Schuhen. Emmanuela braucht nicht einmal auf die Uhr auf ihrem Nachttisch zu schauen, um zu wissen, dass es zehn Uhr fünfundvierzig ist. Das Leben von Serge ist eingeteilt wie ein Notenblatt. Um elf Uhr wird er durch das Tor fahren, an dem er ebenfalls eine elektrische Vorrichtung zum Öffnen und Schließen per Fernbedienung hat anbringen lassen, und der Auspuff seines sorgfältig gepflegten Fahrzeugs wird eine leichte Rauchfahne hinter sich lassen. Sie hält es für unvorsichtig, so leicht überprüfbare Gewohnheiten beizubehalten, vor allem nachts. Die meisten Überfälle in Port-au-Prince ereignen sich an den Eingängen oder im Umfeld der Wohnanlagen, den Orten, die am einfachsten auszuspionieren sind. Sie hat es ihm mehr als ein Mal gesagt, aber er verlässt sich auf die Pistole, die in einer Seitentasche der Wagentür in Reichweite seiner linken Hand steckt. Serge ist Linkshänder und hat seinen Militärdienst in den Vereinigten Staaten absolviert, wo er aufgewachsen ist. Serge fantasiert beim Liebesakt, es ist schwer vorstellbar, dass sich unter der reservierten und geradezu asketischen Erscheinung ein Liebhaber ohne Scham und mit besonderen sexuellen Neigungen verbirgt. Aber wenn es Zeit wird zu gehen, wird er wortkarg, als stelle er im Schweigen seine andere Persönlichkeit wieder her, mit der er zu seiner Frau zurückkehrt, welche so tun wird, als wüsste sie nicht, dass er von seiner Mätresse kommt. In den drei Jahren, seit sie ihn kennt, hat Emmanuela nicht ein einziges Mal erlebt, dass Serge gegen seine Disziplin verstoßen hätte, indem er sie ein letztes Mal in die Arme genommen und in die Lippen gebissen hätte. Sie fürchtet immer den Moment, in dem er ihr einen schnellen Kuss auf die

Stirn drückt und geht. Früher, als die Leidenschaft noch brannte, hatte sie versucht, ihn zurückzuhalten, ihn ihr Verlangen wissen zu lassen, noch nach dem Liebesakt geliebt zu werden, selbst wenn die Nacht vorrückte. Dieses Verlangen, das manchmal in ihrem müden, schon erschöpften Körper aufkommt und sie überraschend und fordernd packt. Kampfesmüde hat sie ihre Anwandlung zum Schweigen gebracht. In diesen Momenten fehlt ihr immer noch André. Mit ihm war das zweite Mal das beste, die Lust stellte sich mühelos ein und floss unter ihrer beider Haut wie ein leichter elektrischer Strom.

Oft begleitet sie ihren Liebhaber in Gedanken und kehrt mit ihm zu seiner Frau zurück. Marie-Francine. Ein emotionsloser, farbloser Vorname. Emmanuela hat sie auf Facebook gesehen. Ihre Startseite zeigt ein Foto von Serge und ihr auf einer Terrasse hoch über dem Meer, vermutlich ein Strandhotel an der Côte des Arcadins. Sie lächelt in die Kamera und legt besitzergreifend ihren Arm um den Hals des ungerührten Serge hinter seiner Sonnenbrille. Marie-Francine hat ein rundes Gesicht, die Haare im Nacken rechtwinklig geschnitten. Weder hübsch noch hässlich, weder dick noch klein, alles in allem banal. Sie dürfte eine perfekte Hausfrau sein, eine perfekte Mutter für ihre drei Kinder, zwei Jungen und ein Mädchen, und natürlich eine gute Christin. Emmanuela fragt sich, ob sie noch Lust auf ihren Mann hat, ob sie gelegentlich einen anderen Mann begehrt, ob sie Wunsch- oder Zwangsvorstellungen hegt. Oder aber ob sie, wie so viele verheiratete Frauen, den Frieden mit ihren Eierstöcken gefunden und die Lust abgeschrieben hat. Serge spricht mit ihr fast nie über seine Familie, manchmal aber zärtlich von seinen drei Dobermännern Shiba, Brutus und Goliath, Hunden, die er wie seine Kinder umsorgt. Diese stämmigen, Furcht einflößenden Tiere müssen sicherlich abends ungeduldig hinter dem über zwei Meter hohen Eingangsportal auf die Rückkehr ihres Herrn warten. Emmanuela ist einmal im Viertel Desprez an Serges Haus vorbeigegangen. Ein einstöckiger Betonbau, von dem sie wegen der hohen Mauern und der sie überragenden Bougainvilleastauden nicht viel sehen konnte. Es ist das Haus einer Familie aus der Bourgeoisie, in dem alles an seinem Platz und das Personal gut eingespielt ist. Sie ist sicher, dass Marie-Francine von ihrer Existenz und ihrem Verhältnis mit Serge weiß, dass sie bestimmt mit anderen darüber redet. Emmanuela stellt sich manchmal vor, der Frau von Serge im Supermarkt oder beim Arzt zu begegnen. Soll sie vortäuschen, sie nicht zu kennen? In einem ist sie sich jedoch sicher: Wenn eine Frau, ob Rivalin oder nicht, sie körperlich angreift, wird sie sich das nicht gefallen lassen. Dann reißt sie ihr die Haare aus.

8

Serge ist gegangen. Sie hat ihm ihren Besuch bei Couz und was sich danach begeben hat, nicht erzählt. Er tut sich schon schwer, Patricia in ihrem Leben zu akzeptieren. Sie musste in ihrer Beziehung mit ihm von Anfang an eindeutig sein, es kam nicht infrage, auf ihre beste Freundin zu verzichten, weil ihre Glaubensvorstellungen seine Vernunft, sein rationales Denken oder seine Vorurteile verletzten. Er bleibt aber dabei, ihre Toleranz gegenüber Patricias spiritueller Praxis als eine Charakterschwäche zu betrachten. Emmanuela lächelt bei dem Gedanken an das Gesicht, das Serge ziehen würde, wenn sie ihm sagte, dass ein Engel aus den dunklen Archiven ihrer Familie ihren geistigen Frieden und ihr Gleichgewicht bedroht. Er würde darüber nicht einmal lachen. Er würde sie verlassen.

Emmanuela geht ins Bad, um Serges Liebe abzuwaschen, sich die Zähne zu putzen, eine Feuchtigkeitscreme auf ihr Gesicht aufzutragen und ihr Haar in einem Netz zusammenzufassen. Sie kann es nicht leiden, mit ihren Haaren auf dem Hals zu schlafen. Im Spiegel sieht sie das Gesicht einer ungeschminkten Frau mit müdem Blick. Seit einigen Wochen verwendet sie unter ihrem kompakten Puder eine Salbe gegen Augenringe, eine geniale Entdeckung, diese Creme. Sie weiß nicht, woher diese zwei Falten kommen, die sich zu beiden Seiten ihrer Nase eingraben. Eines Morgens ist sie aufgestanden, und da waren sie, Künderinnen ihrer fünfzig Jahre. Emmanuela überrascht sich jetzt dabei, ängstlich im Blick der Männer, die ihr begegnen, nach Gründen zu suchen, keine Angst vor dieser vergehenden Zeit zu haben, die sie unter einer Salbe gegen Augenringe verbergen muss. Sie kehrt ins Schlafzimmer zurück, legt sich ins Bett, macht die Nachttischlampe aus, zieht das Laken über sich und schließt die Augen. In den Besuchsnächten von Serge schläft sie viel später als gewöhnlich ein und muss trotzdem am Morgen um fünf Uhr dreißig aufwachen, um ihren Tag in Gang zu setzen. Wie lange hat sie geschlafen? Eine Stunde? Mehr? Ein Schlüssel dreht sich unten im Türschloss. Sie wacht ruckartig auf, und ihr Herz schlägt schneller. Genau hinhorchend wartet sie auf die Geräusche, die folgen müssen, Alains Schritte, die Kühlschranktür, die er öffnet und schließt, der Teller, den er auf den Gartentisch stellt, an den er sich immer zum Essen setzt. Sie hört nichts. Der enge Raum im Hof und im kleinen Garten ist von außen praktisch unzugänglich. Wenn das da unten nicht Alain ist, wer dann? Sie hält es nicht mehr aus, diese Stille bringt sie um. Sie beschließt, nachzusehen. Sie muss wissen, was bei ihr, in ihrem Haus vorgeht.

Barfuß geht sie über die Mosaikfliesen. Ihr Nachthemd aus blauem Baumwollvoile weht um sie. In ihrer rechten Hand hält sie fest umklammert den Stiel des Massaistabs, den sie neben ihrem Bett aufbewahrt, ein Erinnerungsstück, das ihr André von einer Dienstreise nach Kenia mitgebracht hatte. Emmanuela wollte nie eine Schusswaffe im Haus haben, da sie überzeugt ist, dass so etwas in Paniksituationen eher gefährlich als nützlich ist. Einen Augenblick lang denkt sie daran, Alain auf seinem Mobiltelefon anzurufen oder auch nachzusehen, ob er in seinem Zimmer ist. Wenn er aber schon schläft, möchte sie ihn wegen ihrer Ängste oder Illusionen nicht wecken. Es fällt ihm schon schwer genug, einzuschlafen. Vielleicht hat er sogar ein Mädchen aufs Zimmer mitgenommen. Sie hat ihn am Abend nicht heimkommen sehen. Auf jeden Fall hat sie das Schnappen des Schlosses deutlich gehört. Hat sie Halluzinationen? Sie geht die Stufen zum Erdgeschoss hinunter. Ihr Herz klopft zwar heftig, aber sie ist entschlossen, die Ursache für dieses seltsame Geräusch herauszufinden, das sie zum zweiten Mal aus ihrem Schlaf hat auffahren lassen. Es kommt nicht infrage, dass sie sich in ihrem eigenen Haus in Angst und Schrecken versetzen lässt, in dieser Heimstatt, die André und sie im Schweiße ihres Angesichts, Zementsack für Zementsack, Eisenstange für Eisenstange, haben errichten lassen, in der sie jeden Winkel kennt. Es kommt ihr so vor, als wenn die Treppe mindestens hundert Stufen hätte. Die Küche ist schwach beleuchtet vom Licht, das auf Hof und Garten fällt. Emmanuela spürt, dass sie etwas im Nacken streift, tausend Anwesende, sie weiß, dass ihre Fantasie sie zum Narren hält. Endlich findet und betätigt sie den Schalter, und der Raum wird hell. Sie blickt um sich. Nichts. Alles scheint am Platz zu sein. Der Kühlschrank surrt leise. Die oberhalb der Spüle an der Wand hängenden Kochtöpfe changieren kupferfarben. Die bemalten Holzfrüchte in der großen Mahagonischale in der Mitte des Esstischs wirken echt. Sie geht bis zur schmiedeeisernen Tür und hofft fast, sie offen zu finden, damit sie Recht hat, damit sie sich von dem überzeugen kann, was sie gehört hat. Vielleicht hat Alain die Tür geöffnet und ist wieder in sein Zimmer gegangen, um etwas zu holen, sein Tablet oder seine Kopfhörer. Aber in dem Fall hätte er Licht gemacht. Emmanuela fühlt, wie ihre Verwirrung zunimmt. Nichts. Das Schloss ist gut verriegelt und stumm. Der Schlüssel hängt mit den anderen Schlüsseln des Hauses am Schlüsselbrett neben dem Geschirrschrank. Sie bückt sich, schaut genauer hin, um sich trotz der Eindeutigkeit zu vergewissern, dass der Riegel richtig in der solide am Türrahmen befestigten Aufnahme ruht. Als sie wieder aufsteht und sich umdreht, schreit sie fast los. Alain steht direkt vor ihr und schaut sie überrascht an.

»Alain! Hast du mir vielleicht eine Angst gemacht! ...«

»Und du mir erst! Was machst du hier, Mama?«

»Ich habe unten ein Geräusch gehört und bin hinuntergegangen, um nachzusehen.«

»Ein Geräusch?«

»Ja.«

»Im Türschloss, wie neulich?«

»Ja ... Du ... hast du nichts gehört?«

»Nein ...«

»Warum bist du dann runtergekommen?«

»Um uns ein Sandwich zu machen. Caroline ist bei mir. Und dann habe ich das Licht gesehen ...«

»Hm ... Caroline ist da! Hast du bestimmt nichts gehört?«

»Nein ...«

Alain hat kein Geräusch gehört. Emmanuela beunruhigt ihn.

»Ich bin müde. Ich gehe wieder hoch zum Schlafen.«

Alain umarmt seine Mutter. Sie zittert. Er drückt ihr einen Kuss auf die Haare, atmet ihren Duft ein. Einen Moment lang verharren sie wortlos umschlungen. Wie gut sie sich in der Wärme ihres Sohnes fühlt! Seit seiner Geburt hat Emmanuela den Körperkontakt mit ihm gepflegt. Sie hat ihn als Baby nach seinem Bad mit Duftöl massiert und ihm Geschichten erzählt, die er zwar nicht verstand, die ihn aber lächeln ließen. Sie hat niemals mit Liebkosungen gegeizt, hat nie gezögert, ihn zu hätscheln, wenn er nachts weinte, ungeachtet der Ratschläge von vermeintlich kenntnisreichen Müttern, die ihr sagten, sie verwöhne ihn. Ja, genau das wollte sie, ihn verwöhnen, ihn berühren, ihn den Trost mütterlicher, für ihn immer bereiter Wärme spüren lassen. Sie wollte ihren Sohn ganz spontan lieben. Diese Zuwendung hatte sie in ihrer ganzen Kindheit immer vermisst. Ihre Mutter hatte im Mittelpunkt ihres Lebens gestanden, sie hatte sie mit Liebe und Aufmerksamkeit überhäuft, sich jedoch angesichts körperlicher Gefühlsausbrüche, jener Zeichen hautnaher Zuneigung, die Trost spenden, abweisend verhalten. Sie hat nie herausgefunden, warum ihre Mutter diese Distanz mit ihr, ihrer einzigen Tochter, gewahrt hatte. Vielleicht hatte sie es nicht einmal gemerkt oder war selbst von ihrer eigenen Mutter in dieser Art von Schamhaftigkeit erzogen worden. Emmanuela hat sich durch den liebevollen Umgang mit ihrem Sohn von diesem Erbe lösen wollen. Auch wenn André deswegen manchmal eifersüchtig war. Heute ist ihre innige Verbindung ein wahrer Segen für sie.

»Du brauchst Ferien ... du bist die ganze Zeit verspannt.«

»Mhm ... das ist wahr. Ich hab die Nase voll von dieser Arbeit und kann sie noch nicht aufgeben. Es wird schon gehen. Gute Nacht, Liebster.«

»Gute Nacht, Mama.«

Emmanuela steigt die Stufen hoch. Ihr fällt auf, dass sie ihren Massaistab nicht losgelassen hat, seit sie aus dem Zimmer gegangen ist. Trotz ihrer Ängste war sie bereit zu kämpfen, um ihr Territorium zu verteidigen. Als sie den Absatz erreicht hat, geht sie über den Flur, der zu ihrem Zimmer führt, und etwas in ihrem Gesichtsfeld erregt ihre Aufmerksamkeit. Sie schaut näher hin. Links von ihr, in der Ecke mit einem Sessel und einem kleinen Tisch, auf dem eine Vase mit Trockenblumen steht, hängt an der Wand ein Pasko*. Auf dem Gemälde

* Haitianischer Maler, geboren 1974.

von etwa einem Quadratmeter schweben schwerelose Zyklopen ohne Arme, mit Schwimmhäuten an den Füßen und übergroßen Genitalien, inmitten von Früchten, die ebenfalls schwerelosen großen Erdbeeren ähneln. Emmanuela gefällt die Verbindung fuchsienroter, senffarbener und grüner Farbtöne mehr als die Gestalten, die aussehen wie Außerirdische aus der wahnhaften Fantasie des Malers. Sie hat das Werk von einem mit dem Maler befreundeten Ex-Liebhaber geschenkt bekommen. Es ist nach rechts geneigt, völlig aus dem Lot. Emmanuela ist fassungslos. Sie hätte das Bild niemals so schief hängen lassen können, niemals. Sie hat die kleine Manie, Bilder, Kunstdrucke, Leuchten, alles was im Haus an den Wänden hängt, geradezurücken. Sogar bei anderen Leuten macht sie das. Und sie ist sicher, dass das Bild senkrecht hing, als sie daran vorbeiging, um in ihr Schlafzimmer zurückzukehren, nachdem sie Serge zum Tor begleitet hatte. Sie rückt es wieder gerade.

9

Couz ist aus Chicago zurück, wo sie ungefähr zehn Tage verbracht hat. Kalt war es dort. Ihre Knochen vertragen nicht mehr den Winter. Zwar ist ihr Gesundheitszustand, wenn man ihre Vorgeschichte bedenkt, nicht alarmierend, aber ihr Kardiologe hat die Stirn gerunzelt, als er ihren Blutdruck prüfte. Er hat Aufnahmen von ihren Organen und Laboruntersuchungen vornehmen lassen. Am übernächsten Tag ist sie wieder bei ihm gewesen und hat seine Praxis mit einer Liste von Ratschlägen und verschriebenen Medikamenten sowie der Empfehlung verlassen, in sechs Monaten wieder zu ihm zu kommen. Couz hat dem Arzt gesagt, dass sechs Monate in ihrem Alter sehr lang und sehr kurz zugleich seien und sie ihm dennoch für seinen Wunsch danke. Ihrer Tochter Gina, deren Ehemann Christopher, einem amerikanischen Schwarzen aus Neuengland, Mathematiklehrer in der Sekundarstufe, und ihren Zwillingen geht es gut. Beverly und Samantha sind im letzten Highschooljahr. Beverly ist begabt fürs Schreiben; ihr Englischlehrer, dem ihre Aufsätze aufgefallen sind, ermutigt sie auf diesem Weg. Beverly hat ihrer Großmutter ein paar Seiten einer Geschichte zu lesen gegeben, die sie gerade erst begonnen hatte. Die Geschichte von Dämonen, die sich eines Hauses und der darin wohnenden Familie bemächtigen. Trotz einiger stilistischer Schwächen ist die Spannung von Anfang an gekonnt durchgehalten. Als ihre Großmutter sie gefragt hat, wie die Geschichte enden würde, hat Beverly ihr lachend geantwortet, dass sie das noch nicht beschlossen habe und abwarte, bis sie es aus ihren Träumen oder ihren Gesprächen mit den Dämonen selbst herausfinde. Couz hat es geschaudert, und sie hat ihre Befürchtungen ihrer Tochter mitgeteilt. Gina hat ihr erklärt, dass die Generation der heutigen jungen Amerikaner in einer Kultur von Vampiren, Zombies und Dämonen aufwächst, die man in Kinofilmen und im Fernsehen, in ihren Videospielen, auf ihren Postern und T-Shirts wiederfindet, und es überhaupt nicht erstaunlich sei, dass Beverlys Vorstellungswelt davon geprägt ist.

Couz hat geseufzt. Am Tag, an dem Gina sie wieder zum Flughafen brachte, hat Samantha sie sehr kräftig umarmt und ihr ins Ohr geflüstert: »Weißt du, *manmie* Paula, die Leute sind ums Haus geschlichen. Die aus Beverlys Geschichte. Wir haben sie im Garten unter der Magnolie gesehen. Das war im Sommer. Bei Einbruch der Nacht. Sie sahen uns an. Mein Blick hat sie nur gestreift und ich habe gespürt, wie sich meine Haut auf dem Körper zusammenzog. In dieser Nacht haben wir nicht schlafen können.« Couz ist es kurz schwindlig geworden. Hastig hat sie ein Notizbuch aus ihrer Handtasche gezogen und eine Seite herausgerissen, um schnell darauf zu kritzeln: »Psalm 46«. »Nimm das«, hat sie zu Samantha gesagt, »such den Psalm in einer Bibel oder auch im Internet. Druck für euch beide eine Kopie aus, und behaltet sie Tag und Nacht in Körpernähe bei euch. Und lest vor allem den Psalm unablässig so lange, bis ihr ihn auswendig könnt. Versprich es mir.« »Versprochen, *manmie* Paula«, hat ihr Samantha lächelnd geantwortet. Sie hat die beiden Mädchen nochmals umarmt und ans Herz gedrückt. Fast im Laufen hat Couz ihnen gesagt: »Und schickt mir doch eine E-Mail, wenn ihr sprechen wollt von ... wovon ihr wollt!« Gina hat ungeduldig im Wagen gewartet, der Motor lief, sie hatte sich einen halben Arbeitstag im Krankenhaus frei genommen, um ihre Mutter zurückzubringen, der Koffer war schon hinten im Kofferraum verstaut, es eilte, *time is money* in den Vereinigten Staaten, der Weg vom Haus zum internationalen Flughafen von Chicago ist weit, mit den Gefühlsausbrüchen musste kurzer Prozess gemacht werden, und Couz hat sich beeilt, zu ihrer Tochter ins Auto zu steigen.

Seit ihrer Rückkehr hat Emmanuela ihr kein Lebenszeichen gegeben. Couz wartet darauf. Sie kann nicht anders. Wenn es auch so aussieht, als verlaufe das Leben wieder normal, ist ihr Herz doch ständig in Alarmzustand. Die Schatten sind da, im tiefsten Inneren von allem, was sie betrifft. Sie muss immer wieder an Jacques denken, ihren Bruder in Nantes, der Geburtstag hat. Sie sind im gleichen Monat geboren, sie am Anfang und Jacquot am Ende. Er hat sie zu ihrem Festtag angerufen, und unter den glücklichen Worten, die sie an diesem Tag wechselten, lauerten andere. John kehrt heute früher von der Arbeit zurück, gemeinsam wollen sie Jacques anrufen. Wegen des Zeitunterschieds mit Frankreich wird es ziemlich spät werden, aber das ist nicht so schlimm. Dort gehen die Leute nicht früh zu Bett. Das Festnetztelefon läutet. Couz nimmt ab. Es handelt sich um einen Anruf aus dem Ausland. Sie runzelt die Stirn.

»Hallo?«

»Hallo, Paula?«

»Ja, Paula am Telefon! Wer ist da?«

Couz rümpft die Nase und verzieht das Gesicht, um besser zu verstehen, die Verbindung ist undeutlich, und sie erkennt noch nicht die Stimme am anderen Ende.

»Ich bin's, Valérie ... aus Nantes! Valérie ... Jacques Frau ... verstehst du mich, Paula?«

»Etwas lauter bitte!«

»Paula! Hier ist Valérie, deine Schwägerin!«

»Ach, Valérie! Ja, jetzt kann ich dich besser verstehen. Da schau her! Guten Tag! Geht's gut? Ich habe gerade an euch gedacht. Ich wollte euch beide etwas später zum Geburtstag von Jacquot anrufen! Du bist mir zuvorgekommen. Du gibst ihn mir dann bestimmt!«

Einige Sekunden Stille. Einige Sekunden zu viel. Couz hat verstanden.

»Ähm ... ich muss dir eine sehr schlechte Nachricht überbringen, Paula. Es tut mir schrecklich leid. Ich bin selbst noch unter Schock, wollte dir aber ...«

Couz unterbricht ihre Schwägerin.

»Ist Jacques tot?«

»Ja ... nach seinem Mittagessen. Oh, Paula! An seinem fünfundsiebzigsten Geburtstag ...«

Valérie schluchzt und kann nicht weitersprechen. Couz fühlt, wie ihr Tränen in die Augen steigen. Mit Mühe fragt sie Valérie:

»Wie ist Jacques gestorben?«

»Ein Herzanfall ... blitzartig. Er hat wenigstens nicht gelitten. Ich habe nichts machen können. Nichts. Sein Körper war noch warm, als ich ihn zurückgelehnt in seinem Sessel gefunden habe ... ich habe seinen Puls gefühlt ... kaum spürbar ... sofort den Notarzt, dann Sébastien angerufen. Aber Jacquot war schon tot, als der Krankenwagen eintraf.«

»Hm ... Ein Herzanfall. Wird man ihm eine Autopsie machen?«

»Oh, Paula! Es wird keine Autopsie geben ...«

Valérie schluchzt immer stärker. Couz hört, wie sie ein Papiertaschentuch entfaltet und sich mehrfach schnäuzt.

»Aber ... aber ... warum?«

»Es war Jacques Wille. Er hatte Sébastien strikte Anweisungen gegeben. Sein Sohn sollte dafür sorgen, dass sein Körper nicht ... geöffnet wird. Und ... da ist noch etwas ...«

»Noch etwas? Was denn?«

Zorn. Couz weiß nicht, woher dieser Zorn kommt, der sie die Kiefer zusammenbeißen lässt. Valérie antwortet ihr zögernd:

»Er ist eingeäschert worden ...«

»Eingeäschert, sagst du?«

»Ja ...«

»Aber ... Valérie ... wenn ich dich richtig verstanden habe, ist mein Bruder heute vor wenigen Stunden gestorben. Und du sagst mir, dass er eingeäschert worden ist? Das hast du mir doch gerade gesagt, nicht wahr?«

Die Stimme von Couz schwillt an, ihre Wut schwillt an. Die Tore wurden aufgebrochen, eine Bresche hat sich geöffnet. Valérie ist in ihrem Schmerz noch verwirrter.

»Ja ... ich verstehe, dass du erstaunt bist, Paula. Ich selbst habe all das erst heute erfahren. Ich bin fassungslos ... Jacques hat mich nichts von seinen Absichten wissen lassen. Sébastien musste ihm versprechen, ihn nach seinem Tod innerhalb von drei Stunden einäschern zu lassen ... Und ich, ich war die ganze Zeit da und wusste nichts davon ... ich wusste davon nichts.«

10

Emmanuela schläft immer weniger. Weder liest sie, noch sieht sie fern in ihrem Bett, ihr fallen die Augen zu, sie bleibt ausgestreckt liegen und sieht sich hinter ihren Augenlidern die Gedanken an, die ihr durch den Kopf gehen. Sie wartet ab. Sie hat nur ein einziges Mal im Leben unter Schlaflosigkeit gelitten, als sie in den letzten Wochen mit Alain schwanger war. Ein ständiger Schmerz unter den Rippen und ihr übergroßer Bauch hatten sie daran gehindert, eine bequeme Schlaflage zu finden. Heute aber ist sie nicht schwanger. André und sie hatten sich ein weiteres Kind gewünscht, eine Tochter, die nie gekommen ist. Die Natur hat anders darüber befunden. Als sie die Entwürfe für das Haus bei ihrem Architekten bestellt hatten, waren natürlich drei Schlafzimmer vorgesehen, eins für die Eltern, eins für Alain und selbstverständlich das Zimmer für ihre noch ungeborene Tochter. Heute ist dieser Raum ein Gästezimmer und eine Abstellkammer, in der die Schränke und Schubladen von den Dingen überquellen, die sich im Laufe der Jahre angehäuft haben, nützlichen und solchen, die nur Platz wegnehmen und die sie schon lange loswerden will. Manchmal schläft dort Jean-Michel-Basquiat, wenn er sehr spät von seinen Spritztouren mit Alain zurückkehrt. Die ersehnte kleine Tochter war für André und sie lange Zeit an jedem Ort ein glücklicher Vorwand für Liebesspiele gewesen. Sie machten nicht Liebe, sie machten eine Tochter. Emmanuela denkt oft an Alains schlaflose Nächte und Alpträume. Er tut ihr leid, und sie versteht ihn besser. Er kämpft eher gegen den Schlaf an, eine gewollte Schlaflosigkeit, und versucht bis zum Stumpfsinn, so lange wie möglich wach zu bleiben, um nicht in seinen Alpträumen unterzugehen. Manchmal gelingt es, manchmal nicht. Sie aber hat keine Alpträume, sie ist nur in einem hyperaktiven Zustand. Sie verzehrt sich. Ein schwacher Geruch von Verbranntem steigt im Zimmer auf. Wahrscheinlich irgendwelcher Abfall, den man in der Nachbarschaft verbrennt, oder Gummistücke, die die Unglücklichen des Viertels anzünden, um die Mücken zu verjagen.

Emmanuela steht mitten in der Nacht aus dem Bett auf, um das Gemälde von Pasko zurechtzurücken. Jeden Abend findet sie es um zwei Zentimeter aus seiner korrekten Lage nach rechts geneigt. Sie kommt nicht auf den Gedanken, das Bild ein für alle Mal von der Wand abzuhängen, sich von diesen konvexen Wesen zu befreien, die sie mit ihrem einzigen Auge anblicken. Emmanuela findet nicht einmal seltsam, dass das Bild sich bewegt oder sie den Eindruck hat, dass es sich bewegt, und sie es mitten in der Nacht zurechtrücken muss. Sie macht es automatisch und kehrt ins Bett zurück. Das ungewöhnliche Geräusch an der Tür im Erdgeschoss hat sie nicht mehr gehört. Alain versorgt sich weiterhin nachts in der Küche, aber um seine Mutter nicht zu beunruhigen, geht er nicht mehr in den Garten. Emmanuela lauert wider Willen auf das Geräusch, das Klicken des Schlosses in der Eisentür, das ihre Hektik rechtfertigen muss. Sie wartet darauf und fürchtet es. Ihr Gehirn schaltet nicht ab, um in den Schlaf zu fallen, sie ist wie eine elektrische Batterie, wie eine Katze, deren Körper ständig vibriert. Sie denkt an Couz, entschließt sich aber nicht, sie anzurufen. Es wird ihr in einigen Tagen sicherlich besser gehen. Sie muss unaufhörlich an André denken. Wieder hat sie begonnen, sich zu fragen, welche Kleidungsstücke er trug, als er am Morgen seines Todes zur Arbeit aufbrach. Sie zerbricht sich den Kopf, um eine Antwort zu finden. Wie andere nachts Schäfchen zählen, geht sie hinter den Augenlidern Andrés Kleidung durch, Hemd für Hemd, Hose für Hose. Auf Patricias Ratschläge hin hatte sie schließlich dem Altenheim der Gemeinde ein dickes Paket mit Kleidungsstücken von André geschickt und nur einige Stücke behalten, von denen sie sich nicht trennen konnte, Hemden, die sie an besondere Momente, eine Reise, einen Geburtstag, eine Begebenheit erinnerten, bei der sie glücklich gewesen waren. Sie quält sich mit dem Wunsch, sich an jedes seiner Kleidungsstücke zu erinnern. Welches von ihnen war im Paket an das städtische Altersheim nicht enthalten? Das fehlende musste logischerweise das sein, das er am Unfalltag getragen hatte, dem Tag, an dem er gegangen war, ohne dass sie ihn gesehen, ohne dass sie sich die Farben, die ihn umgaben, eingeprägt hatte, ohne dass sie ihn hatte retten können. Welches aber? Wenn sie morgens aufwacht, ist sie erschöpft. Sie muss im Büro dreimal Kaffee trinken, um den Tag durchzustehen. Eines Morgens hat ihre Sekretärin sie schlafend, den Kopf auf den Schreibtisch gestützt, gefunden. Sie sagt Alain nicht, was mit ihr los ist. Es ist eben nur Stress, die Arbeit in der Bank, die Unsicherheit, die späten Besuche von Serge. Die Geschichte von Couz ist es nicht. Es ist nicht der Engel, der sich in ihrem Leben einrichtet.

Seit einigen Tagen ist Serge perplex. Wenn er Emmanuela streichelt, hat er den Eindruck, dass ihre Haut wächsern ist, sie nicht reagiert oder nur vorgibt, Lust zu empfinden. Wenn er sie nimmt, findet er sie trotz seines langen Vorspiels trocken. So war es vorher, selbst in der Woche davor, nicht. Er fragt sie, was los ist, ob sie sich nicht wohl fühle. Emmanuela sagt ihm, dass es wahrscheinlich die Menopause ist, eine Hormonsache, die sie selbst nicht versteht. Mag sein, aber er lässt sich nicht täuschen. Nicht allein ihr Körper ist nicht dabei, auch ihre Seele ist abwesend. Er liebt diese Frau, findet ihren praktischen Sinn fürs Leben anziehend, ihre Art zu kämpfen, um sich einen Platz an der Sonne zu verschaffen und sich damit über die Zwänge einer Gesellschaft mit heuchlerischen Verhaltensregeln hinwegzusetzen. Sie erstaunt ihn immer wieder mit ihrer Art, im Kopf frei zu sein, und er muss sich eingestehen, dass er, seit er sie kennt, etwas lockerer wird, weniger Prinzipien reitet, die letztlich lächerlich einengend und sinnlos sind. Emmanuela will eine emanzipierte Frau sein, und sie würde so weit gehen, ihn zu betrügen, um es sich zu beweisen. Bis jetzt hat sie ihm aber niemals Anlass für den geringsten Zweifel an ihrer Treue gegeben. Was ihn vor allem fasziniert, ist ihre Sinnlichkeit, ihre intensive Liebesfähigkeit, die er in solchem Maß bei keiner anderen Frau vor ihr erlebt hat. Sie fügt sich seinen Forderungen und findet ihre Lust dabei. Schon drei Jahre sucht er ihr Haus und ihr Bett auf und wird nicht müde, sie zu lieben. Er möchte sie glücklich machen, verwöhnen. Vielleicht zeigt er es ihr nicht genügend. Frauen bleiben kleine Mädchen mit jener romantischen Seite, die sie das Leben rosarot träumen lässt. Sie verlangen zärtliche Worte, ihre Männer sollen sich blödsinnige Inszenierungen für sie ausdenken, damit sie sich immer schön und begehrt fühlen. Sie brauchen es, belogen zu werden. Er vermag seine tiefen Gefühle nicht auszudrücken. Wenn er versucht, zärtlich zu sein, lähmt ihn stets die Angst davor, lächerlich zu wirken. Seine Leidenschaft und sein Verlangen nach ihr dürften ihr jedoch seine Zuneigung ausreichend beweisen. Seine großzügigen Zuwendungen sind ebenfalls Gesten, die für sich sprechen. Das hat er sich immer eingeredet. Es kann nicht um einen anderen Mann gehen. Sein Stolz verwirft diese Erklärung. Sehr wenige Bewohner dieser Stadt könnten sich mit ihm messen, ihm Emmanuela ausspannen. Nein, es muss etwas anderes sein. Man lässt Serge Destin nicht so einfach fallen. Dennoch wird er seit einigen Tagen panisch, weil er sie nicht wiedererkennt. Er müsste mit ihr sprechen, sie fragen, was wirklich los ist. Nun hat er aber auf diesem Niveau noch nie Gespräche führen, seine Zweifel und Ängste ausdrücken, folglich seine Schwäche eingestehen können. Diese verbale Intimität kommt einer Bergbesteigung, einem unbekannten Territorium gleich, auf dem er Gefahr läuft, schmerzliche Entdeckungen zu machen.

11

Jacques wusste, dass sein Tag gekommen war beziehungsweise seine Stunde geschlagen hatte. Dieser Geburtstag würde der letzte sein. Alle Bäume der Stadt wurden zu ockerfarbenen, gelben und braunen Sträußen, die unter der verliebten Sonne vibrierten. Der Herbst ist eine schöne Jahreszeit zum Sterben, dachte er und wunderte sich über seine Gelassenheit. Allerdings hatte er nicht unverbrüchlich daran geglaubt. Eine geheime Ambivalenz. Gewissheit und Leugnung. Die Last der Familiengeschichte und das Verlangen, zu vergessen und zu leben. Auch hatten die Entfernung vom Heimatland, die seit langer Zeit verloren gegangenen familiären Bindungen dazu beigetragen, die Last dieser Geschichte zu verringern, die in seine früheste Kindheit zurückreichte. In langen Phasen seines Lebens hatte er sie sogar vergessen. Wer kann unter der Oberfläche gut geordneter Leben Konflikte und existentielle Zweifel vermuten? Seine Frau Valérie, die Mutter seiner beiden Kinder, hat niemals geahnt, dass er in sich, in einer verborgenen Falte seiner Haut, ein Geheimnis, ein unauslöschliches Mal trug. Auch seine Tochter Esther nicht. Allein Sébastien hatte er die Mission anvertraut, ihn jenem programmierten Schicksal zu entreißen. Aber Sébastien kannte die tiefen Gründe nicht, aus denen sein Vater ihm dieses seltsame Versprechen abgenommen hatte, das er bei dessen Tod einlösen musste. Jacques würde dieses Erbe nicht auf seine Familie übertragen, die nichts damit zu tun hatte. All das sollte mit ihm aufhören, und in diesem Sinn hatte er die Maßnahmen ergriffen. Der Marquis de Truitier und seine Schergen würden ihn nicht kriegen, das stellte er sicher. Er würde ihnen seinen Körper entziehen, die Verbindung, die es ihnen erlaubte, den Staffelstab ihres Einflusses an seine Nachkommen weiterzureichen.

Wie konnte er wissen, dass es gerade dieser Geburtstag war und nicht alle vorherigen? An Nichtigkeiten. An Zeichen, die einige Wochen vorher aufgetreten waren und die er als Einziger wahrgenommen hatte. An der Empfindung, dass der Umriss der

Dinge um ihn mit der Atmosphäre verschmolz, die Substanz der Dinge sich auflöste. Und es in seinem Körper eine leichte Verschiebung seines Schwerpunktes nach rechts gab. Sein Schlaf war unruhig geworden, und seine Schlaflosigkeit hatte von Tag zu Tag zugenommen. Dieser leichte Geruch nach angesengten Haaren in der Wohnung. Er hatte Valérie zweimal gebeten, sich zu überzeugen, dass auf dem Feuer nichts anbrannte. Sie hatte in der Küche nachgeschaut, alle Steckdosen der Wohnung überprüft. Alles schien in Ordnung zu sein. Als er sie zum dritten Mal bat, sah sie ihn nachdenklich an, ohne die tiefe Trauer in seinem Blick zu verstehen. Hatte Jacquot Halluzinationen? Verlor Jacquot langsam den Verstand? Nach der Vision am letzten Wochenende hatte er jedoch keinen Zweifel mehr gehabt. Er wusste, dass die Sache da war. Die Sache, der er vor fünfundsechzig Jahren entkommen war. Er kehrte mit Valérie von einem angenehmen Moment im Théâtre du Cyclope zurück. Es war ein schöner Abend. Obwohl der Herbst begann, wehten noch einige laue Brisen über Nantes. Im Anschluss hatten sie in einer Brasserie der Rue Sully, die sie schon lange aufsuchten, zu Abend gegessen. Als sie aus der Straßenbahn ausstiegen, um drei Häuserblöcke weiter nach Hause zu gehen, zeigte sich die Erscheinung in einer Dimension, die sich natürlich und blitzschnell auftat. Jacquot spürte sie als Einziger. Er fand anschließend keine Worte, als er sich erklären wollte, was er in jenem Moment empfunden hatte. Es wäre dermaßen unsinnig, die Sache mit menschlichen Worten zu beschreiben. Hatte er sie überhaupt gesehen? Er hätte gewünscht, sich diese Frage niemals stellen zu müssen. Ihm war eine Silhouette, bekleidet mit einem langen dunklen Mantel und einem über den Kopf gezogenen Hut, aufgefallen, die sich in einer seltsamen Gangart entfernte. Das ist alles, was er sah. Von allen Fahrgästen der Straßenbahn, die gleichzeitig mit ihm ausgestiegen waren, hatte dieser seine Aufmerksamkeit erregt, es versetzte ihm einen Schlag aufs Herz. Er hätte nicht sagen können, ob es sich um einen Mann oder eine Frau handelte. Jacques verspürte einen heftigen Luftzug, hinter der Silhouette tat sich die Luft zu einem Flur auf und riss ihn mit sich, nur ihn. Bleich hatte er sich mit aller Kraft an Valéries Arm geklammert. Der Mann oder die Frau, bereits weiter weg, bückte sich und spuckte einen langen Speichelfaden auf die Straße. Jacques war sich vollauf bewusst, dass er diese Erscheinung als Einziger wahrnahm, dass sie für keinen anderen der Spaziergänger existierte, die sich an diesem Abend, zu diesem Zeitpunkt auf dieser Straße von Nantes befanden. Er sah um sich die eiligen oder sorglosen Fußgänger und stellte fest, dass man im Alltagsgeschehen ahnungslos unsagbare Tiefen streifen kann.

Wie üblich hat er nach dem Mittagessen in seinem Büro gearbeitet. Jacques' Leidenschaft ist Geschichte. Die Regale seiner Bibliothek sind angefüllt mit Werken über alle großen Epochen der Menschheitsgeschichte, und er selbst hat für Fachzeitschriften einige Abhandlungen über die präkolumbianische Periode von Haiti verfasst. Das alte Ägypten fesselt ihn besonders. Esther hat ihm aus Paris eine SMS geschickt, um ihm zum Geburtstag zu gratulieren. Sie ist in der Vorlesung, will ihn nach dem Essen anrufen und am Wochenende besuchen. Sébastien will, um ihn zu beglückwünschen, zum Abendessen vorbeikommen. Valérie hat seine dampfende Tasse Kräutertee auf einem Bambustablett neben ihn gestellt und ist sehr schnell wieder zu ihrer Fernsehserie ins Wohnzimmer zurückgekehrt. Die Luft ist plötzlich dick geworden. Immer dichterer Rauch ist aufgestiegen, hat seinen Blick getrübt und ihm den Atem genommen. Sein Herz hat Angst bekommen. Ein großer Schröpfkopf hat an seinem Leben gesaugt. Jacques hat seinen Stift abgelegt und den Kopf auf die Sessellehne gestützt, während seine rechte Hand die linke Brustpartie presste. Er wusste, dass es sinnlos war, Valérie zu Hilfe zu rufen. Auch wollte er ihr jeden möglichen Austausch mit ihnen ersparen.

In der stickigen Wärme des kleinen Büros wurde er um fünfundsechzig Jahre zurückversetzt, wie er als kleiner Junge in kurzen Hosen barfuß unter der blendenden Sonne durch die Savanne von Truitier lief. Es waren Sommerferien, sein Bruder, seine beiden Schwestern und er verbrachten sie im Haus ihres Großvaters auf den Ländereien, die sich über Hunderte *carreaux de terre** mit Reis- und Zuckerrohrfeldern erstreckten. Der Großvater hatte buchstäblich die ganze Gegend, von der Kirche Saint

* Traditionelles Flächenmaß. Ein *carreau de terre* entspricht etwa 1,3 Hektar.

Charles an der Straße nach Carrefour bis Mariani und in der Breite bis zum Meer, den Mangroven und Sümpfen, besessen. Jacquot war allein und erforschte die Ruinen der stillgelegten Zuckerfabrik seines Großvaters, die etwa vierhundert Meter vom Wohnhaus entfernt im hitzeflimmernden Gestrüpp lag. Ein paar Sekunden lang vergaß Jacques den Schmerz in seiner Brust. Er vergaß diesen verdammten Rauch, der ihn erstickte. Andere Düfte, die schwarze, sandige Erde von Truitier, vermischt mit Kuhfladen und dem Zitronen- und Uringeruch riesiger blühender *tcha-tcha*-Sträucher, stiegen ihm in die Nase. Die Männer waren bereits am Ort, als er, versunken in die Betrachtung des verrosteten Getriebes einer Zuckermühle, ihre Anwesenheit wahrnahm. Reflexartig hatte er sich hinter dem rostigen Wrack eines Zuckerkessels versteckt. Es war den Kindern verboten, sich vom Haupthaus zu entfernen, sie durften sich nie außer Sicht der Sippe befinden, die im großen Hof um das Haus des Patriarchen angesiedelt war. Die Gruppe bestand aus seinem Großvater, Horacius Melfort, Notar Victorin Orlando, Doktor Nathaniel Séphasse und zwei weiteren Erwachsenen, die er nicht kannte. Sie trugen Straßenanzüge, flache Strohhüte und, wie üblich bei den Alten, Schuhe in zwei Farben. Sie redeten lebhaft und schienen eine wichtige Frage zu erörtern. Jacques konnte weder alles hören, noch alles verstehen, aber Fetzen der Unterhaltung erreichten ihn deutlich. Er hörte vom Marquis von Truitier reden. Er fragte sich, wer das sein könnte. Man wollte dem Marquis, der ungeduldig wurde, ein Lamm opfern. »Wann?«, fragte Notar Orlando. »Spätestens morgen!«, antwortete energisch der eine der Fremden mit den dicken zerzausten Brauen und dem stechenden Blick. »Es eilt. Wir haben schon zu lange gezaudert!« »Pst! Leiser! Man kann uns hören!«, sagte der andere Fremde, der kränklich wirkte und seine vorstehenden Augen nach rechts und links verdrehte. Jacques machte sich hinter dem Zuckerkessel noch kleiner. Das Kind hörte Worte wie Bankrott ... Feinde ... Wahlen. Es konnte die fiebernde Eile spüren, die die Männer in mit Händen zu greifender Anspannung hielt. Und plötzlich, es riss die Augen auf, hörte es seinen Namen. Doktor Séphasse bat seinen Großvater, das Lamm zu bezeichnen. Es entstand eine lange Stille. Drei

Fliegen schwirrten um den Hut von Notar Orlando, die er mit einer ärgerlichen Handbewegung verjagte. Darauf ließ der alte gebeugte Mann mit seiner krächzenden Stimme hören: »Jacquot!«

»Sehr gut!«, stimmte der Mann mit den zerzausten Augenbrauen zu, »der Marquis wird zufrieden sein. Aber diesmal, Magistrat, keine Hinhaltemanöver!«, sagte er streng und suchte den Blick von Horacius Melfort, der die Augen senkte.

Jacques wurde am selben Abend krank, litt an schrecklichen Koliken und weigerte sich eine ganze Woche lang, sein Bett zu verlassen. Die Medikamente, die ihm seine Mutter auf Anordnung des guten Doktor Séphasse verabreichte, schienen ihm keinerlei Linderung zu bringen. Er sagte niemandem etwas, und als sein Bammel vorüber und die Ferien zu Ende waren, vergaß er die Geschichte. Immerhin erzählte er viele Jahre später seiner großen Schwester Paula davon, die spirituelle Fähigkeiten besaß. Sie sagte ihm, sie habe von den Älteren eine Version der Geschichte vom Pakt ihres Großvaters gehört. Das war immer eine mit sparsamen Worten geflüsterte Geschichte zwischen Mythos und Realität. Sie sagte, dass ihre Leben davon geprägt seien. Der Marquis von Truitier sei in Wirklichkeit das Pseudonym, mit dem diese Männer aus Diskretion den Engel Yvo belegten. Fünfundsechzig Jahre später waren seine Abgesandten zur Stelle, hier in dem kleinen Büro, im immer dichter werdenden Rauch. In dieser letzten Minute seines allerletzten Geburtstags weiß Jacques, die Augen angefüllt von Entsetzen, dass die Geschichte noch lange nicht zu Ende ist.

12

Emmanuela steht mitten in der Nacht aus dem Bett auf, um das Gemälde von Pasko zurechtzurücken. Das Bild hängt schief, wie sie weiß, und solange sie seine Position nicht korrigiert hat, kann sie keine Ruhe finden. Im Flur sieht sie es nicht an der Wand. Sie zwinkert mit den Augen, sucht, versteht nicht. Langsam versinkt das Parkett unter ihren Füßen. Sie sieht nochmals hin, betastet mit beiden Händen die Stelle an der Wand, an der sich das Werk noch vor einigen Stunden befunden hat. Ihr Gehirn vermag die Botschaft dieses Vierecks, diesen im Halbdunkel helleren Fleck als die übrige Wand nicht zu begreifen. Es ist etwas geschehen, was sie in ihren Grundfesten erschüttert. Ihr ist übel, ihre Hände sind kalt. Sie ist wie eine Drogensüchtige, die ihre letzte Dosis Flucht dort, wo sie sie versteckt hat, nicht findet. Panik. Schläft sie? Träumt sie vom Verschwinden des Bildes? Ihre Wirklichkeit geht unter im Traum, oder umgekehrt. Um im Alltag standzuhalten, schöpft sie aus ihren tiefen Energiequellen. Wie lange wird sie durchhalten können? Plötzlich denkt sie an Alain. Sie muss ihn sofort sehen, ihn warnen. Vielleicht weiß er, was mit dem Bild geschehen ist. Sie geht über den Flur, um auf der anderen Seite der Treppe an seine Tür zu klopfen.

Alain schläft nicht, er erwartet den Besuch seiner Mutter. Er hat keine Ahnung, wie sie reagieren wird, wenn sie ihn sprechen will. Er weiß nur, dass das Bild nicht länger an der Wand hängen durfte. Das ist ihm so sicher wie das Blut, das in seinen Adern fließt. Mehrmals hat er Emmanuela dabei überrascht, wie sie ihr Schlafzimmer verließ und zu dem Gemälde ging. Beim Öffnen der Tür hatte ihn das Geräusch aufmerksam gemacht. Auf diese Weise ist ihm aufgefallen, dass sie nachts nicht schlief. Geistesabwesend hantierte sie mit dem Werk, drehte den Kopf nach rechts und links, wenn sie es geraderückte, obwohl es schon vollkommen gerade hing. Beim ersten Mal hat er den Vorgang seltsam gefunden, ihm aber nicht viel Bedeutung beigemessen. Die Manie seiner Mutter, immer selbst dort Ordnung zu machen, wo keine

Unordnung herrscht, ist ein Anlass für Scherze in der Familie. Aber dann, als er gesehen hat, wie sie vorging, ist ihm klar geworden, dass jene Wesen mit den Schwimmhäuten an den Füßen und dem übergroßen Auge seine Mutter in eine unbekannte Landschaft entführten, aus der sie nicht herausfand. Alain spürt, dass Geister anwesend sind. Er spürt sie mitunter im Garten, wenn er rauchen geht. Seit seiner Jugend nimmt er manchmal Vibrationen wahr, die nichts Menschliches haben. Er weiß, dass diese Geister in jeden beliebigen Gegenstand schlüpfen und ihn in eine Besessenheit mit Zerstörungskraft verwandeln können. Woher er das weiß? Er kann's nicht sagen. Es ist in seiner Natur. Eine Intuition. Ein sechster Sinn. Diese Alpträume haben wahrscheinlich etwas damit zu tun. Es ist sein Kampf gegen das Unsichtbare. Seine ganze Kindheit hindurch haben ihn Horrorfilme, die hollywoodischen Erscheinungsformen des Bösen, fasziniert. Aber sehr schnell hat er die Wirklichkeit jener Welt begriffen, die keiner Spezialeffekte bedarf, um sich im echten Leben zu zeigen. Sein Vater und seine Mutter haben nie erfahren, dass er so war. Er hat mit Ausnahme von Jean-Michel-Basquiat mit niemandem darüber gesprochen. Man bedient sich des Bildes, um seine Mutter zu treffen. Sie muss das unbedingt wissen. Er ist eine Stunde vor ihr aufgestanden und hat es abgehängt. Er hat es im Keller in den Lagerraum gebracht, mit einer Schere zerschnitten und seinen Rahmen zerbrochen. Daraufhin hat er einen leeren Metallbottich, in dem sein Vater früher Düngersäcke aufbewahrte, unter das Fenster gezogen, das Bild dort hineingelegt und es verbrannt. Alain weiß, dass Feuer unwiderruflich reinigt.

Emmanuela tritt leise in das Zimmer ihres Sohnes, sie hat das Licht unter der Tür gesehen. Sie weiß nicht, wie sie erklären soll, mitten in der Nacht aufzutauchen. Beide schweigen. Nach einigen peinlichen Sekunden, in denen sie da steht und ihn ansieht, wagt sie den Sprung ins kalte Wasser, zumal sie ohnehin fühlt, dass sie untergeht:

»Es geht etwas Unheimliches vor ... Das Gemälde von Pasko ... es ist nicht mehr an seinem Platz.«

Alain fühlt sich trotz allem wie ein unartig gewesenes Kind. Er weiß nicht, welche Macht das Bild auf seine Mutter ausübt. Er hat sich ein Recht angemaßt, dessen Ausmaß er nicht kennt. Deshalb kann er ihr auch gleich sagen, was er getan hat.

»Ich weiß, Emmanuela. Ich habe es abgehängt.«

Alain hat seine Mutter Emmanuela genannt. In diesem Augenblick ist sie eine Frau in Gefahr, der er helfen will, er muss vergessen, wer sie ist.

»Du hast was gemacht?«

»Es gehörte nicht mehr in unser Haus. Ich habe es in den Keller gebracht und verbrannt ...«

Alain sieht, dass seine Mutter sich verändert. Ihr Gesicht wird zu einer Leidensmaske, ihr Mund öffnet und schließt sich wie ein Automat. Als sie mit ihm spricht, erkennt er ihre Stimme nicht.

»Du hast mein Bild angerührt? Du hast mein Bild verbrannt?«

»Es musste sein, Mama ... das konnte nicht mehr weitergehen.«

Emmanuela fällt auf die Knie, von Weinkrämpfen erschüttert, von einem unsäglichen Kummer ergriffen.

Unter Schluchzern bringt sie nur hervor:

»Bist du denn verrückt, Alain? Wer hat dich dazu berechtigt? Ein Kunstwerk zerstört man nicht ... das ist ... das ist Ketzerei ... ein Verbrechen ... Du handelst wie jene Fanatiker, die die Schönheit der Welt zerstören ...«

Alain unterbricht sie sanft:

»Dieses Werk nicht, Emmanuela ... Es hat dich, es hat uns zerstört.«

Alain hat plötzlich eine Eingebung. Er fasst seine Mutter bei der Hand und sagt zu ihr:

»Komm ... lass uns in den Keller gehen. Du wirst sehen, es ist jetzt nichts mehr da, nichts, was dir Angst machen könnte.«

Sie kommen unten in den Lagerraum. Zwischen den Wänden herrscht noch ein starker Geruch von Farbe und verbranntem Stoff. Alain lässt seine Mutter die Asche auf dem Grund des Metallkübels berühren.

»Siehst du, nichts ist mehr da. Sie sind fort ...«

Emmanuela lässt die Asche durch ihre Finger gleiten. Sie stößt einen tiefen Seufzer aus, entlastet von einem großen Gewicht. Sie lächelt Alain an, ihr Gesicht hat zu seiner Gelassenheit zurückgefunden. Sie empfindet so viel Liebe für ihren Sohn, weiß aber, dass dieser Moment nur eine Gefechtspause ist, nichts als eine Gefechtspause. Als sie wieder in ihrem Schlafzimmer ist, ruft sie Patricia an. Sie wirft einen Blick auf die Uhr auf ihrem Nachttisch. Es ist zwei Uhr fünfunddreißig am Morgen.

13

Eine Stunde später ruft Patricia zurück. Emmanuela rührt die unverzügliche Antwort und der Liebesbeweis ihrer Freundin.

»Voilà ... Ich habe soeben mit Abdias gesprochen.«

»Was! Du hast zu dieser nächtlichen Stunde deinen Bruder angerufen?«

Patricia geht auf die Frage nicht ein. Sie fährt fort:

»Bist du immer noch einverstanden, Emmanuela? Ich will dich absolut nicht zwingen ... ich habe dir vorgeschlagen, es zu machen, weil ich ehrlich der Meinung bin, dass du es brauchst ... du musst es aber auch wollen.«

»Ja ... ich will es. Ich vertraue dir, Patricia.«

»Gut, also dann! Ich habe alles mit Abdias arrangiert. Er erwartet uns. Du musst es unbedingt in dieser Woche machen, Emmanuela. Er meint, es sei dringend. Das *lavé tèt** findet im Allgemeinen an drei Tagen statt, aber in Anbetracht der knappen Frist und auch deiner Arbeit wirst du nur eine Nacht dort zubringen. Wenn du sehr früh am Samstag ... in drei Tagen ... nach Noailles kommst, bist du am Sonntagmorgen schon wieder zu Hause. Ich komme dich abholen, wir gehen gemeinsam hin, ich begleite dich auf Schritt und Tritt. Kannst du dir am Samstag so kurzfristig bei der Bank freinehmen?«

Emmanuela überlegt kurz.

»Gut ... es muss wohl sein. Ich informiere die Hauptgeschäftsstelle, dass ich wegen einer .... dringenden Familienangelegenheit in die Provinz muss. Sie werden jemanden schicken, der mich in der Filiale vertritt.«

»Perfekt!«

»Und du, Patricia, deine Arbeit?«

»Mach dir keine Sorgen, ich habe gleitende Arbeitszeiten. Vergiss nicht, ich bin im Marketing. An diesem Wochenende muss ich bei keiner Veranstaltung dabei sein. Mir passt das.«

* Rituelle Kopfwaschung.

»Muss ich etwas mitbringen?«

»Och … nicht viel. Ein weißes Kleid. Nimm etwas Bequemes. Und zudem ein weißes Badehandtuch und ein weißes Laken …«

»Gut … ist notiert.«

»Ah! Fast hätte ich's vergessen. Wichtig … Kein Sex am Tag vor dem *lavé tèt*. Am Freitag übst du Enthaltsamkeit. Abdias gibt dir dort weitere Instruktionen. Kannst du einen Tag ohne auskommen?«

Emmanuela lacht los. Mitten im Chaos tut es ihr gut zu wissen, dass Patricia bei ihr ist.

»Mit Mühe. Ich werde mich übermenschlich anstrengen.«

»Das dürfte das erste Mal sein.«

Die beiden Freundinnen verstummen kurz. Ihr Schweigen ist auch eine Art zu reden und einander zu verstehen.

»Patricia?«

»Ich weiß …das macht dir etwas Angst … Aber du hast keine Ursache. Du bist unserem Peristyl* und unserem Bund nichts schuldig und gehst keine Verpflichtungen ein. Es geht nicht wie in einem *kanzo*, einer Initiation, darum, dich an deinem *mèt tèt*** auszurichten. Du wirst dir nur den Kopf mit Wasser und geweihten Kräutern waschen, ihn reinigen, kräftigen … Dein Kopf ist danach klarer.«

»Ich habe es nötig!«

»Und auch Alain wird davon profitieren. Er wird im Haus bessere Wellen empfangen.«

»Okay …«

»Ja … du wirst dich besser fühlen. Ich behaupte nicht, dass die geistigen Turbulenzen, die du durchmachst, aufhören. Du wirst aber besser gewappnet sein, sie durchzustehen.«

»Ich bin einverstanden. Ich bin bereit. Ich fühle, dass ich verrückt werde, Patricia. Leicht verrückt.«

»Hast du Couz besucht?«

»Hm … Nein. Aber heute Abend gehe ich nach der Arbeit hin.«

»Sehr gut. Es wurde Zeit. Was euch widerfährt, ist eine

* Ausdruck für ein Voodooheiligtum.

** »Herr des Kopfes«: Geist, dem ein Initiierter geweiht wird.

Familiensache, die weit in euren Stammbaum zurückreicht. Couz weiß, mit welchen Waffen man kämpft. Sie wird sie dir geben. Es sind keine Waffen des Voodoo. Dieser Engel Yvo ... er gehört einer teuflischen Monarchie an, und ihr muss die Stirn mit der Macht der getreuen Engel geboten werden. Deine Cousine weiß es bestimmt ...«

»Ja ... Ich habe geglaubt, mich entziehen zu können, aber offensichtlich ist das nicht möglich.«

»Und dann, Emmanuela, musst du unbedingt Alain in das einweihen, was in deinem, in eurem Leben vor sich geht. Auch er ist betroffen.«

»Ja ... ich spreche mit ihm. Ich sage ihm vom *lavé tèt*. Alles Übrige sehe ich dann ...«

Emmanuela denkt an Serge. Es tut ihr leid, dass sie ihre Seelenqualen nicht mit ihm teilen kann. Sie kann ihm jedoch diese ungeheure Wendung, die ihr Leben nimmt und die sie im tiefsten Inneren berührt, nicht lange verbergen. Sie versteht, dass dies alles geradezu verrückt und kaum glaubwürdig ist, erwartet jedoch von ihrem Mann Mitgefühl und Solidarität. Es widerstrebt ihr, Winkelzüge zu machen, sie wehrt sich bereits beim Gedanken an die Ränke, die sie schmieden muss, um Serge von alldem fernzuhalten. Was kann sie ihm bloß sagen, um ihre Abwesenheit am Wochenende zu rechtfertigen?

»Und Serge? Was soll ich machen, Patricia? Wenn ich ihm sage, was ich gerade erlebe, wird er es mir bestimmt verübeln. Wenn ich ihm nichts sage, entdeckt er es womöglich früher oder später selbst, was vielleicht noch schlimmer ist. Ich habe eine Stinkwut, dass ich mein Leben nicht so leben kann, wie es kommt, weil Serge gewissen Dingen nicht zugänglich ist ...«

Patricia weiß, was Serge über sie denkt. Sie wahrt mit ihm eine heuchlerische Freundlichkeit. Sie fragt sich, ob Serge Angst vor ihr hat, Angst, dass sie ihm einen *wanga** schickt. Er hat solche Vorurteile ... Sie gibt ein *tchuip* von sich.

»Hör mal, er ist nicht der Einzige in seiner Art. An dir ist es zu entscheiden, welche Haltung du einnehmen willst. Er ist dein

* Zaubermittel, in der Regel mit schädigender Wirkung.

Mann, Emmanuela, du kennst ihn besser als ich. Ich rate dir, abzuwarten. Wenn dir irgendwann keine Wahl bleibt, musst du direkt und aufrichtig mit ihm sein. Es werden sich aber wahrscheinlich Konsequenzen ergeben, dic du nicht vorhersehen kannst ... oder die du nicht wünschst. Du weißt es.«

»Hm ... Ja, ich weiß. Gut ... ich lasse dich jetzt schlafen. Danke für alles ... danke, dass du da bist, Patricia.«

»*That's what friends are for ...*«[*]

* Dafür hat man Freunde.

14

Couz sieht Emmanuela kommen und empfängt sie mit ihrer üblichen Herzlichkeit. Sie macht nicht den Eindruck, als habe sie ungeduldig auf sie gewartet. Sie gibt sich den Anschein, als bemerke sie nicht die Zweifel und die Verwirrung im Herzen ihrer kleinen Cousine, die sie seit ihrem letzten Treffen umtreiben. Sie hatte sich vorgeworfen, ihr beunruhigende Enthüllungen gemacht zu haben, obwohl sie wusste, dass ihr keine Wahl blieb. Wie oft hatte sie sich nicht an Emmanuelas Stelle versetzt. Ja, diese Geschichten aus einer vollkommen fremden Vergangenheit, an der sie jedoch durch ihr Blut teilhat, hätten auch sie schockiert und verwirrt. Wenn man, wie sie, nahe den Erzengeln, Engeln und Dämonen, ihren köstlichen oder ekligen Ausstrahlungen lebt, wenn man am helllichten Tag schädliche Geister vorbeiziehen sieht, wenn Verzweifelte aller sozialen Klassen einem vertrauen, dass man ihr Fleisch und ihre Nächte vom Einfluss des Bösen befreien kann, dann, so sagt sich Couz, vergisst man darüber, dass für den gewöhnlichen Sterblichen solche Dinge nichts weiter als Legenden, Mythen, Aberglaube und Kinoszenarien sind. Solange der gewöhnliche Sterbliche nicht unter den Einfluss der Finsternis gerät. Aber die Vergangenheit stirbt nicht, dessen ist sie sicher. Männer und Frauen beschließen ihren irdischen Lebenslauf und hinterlassen das Erbe ihrer Taten künftigen Generationen. Vermögen oder Pleiten, Ruhm oder Schmach, Tugenden oder Laster, Größe und Feigheiten überleben sie durch spirituelle und genetische Vererbung. Die Gegenwart ist nur die Fortsetzung der einstmals begangenen Taten, die zurückkehren, um oft gewaltsam an unsere Tür zu klopfen. Dann stellen wir fest, dass manch Fortbestehendes der Zeit spottet und ebenso unserer erbärmlichen Anhänglichkeit an unsere Jahre, Monate und Tage, die nur Staubkörner in der Ewigkeit des Weltalls sind.

»Ich wollte dich anrufen, um dir eine schlechte Nachricht zu verkünden, mein Liebling. Und nun bist du da. Du machst mir eine große Freude, dass du gekommen bist, wenn mein Herz auch betrübt ist.«

«Eine schlechte Nachricht, Couz? Worum geht es?«

Es geht also schon wieder los. Emmanuela sperrt sich. Ihr Herz ist in Alarmzustand, sie weiß niemals, worauf sie gefasst sein muss, wenn Couz mit ihr spricht. Sie ahnt jedes ihrer Worte und fürchtet es. Sie kann die Art von Couz nicht leiden, ihre Worte und Sätze mit einem Schleier zu verhüllen, den zu lüften sie versuchen muss. Sie weiß nicht recht, ob es die Nachrichten von Couz sind, die so bei ihr wirken, oder die Anstrengung, die sie vollbringen muss, um den Raum zwischen ihren Zeilen, ihren Pausen, ihren Rückzügen, ihren Abschweifungen zu verstehen. Emmanuela arbeitet jeden Tag mit Zahlen, Quoten, Erträgen und Statistiken. Konkreten Daten, bei denen es keinen Platz für Zögern, Vermutungen, unterschwellige Lesarten gibt. Das Irrationale bringt sie aus dem Konzept, und dennoch beschließt sie, offen zu bleiben, zu vertrauen. Sie will sich eine Chance verschaffen, gewisse Dinge zu verstehen, deren Dimension der rationalen Intelligenz unzugänglich ist. Dinge, die sie mehrere Nächte hintereinander aufstehen ließen, um ein Bild an einer Wand gerade zu rücken.

»Es geht um Jacquot, meinen kleinen Bruder. Er ist von uns gegangen. Du bist ihm niemals begegnet. Seit ungefähr vierzig Jahren lebte er in Frankreich und ist nie wieder, nicht einmal zur Beerdigung unserer Eltern, ins Land zurückgekehrt.«

»Ach? Er ... er ist tot?«

»Im Prinzip ja. Er hat, glaube ich, sichergestellt, dass er stirbt. Jacquot hat es nämlich nicht mit sich geschehen lassen.«

»Wie sagst du, Couz? Er hat sichergestellt, dass er ...«

»Ja, du hast richtig verstanden. Er ist einige Stunden nach seinem Tod eingeäschert worden. Und in dem Moment ist er wirklich gestorben.«

Emmanuela hört Célia in der Küche hantieren. Der Fernseher ist eingeschaltet, aber niemand sieht hin. Die Nacht senkt sich langsam über das Haus, es erreichen sie Geräusche von Automotoren. In einem Blumentopf auf dem Fenstersims hört eine rote Anthurie zu, wie die Nacht hereinbricht, und etwa hundert Meter weiter unten zeigen sich die Umrisse der ersten, dicht gedrängten Häuserzeilen von Jalousie. Ein normaler Moment eines normalen Lebens. Es gibt aber so viele andere Leben hinter dem Leben. Couz beobachtet Emmanuela.

»Was ich dir da sage, muss dir seltsam vorkommen.«

»Gib zu, Couz, dass es zumindest eine unerwartete Nachricht ist. Was soll ich mir denken oder verstehen?«

»In unserer Kultur ist dieses Phänomen recht üblich. Lass mich dir die Geschichte von Suzanne, der ersten Frau meines Onkels Alfred, erzählen ... Ihre Nachbarin bat sie eines Tages, ihr Geld zu leihen, damit sie sich einen Sack Kohle kaufen konnte. Das Normalste von der Welt bei unseren gut nachbarschaftlichen Beziehungen. Als die Nachbarin ihr das Geld zurückgab und Suzanne es berührt hatte, war ihr Schicksal bereits besiegelt. Sie wurde krank und starb zwei Tage später. An ihrem Todestag haben diejenigen, die verstehen konnten, verstanden und meinem Onkel gesagt, er müsse seine Frau ein zweites Mal und diesmal wirklich töten, damit sie in Frieden ruhen konnte. Er hat gezaudert, aber schließlich sterbensunglücklich zugestimmt.«

»Zugestimmt, die ... Tote zu töten?«

»Manchmal muss man die Toten töten. Man hat den Bruder der mitten im Wohnzimmer aufgebahrten Verstorbenen, der Arzt war, gebeten, ihr Gift direkt ins Herz zu spritzen. Zunächst hat er sich geweigert, sich aber unter dem Druck der Familie schließlich überzeugen lassen. Der Mann zitterte wie Espenlaub, als er der Aufgabe nachkam. Sein Beruf verlangte von ihm, Herzen zu heilen, nicht sie zu vergiften. Die erste Nadel zerbrach er und musste eine andere nehmen. Als es getan war, hörten die Zeugen, ich war unter ihnen, wie Suzanne tief aufseufzte, und sahen, wie ihr Körper fast unmerklich zusammenfiel. Ich habe es gesehen, Emmanuela. Der arme Doktor bekam im selben Moment einen Schlaganfall und blieb bis ans Ende seiner Tage behindert.«

»Sie ... Suzanne war also nicht tot?«

»Nein. Sie befand sich in einem tiefen Koma, aus dem sie, wenn überhaupt, mit beschädigtem Gehirn erwacht wäre. So starb sie. Und als die Verwandten am Tag nach der Beerdigung gemäß dem Brauch wieder zum Friedhof kamen, um auf dem Grab zu beten, fanden sie den Sarg außerhalb der Gruft.«

»Ach!?«

»Ja. Der Leichnam war immer noch in seinem Sarg. Sie haben ihn nicht mitnehmen können ...«

Couz schaute mit verlorenem Blick einen Moment durch das Fenster nach draußen.

»Jacquot hat seine Vorkehrungen getroffen, um einem Schicksal zu entgehen, das auf seinem Leben lastete. Ich hoffe, dass er Ruhe gefunden hat.«

»Du willst vom ... vom Engel Yvo sprechen?«

»Ja ... Jacques ist an seinem Geburtstag gestorben. Er ist nicht der Erste aus der Familie, der genau an diesem Tag gegangen ist, an dem man für vierundzwanzig Stunden die ursprüngliche plazentale Kraft zurückerlangt. Die, von der sich der Engel ernährt.«

»Solltest auch du an deinem Geburtstag ... gehen?«

»Hm ... ich denke ja. Aber sie haben mich nicht erwischt, die Luder. Hahaha!«

Couz lacht freimütig mit einem maliziösen Blitzen in den Augen.

»Aber von wem sprichst du, Couz?«

»Von den Marinettes. Den Marinettes *pye chèch**. Von jenen Geistern, die der Engel Yvo einberufen hat, damit sie seine teuflische Arbeit verrichten. Wir haben es mit einem dämonischen Synkretismus zu tun, Töchterchen. Er hätte auf die Mitglieder der neun Dämonenorden zurückgreifen können ... Mammon, Astaroth, Asmodäus und die ganze Schar der Verführer des Todes unter dem Vorsitz von Satan. Die katholische Theologie nennt Dutzende und Hunderte von ihnen. Nein. Um einen wirkungsvolleren Zugriff ausüben zu können, hat er es vorgezogen, aus dem dunklen Bereich unserer eigenen Kultur zu schöpfen.«

»Aber woher kommen sie, diese ... Marinettes?«

»Marinette hat in der Zeremonie im Bois Caïman** das schwarze Schwein geopfert. In der Zeremonie, die der Ausgangspunkt der Sklavenrevolte war, wie du weißt. Diese Zeremonie, von der all

* Die Marinettes mit trockenen Füßen.

** Wald, in dem aufständische Sklaven am 14. August 1791 nach einer religiösen Zeremonie einen Schwur auf ihren Anführer Boukman leisteten.

unser Unglück herrührt, wie das christliche Abendland sagt. Als Vergeltung haben die Kolonisten Marinette bei lebendigem Leibe verbrannt.«

»Aber ... was hat das mit uns zu tun, Couz?«

»Ich komme gleich dazu ... Bei ihrem Tod ist Marinette in den Rang eines *lwa* erhoben worden. Ein paradoxer Geist. Sie befreit von der Angst, bringt den Sieg, kann aber auch mit unvorstellbarer Grausamkeit Ihresgleichen bestrafen. Sie ist eine und zugleich eine große Menge. Mit ihren vier knochigen Füßen geht sie in die vier Himmelsrichtungen, reist durch die vier Elemente, sie kann ihren Geist in Gegenstände oder Lebewesen einschleusen und verhängnisvolle Waffen daraus machen.«

Emmanuela fühlt sich ungut, atmet zweimal heftig, um sich von einem Gewicht auf dem Magen zu erleichtern. Ihre Geste entgeht Couz nicht. Die Figuren auf dem Gemälde von Pasko. Das war es also. Sie denkt an Patricia, an das *lavé tèt*, das sie am Wochenende machen will. Sie hat Angst, eine tief sitzende Angst, die von einer großen seelischen Verwirrung herrührt. Sie muss mit Patricia darüber sprechen. Sie praktiziert keine Religion aktiv. Sie ist katholisch getauft und hat Sakramente empfangen. Sie hat bei den Katharinenschwestern lange Abschnitte der heiligen Geschichte auswendig gelernt. Wenn sie in die Kirche geht, fühlt sie sich dort wohl und verbunden mit allem, was sie umgibt. Sie ist aber irgendwo Voodoo. Sie weiß und fühlt es. Wenn die Trommeln einer Voodoozeremonie innerhalb der vier Wände eines Peristyls ertönen, fühlt sie sich in einem natürlichen instinktiven Widerhall zu Hause. Und überdies hat ihre Freundschaft mit Patricia diese Neigung noch verstärkt. Du sollst nicht Gott und Baal dienen, sagt das Matthäus-Evangelium. Diese Worte sind in ihrer geistigen Landschaft, in ihren Kleinmädchenängsten verankert. Hat aber Matthäus verhindert, dass die afrikanischen Sklaven mit ihren Voodoo-Göttern nach Haiti verschleppt wurden? Ihrem einzigen Mittel, sich ans Leben, an die Hoffnung zu klammern, trotz der totalen Schmach?

Wer ist sie? Wo ist ihre Stärke? Michael oder Ogou? Sie sind jeder ein Ausfluss göttlicher Grenzenlosigkeit. Emmanuela beschließt, Couz nichts von ihrer Absicht zu sagen, nach Noailles zum *lavé tèt zu* fahren. Vielleicht später, wenn sie besser mit ihrer Unruhe zurechtkommt. Sie erzählt ihr die Verwirrungen, denen sie seit einigen Tagen ausgesetzt ist, die nächtlichen Geräusche, die Geschichte des Bildes, Alains Reaktion. Couz runzelt die Stirn.

»Ja, sie sind hinter euch her, und dein Sohn ist ein Dämonenjäger, ohne es zu wissen. Er ist auch zart und verwundbar. Du sagst, dass er oft Alpträume hat? Das sind gezielte Angriffe, um ihn zu schwächen, ihn durch die Angst von dem, was er ist, abzubringen. In dieser Familie sind wir auch mit Fähigkeiten in verschiedenen Größenordnungen gesegnet. Du hast große Fähigkeiten, Emmanuela, aber sie sind dir nur von Nutzen, wenn du sie akzeptierst.«

»Aber was muss man tun?«

»Man muss beten. Engel und Erzengel anrufen. Sich mit magischen Gesten umgeben. Im Dienste des Guten ist Gott die Magie wohlgefällig. Es ist nicht mein Auftrag, zu wissen, wer für das Böse verantwortlich ist oder warum es herbeigerufen wurde, sondern es dort zu vertreiben, wo es ist, es ans äußerste Ende der Erde zu verweisen. Wenn ich mich aufmachen müsste, um herauszufinden, wer wofür verantwortlich ist, würden der Schmerz und der Hass mich von mir selbst ablenken. Die Kinder Michaels sind nicht da, um zu rächen. Sie sind Lichtflure. Komm, lass uns nach unten zum Tempel gehen. Ich zeige dir, wie du dich und dein Haus mit einem Lichtkreis umgeben kannst, und auch, wie man ein Wesen, das einem nicht geheuer ist, erforscht. Ach! Ehe ich's vergesse, ich lasse nächsten Dienstag um fünf Uhr am Nachmittag eine Messe für Jacquot lesen. Es würde mich freuen, wenn du kämest.«

»Ja, ich verlasse die Bank etwas eher.«

»Gut ... wir haben uns noch manches zu sagen.«

15

Es ist sieben Uhr morgens. Konzentriert steuert Patricia ihren Terios. In dieser Zone herrscht sogar an einem Samstagmorgen dichter Verkehr. Sie haben Delmas vor ungefähr einer halben Stunde verlassen und sind jetzt unterhalb von Tabarre, unweit der Kreuzung Fleuriau. Links geht es zum Flughafen. Patricia nimmt rechts die Abfahrt nach Croix-des-Bouquets. Aber das Schwierigste, die Kreuzung von Marassa, dieser chronische Stau, steht noch bevor, bis man endlich in Croix-des-Bouquets ist. Patricia flucht, als unvorsichtige Fußgänger vor ihrem Auto vorbeieilen. Im Radio singt Bélo einen alten Hit, *Lakou trankil.* Sie sind unterwegs zum *lakou** der Familie Fièvre, um Emmanuela, die die Lautstärke dämpft, den Kopf zu waschen.

»Ich habe Couz nicht gesagt ... wegen dem *lavé tèt* ...«

»Hm ... Du warst also diese Woche bei ihr?«

»Ja, vorgestern, wie ich es dir gesagt hatte.«

»Ich dachte mir schon, dass du ihr nichts davon sagen würdest ... Aber du musst es ihr unbedingt nachher sagen, weißt du. Um mit dieser Prüfung weiterzukommen, muss absolutes Vertrauen zwischen euch bestehen. Ich persönlich glaube nicht, dass es zwischen diesen Dingen einen unbedingten Widerspruch gibt. Das ist aber meine Meinung.«

Emmanuela schweigt kurz und sagt noch:

»Erzähl mir von Marinette.«

»Marinette?«

»Couz hat mir erklärt, dass der Engel Yvo sich ihrer bedient, um uns zu kontrollieren ...«

»Ich verstehe ... Hm ... Ich will dir keine Angst einjagen, aber um es dir offen zu sagen, das alles ist nicht sehr beruhigend. Ein Engel aus der dämonischen Monarchie, der sich mit Marinette verbündet ...«

* Hof, um den herum die Häuser verschiedener Familienangehöriger angeordnet sind.

Emmanuelas Stimme zittert ein wenig, als sie fragt:

»Aber wer ist Marinette? Couz hat mir ein erschreckendes Bild von ihr entworfen ...«

»Marinette ist ein vor allem im Süden des Landes verehrter Geist. Sie hat mit Boukman die Zeremonie im Bois Caïman zelebriert. Sie haben Erzulie Dantor ein schwarzes Schwein geopfert. Und dann ist sie bei lebendigem Leib verbrannt worden ...«

»Ja, ich weiß. Couz hat mir das alles erzählt. Wie kommt es aber, dass ein Voodoogeist, der am Ursprung unserer Befreiung steht, so furchtbar für uns ist?«

»Viele sagen, dass dämonische Geister den Sklaven geholfen haben, den Krieg zu gewinnen. Natürlich ist es einfacher zu sagen, die Dämonen hätten uns geholfen, als anzuerkennen, dass schwarze Frauen und Männer in Sklaverei diesen wilden Krieg gewonnen haben ... dass sie Leclerc und seine zweispitzigen und ordensgeschmückten Offiziere in der Hitze von Saint-Domingue zurückgeworfen haben ...«

Patricia dreht das Steuerrad brüsk nach rechts, um einem streunenden Hund auszuweichen. Starr auf die Fahrbahn blickend, fährt sie fort:

»Ich glaube, dass es während der drei Jahrhunderte Sklaverei in Saint-Domingue nicht zu vermeiden war, dass der Voodoo ins Extrem verfiel, wenn man bedenkt, welcher Macht und Grausamkeit er ausgesetzt war. Die Geheimgesellschaften und ihr Bizango-Ritus* sind Ausdruck der Verteidigung gegen das absolut Böse der Sklaverei.«

»Sag mir etwas über Marinette ...«

»Sie verfolgt dich ... Du musst wissen, dass selbst diejenigen, die Marinette dienen, sie fürchten und die Zeremonien, in denen man sie anruft, sehr spät nachts stattfinden. Wenn sie auf einem Diener reitet, bricht sie ihm fast die Knochen.«

»Marinette ist demnach ein Geist, der zugleich befreit und zerstört?«

»Ja ... man kann es so sehen. Deswegen ist für uns, die *fran ginen*, Vertrauen so wertvoll. Ein und derselbe Geist kann

* Ritus eines Geheimbundes, der schwarze Magie praktiziert.

gut- und bösartig sein. Es hängt davon ab, wie man ihm dient, wie man ihn anspricht. Der Engel Yvo hat in der finsteren Dimension der Marinettes das perfekte Instrument gefunden, um sein Werk zu vollbringen.«

»Wie siehst du dann die Geschichte vom Pakt mit dem Teufel?«

»Oh, *please*, Emmanuela! ... Ich glaube nicht an diese Theorie vom Pakt mit dem Teufel, die man uns jedes Mal aufwärmt, wenn Haiti ein Unheil trifft. Am schlimmsten ist noch, dass auch wir diese Theorie schließlich verinnerlicht haben. Ich glaube einfach nur, dass es den Teufel gibt und er überall ist. Er hat zahllose Gesichter. Er ist im Internet, auf unseren Fernsehbildschirmen. Alle Gesellschaften, alle Kulturen kennen ihn, dienen ihm und bekämpfen ihn je nach ihren Überzeugungen. An uns ist es, den unseren zu bekämpfen.«

»Hm ...«

Ohne es gemerkt zu haben, sind sie über die Marassakreuzung gefahren. Zehn Minuten später erreichen sie Noailles und biegen in den Hof der Familie Fièvre ein. Abdias erwartet sie in seinem Peristyl, er sitzt auf einem niedrigen Stuhl aus Holz und Stroh. Für Emmanuela und Patricia sind zwei weitere Stühle bereitgestellt. Abdias war im Gebet. Beim Anblick von Emmanuela entspannt sich sein Gesicht zu einem breiten Lächeln.

»Guten Tag, meine Damen! Sind Sie gut durchgekommen?«

»Ja! Natürlich viel Verkehr ...«

Sie umarmen sich herzlich. Abdias unterbricht die Liebenswürdigkeiten und sagt:

»Ich habe Ihnen Kaffee vorbereitet. Sobald wir ihn getrunken haben, machen wir uns an die Arbeit. Wir haben nicht viel Zeit, umso weniger, als ich für diese sehr moderne Frau, deren Zeit knapp ist, ein intensives *lavé tèt* machen muss ...«

16

Das Metalltor knirscht leicht beim Öffnen, schließt sich anschließend mit einem trockenen Knacklaut. Einige Sekunden lang füllt das vertraute Brummen des Motors von Serges Geländewagen die Luft bis in die Garage des Hauses, verebbt dann. Eine Wagentür wird geöffnet und fällt mit einem kurzen Klacken ins Schloss. Emmanuela hört diese Geräusche, und ihr Herz zieht sich zusammen. Es ist Montag. Tag und Stunde des Besuchs ihres Liebhabers. Sie fürchtet sich vor diesem Moment und hat den ganzen Tag unablässig daran gedacht. Sie erinnert sich an die Zeit, in der das Knirschen des Tors ein Aphrodisiakum war. Ein Signal, das ihr unter der Haut vibrierte und ihr Herz schneller schlagen ließ, wenn am Montagabend Serge ihr seinen ersten Besuch der Woche machte. Es machte ihr wenig aus, dass sie ihren Mann an den Sonntagen, den sakrosankten Sonntagen, an denen er bei seiner Frau blieb, entbehren musste. Ihr Wiedersehen am Montag war jedes Mal umso intensiver. Für Serge war sie zu vielen Opfern bereit, weil er von Anbeginn ihre Verbindung höchst geheim halten wollte. Sie gehen nur sehr selten aus, noch nie hat sie einen Nachtclub mit ihm aufgesucht, wo sie doch so gern tanzt. Zum Glück gibt es Patricia mit ihren Freunden und Liebhabern und einige Bürokollegen, um ein Minimum an Kontakt mit dem Stadtleben aufrecht zu halten. Sie bleibt auch gern zu Hause und verbringt plaudernd mit Alain lange, kostbare Momente.

Es ist schon wahr, dass Serge sich manchmal wie ein Kommandeur verhält und sich abfällig über Alains Lebensweise äußert, über das Hasch, das er im Garten raucht, und die Mädchen, praktisch alle drei oder vier Monate ein neues, die er auf sein Zimmer mitnimmt. Er findet sie nachgiebig und schwach, wenn es um ihren Sohn geht. Was Alain betrifft, hat sie der Autorität von Serge niemals nachgegeben. Sein Vater ist André, und kein Mann kann seinen Platz einnehmen. Aber welche Frau braucht nicht einen starken Mann in ihrem Leben, einen Mann, der Ordnung um sie herstellt, an die Zukunft denkt? Außerdem beweist er im Bett dieselbe Autorität, und diesen Forderungen fügt sie sich gern. Serge hat sie in Spiele eingeweiht, in denen er sie erotisch versklavt und die sie alle beide auf Höhepunkte der Lust bringen. Bei der Lust hat er eine dunkle Seite in ihr geweckt, die sie an sich nicht gekannt hatte. Sie ist sich ziemlich sicher, dass sich Serge auf lange Zeit in ihrem Leben eingerichtet hat. Eine beruhigende Situation, die jedoch für Emmanuela bedrückend wird. Ihre Spontaneität beginnt zu ersticken. Ihr Leben entgleitet ihr. Sie streichelt das weiße Tuch, das ihren Kopf einhüllt und das sie bis Dienstagabend anbehalten muss. Die Hände, die sie berührt haben, das Wasser, das über ihre Stirn, in ihre Haare geflossen ist, haben sie beruhigt. Seit Samstagabend seufzt sie in regelmäßigen Abständen. Lange Seufzer, die sie ausstößt, als erleichtere sie sich von einer bleiernen Last. Sie hat das Stofftuch nach Art afrikanischer Frauen gebunden. Morgens im Büro haben ihre Angestellten sie amüsiert betrachtet. Sie hat jedoch tief in den Augen von Camélot, dem Büroboten, Zögern und Aufblitzen von Verständnis bemerkt, als er sie anschaute.

Sie war von der Secobank entsandt worden, um Serge Destin, Generaldirektor einer Import- und Exportfirma und wichtiger Kunde der Bank, neue Dienste und neue Bankfunktionen anzubieten. Seit kurzer Zeit bekleidete sie die Funktion der Kreditsachbearbeiterin und besuchte in ihren Büros jene Geschäftsmänner und -frauen, um die die Bank sich besonders kümmerte. Dahinter stand weniger das Bemühen, die Kunden über neue Produktangebote zu informieren, als eine Marketingstrategie, um sie als Stammkunden zu behalten. Das Büro war nicht besonders groß, aber stattlich. Nachtblauer Teppich, Mahagonimöbel, Kissen, bespannt mit dicker, naturfarbener einheimischer Baumwolle. Einige geschmackvoll ausgesuchte Kunstgegenstände verliehen dem Raum einen Hauch von Klasse. Die Bücher im Regal zeugten vom Interesse des Kunden an der Geschichte Haitis: Thomas Madiou, Anténor Firmin, Placide David und andere belegten dort Ehrenplätze. Er las wohl gern im Kokon seines Büros. Serge trug einen grauen Sakkoanzug und ein schwarzes Hemd ohne Krawatte. Sein direkter Blick hinter der Brille musterte Emmanuela schon beim ersten Schritt durch die Tür, verriet aber nichts von seinen Eindrücken. Von mittlerer Größe, mit leichtem Schmerbauch aber athletischem Erscheinungsbild, machte er höflich kühl den Eindruck, als habe er es immer eilig, auf etwas anderes überzugehen. Emmanuela überragte ihn mit ihren hohen Absätzen um einen halben Kopf. Die Kraft, die der Mann ausstrahlte, ließ sie in den ersten Minuten der Unterredung die Fassung verlieren. Er schien es zu merken. In raschem Tempo stellte er präzise Fragen, prüfte jedes Dokument, das sie mitgebracht hatte. Er war es gewohnt, den Ton anzugeben.

Am Ende der Unterredung nahm er seine Brille ab, schob seinen Stuhl zurück, beugte den Kopf nach hinten und wurde einen Augenblick lang zu einem anderen Mann. Ohne seine Brille, die ihn vor Müdigkeit und Stress schützte, verlor sein Blick die Kühle. Er wirkte verletzlich. Sie unterhielten sich kurz über Politik, den alarmierenden Kursverlust der Gourde*, den Streik im öffentlichen Verkehr. Sie tauschten ihre Visitenkarten. Drei Monate später rief er sie an, um ihr fast zornig zu sagen: »Ich kann Sie einfach nicht vergessen.«

* Haitianische Währung.

17

Emmanuela hört den Schritt von Serge im Flur. Er tritt ins Schlafzimmer, sein nach Zitrone riechendes Kölnisch Wasser packt sie an der Kehle. Sie sieht fern, es gibt Nachrichten. Sie lächelt und sagt ihm, er solle sich setzen, weist ihn auf den Sessel neben sich. Er beugt sich, um ihr einen Kuss auf die Lippen zu drücken, bleibt stehen und schaut geistesabwesend auf den Bildschirm. Nach zwei Minuten peinlicher Stille nimmt Serge Platz, ergreift die Fernbedienung und schaltet den Ton aus.

»Und dein Wochenende?«

»Hm ... nicht übel. Und deins, Liebster?«

»Nicht großartig. Ich musste am Sonntag ins Büro ... wegen einem Container, der auf dem Weg vom Hafen zum Lager aufgebrochen wurde.«

»Schon wieder! Ist dasselbe nicht erst vor drei Monaten passiert?«

»Mhm ... Es ist zum Verzweifeln. Nimmst du keinen seltsamen Geruch wahr? Als wenn Fleisch anbrennt.«

»Äh ... flüchtig. Unten ist nichts auf dem Feuer. Es ist vielleicht in der Nachbarschaft ...«

Emmanuela erschauert und starrt auf den stummen Bildschirm, um sich nicht zu verraten. Serge betrachtet ihr Profil und ihr weißes Kopftuch, auf denen gespiegelte bunte Bilder tanzen.

»Ist wieder alles in Ordnung mit dem Container?«

»Die Versicherungsgesellschaft hat einen Vertreter zur Schadensaufnahme geschickt.«

Emmanuela wendet sich zu ihm um.

»Soll ich dir ein Bier bringen? Möchtest du Käsegebäck und Oliven?«

»Nein danke, ich will nichts. Wo warst du am Samstag?«

Die Frage fällt brutal, ohne Übergang. Er wartet ihre Antwort nicht ab und spricht weiter:

»Dein Mobiltelefon war das ganze Wochenende über abgeschaltet. Die Telefonzentrale in der Bank hat mir am Samstag gesagt, dass du nicht zur Arbeit gekommen bist.«

»Es tut mir leid ... ich habe dich nicht rechtzeitig verständigen können. Ich bin nach Croix-des-Bouquets ... nach Noailles gefahren.«

Emmanuela hatte beschlossen, Serge denselben Vorwand wie der Bank zu nennen. Eine Bodenvermessungsangelegenheit, die sie dringlich nach Vallée-de-Jacmel rief, wo sie Verwandte hat. Dann aber hat sie ein Anflug von Stolz gepackt. Es gibt Grenzen der Macht, die sie ihrem Liebhaber zugestehen will. Ein Engel und seine Abgesandten verräuchern ihren Lebensraum und wollen ihre Seele auf kleiner Flamme ersticken. Sie hat weder Zeit noch Kraft, Lügen für Serge zu erfinden.

»In Noailles? Sieh an! Patricia war wahrscheinlich mit bei deiner Eskapade?«

»Ja ... sie hat mich begleitet.«

»Und am Freitagabend hast du einfach nur nicht daran gedacht, es mir zu sagen?«

Serge steht plötzlich auf. Ihn überkommt eine starke Erregung. Freitagabend hat Emmanuela sich ihm verweigert. Er wartet ihre Antwort nicht ab und fährt fort:

»Emmanuela ... hör mir gut zu. Du bist frei zu tun, was du willst. Einen anderen Mann in deinem Leben zu haben oder mit Patricia nach Noailles zu fahren. Ich verlange weiter nichts von dir, als mir die Wahrheit zu sagen.«

»Das, Liebster, mache ich gerade. Ich gebe zu, dass ... dass ich dir am Freitagabend nicht Bescheid gesagt habe, als du da warst. Jetzt aber, heute Abend, sage ich dir, wo ich war ...«

»Und was hattest du in Noailles vor?«

»Mir den Kopf waschen.«

»Wie?«

»Ja ... man hat mir im Peristyl von Abdias, Patricias Bruder, ein *lavé tèt* gemacht. Ich hatte es reichlich nötig. Falls du es wissen willst, es ist ein Ritual, um den Kopf geistig zu stärken.«

Serges Gesicht ist undurchschaubar. Er hat Angst, weil er das Ende einer Geschichte kommen sieht, die so viel in seinem Leben bedeutet. Er wäre imstande, sie augenblicklich auszupeitschen, zu beißen, zu ohrfeigen. Er hält seine Hände und seine Verwirrung zurück.

»Es ist ihr gelungen, dich ernsthaft mit ihrem Aberglauben einzuwickeln ... Das ist irre! Du lässt deine Arbeit, deine berufliche Tätigkeit im Stich, um zu ...«

Jetzt ist es an Emmanuela, ihn zu unterbrechen.

»Einwickeln, sagst du? Du meinst Patricia?«

»Wen sonst?«

»Patricia hat nichts mit dem zu tun, was mir geschieht, Serge. Sie will mir nur helfen, durch eine schwierige Prüfung zu gelangen.«

»Ach so! Es wird ja immer besser! Du gehst durch eine schwierige Prüfung und ich erfahre es erst jetzt. Nachdem Patricia oder dieser ... Abdias – was ist das übrigens für ein Name? – dir ein *lavé tèt* gemacht hat! Träume ich? Sag mir, Liebste, dass ich träume.«

»Du träumst nicht, Serge, du brauchst deshalb nicht laut zu werden.«

»Und was ist das für eine schwierige Prüfung, falls ich es wissen darf? Geldprobleme? Hat Alain eine Dummheit begangen, ein Mädchen geschwängert?«

»Nein ...«

»Was ist es dann?«

Serge wird ärgerlich. Emmanuela kann ihm am Gesicht ablesen, dass das Unwetter gleich losbricht. Seine Züge verspannen sich, seine Lippen pressen sich zusammen, das Blut steigt ihm ins Gesicht. Diesmal wird sie aber nicht versuchen, klein beizugeben, ihn zu besänftigen, ihm um des lieben Friedens willen Recht zu geben.

»Willst du's wirklich wissen, Serge?«

»Selbstverständlich will ich das! Was ist das für ein Zirkus? Sagst du es mir jetzt endlich, Emmanuela?«

»Also ... Ich habe vor kurzem von Couz, meiner Cousine Paula, erfahren, dass unheilvolle Mächte, mit denen mein Großvater sich vor sehr langer Zeit eingelassen hatte, bei seinen Nachkommen aktiv auftreten ... und uns bedrohen ... uns und sogar die Menschen um uns.«

Serge sagt nichts. Er wird immer ärgerlicher. Erst Patricia und jetzt diese alte Verrückte Paula, die ihr gewaltige Dummheiten in den Kopf setzen. Und sie glaubt daran! Was hat man bloß in Noailles mit ihr angestellt?

»Und warum hat dieser Urgroßvater diese unheilvollen Mächte herbeigerufen?«

»Um den Konkurs abzuwenden ... auch um der politischen Macht willen.«

»Hm ... Und dann? Was jetzt? Was willst du machen?«

»Es ... es muss das Abkommen endgültig zerschlagen werden. Der Pakt ist noch gültig. Couz bringt mir bei, ein Bündnis mit den Erzengeln zu schließen. Bei ihrer Geburt hat ihr der Erzengel Michael ...«

»Genug, Emmanuela! Kein Wort mehr. Ich will nichts mehr hören. Du hörst bitte auf mit diesem Hokuspokus. Und zwar sofort. Hörst du dich überhaupt reden? Der Erzengel Michael? Patricia und die andere verrückte Alte sind dabei zu ... zu ... Guter Gott, Emmanuela, du bist eine intelligente Frau! Du hast studiert! Einen Psychiater brauchst du. Du hast eine Depression oder ... oder eine Neurose!«

»Ich weiß, wovon ich rede, Serge ... glaube mir.«

»Du hättest wohl gern, dass auch ich an diese Geschichte von einem Fluch glaube? Dass ich diesen Schmutz in deinem Kopf unterschreibe? Ich bin verflucht, du bist verflucht, wir alle sind verflucht auf diesem Inselstück ... Ist es das, Emmanuela? Der Bois Caïman verfolgt uns ... der Gründerpakt mit dem Teufel. Großartiger Witz!«

»Stell dir vor, Liebster, dass mir nicht zum Lachen zumute ist. Deine Ironie verletzt mich.«

Serge nimmt keine Notiz von Emmanuelas Bemerkung. Er redet einfach weiter.

»Weißt du, dass die Revolution der Sklaven von Saint-Domingue logischerweise gelingen musste? Alle mystisch-diabolischen Mutmaßungen in dieser Frage sind Quatsch, Emmanuela ... Sie haben sich befreit. Da gibt's nichts zu reden. Sie haben gekämpft und den verdammten Unabhängigkeitskrieg gewonnen. Weißt du warum?«

Emmanuela sieht Serge an, ohne auf seine Frage zu antworten. Ihr wäre lieb, wenn er ginge, sie in Ruhe ließe. Sie braucht Ruhe. Auf jeden Fall wird er ihr seinen Gedanken sagen und sie ihn anhören müssen. Er fährt fort, erzürnt von ihrer Passivität.

»Weil die Rivalitäten zwischen Frankreich, England und den Vereinigten Staaten den Sklaven zugutekamen. Sie gerieten nicht in Gefahr, es mit einer Koalition der Sklavenhaltermächte zu tun zu bekommen, die die Karibik kontrollierten. Außerdem wollten die Amerikaner die Expedition von Leclerc nicht mitfinanzieren ... ihre angebliche Neutralität hat die Franzosen ausgehungert und den Sklaven geholfen. Und dann ist Gelbfieber auf der Insel ausgebrochen ... Der Teufel wäre für diesen Erfolg nicht ausreichend gewesen, Emmanuela. Es sind die Umstände, meine Liebe, die die Geschichte lenken. Umstände, die man hinnehmen muss, oder Umstände, die man schafft und von denen man profitiert. Folglich ist es besser, sie zu schaffen und von ihnen zu profitieren. Die Politik ist ein gefährliches Spiel. Dein Großvater hätte sich vermutlich ruiniert, mit oder ohne die Hilfe dieses sogenannten ...«

Emmanuela kann nicht mehr, unterbricht Serge mitten in seinem Redeschwall.

»Danke für die kleine Geschichtslektion, Serge. Ich weiß sie zu schätzen ... ehrlich. Und ich würde dir sogar zustimmen. Ich weiß aber, was ich in meinem Fleisch und meinem Blut spüre. Der Fluch ist keine Zwangsvorstellung von mir, ich sehe auch nicht überall Böses. Ich weiß nur, was um uns geschieht, jetzt im Augenblick, in dem du mit mir sprichst. Um mich herum baut sich eine Gefahr auf. Und vor allem weiß ich, dass ich nicht verrückt bin, was du darüber auch denken magst.«

Emmanuelas Gesicht ist aufgewühlt, aber entschlossen. Sie ist schön. Er hat urplötzlich Lust, sie zu unterwerfen, ihr wehzutun und sie zu nehmen. Diese Frau ist seine Schwäche. Er geht auf sie zu und streckt die Hand aus, um ihr das Tuch abzunehmen. Er möchte seine Finger in ihre vollen krausen Haare schieben, die Wärme ihrer Kopfhaut, die Härte ihres Schädels spüren. Ihn befällt ein dringendes Bedürfnis, sie kniend vor sich zu sehen, die Hände gefesselt hinter dem Rücken, mit verbundenen Augen, keuchend seinem Willen unterworfen. Sie wehrt seine Hand ab und steht vor ihm auf. Sie sagt ihm sanft aber entschieden:

»Rühr mich nicht an, Serge. Ich muss dieses Tuch um meinen Kopf drei Tage lang tragen. Und ich muss auch drei Tage lang enthaltsam bleiben. Ich muss bis morgen jede physische

Verunreinigung vermeiden. Ab Mittwoch kannst du mich berühren, wenn du willst. Mir tut das sehr leid.«

Serge traut seinen Ohren nicht. Emmanuela weist ihn ab und sagt ihm etwas von physischer Verunreinigung! Sie unterwirft sich nicht. Er liest in ihren Augen zweifelsfreie Entschlossenheit. Sie hört lieber auf die Lügenmärchen dieser Weiber. Dumpfer Zorn trübt ihm den Blick, während ein bitterer Geschmack ihm in den Mund steigt.

»Du bist nichts als ein Luder! Ein undankbares Luder obendrein. Nein, ich warte nicht bis Mittwoch, meine Liebe. Du kniest dich hin ... und zwar jetzt!«

Erneut geht er auf sie zu und legt ihr beide Hände schwer auf die Schultern, um sie zu zwingen, sich hinzuknien. Die Heftigkeit von Emmanuelas Reaktion überrascht ihn. Sie stößt ihn weit von sich und ruft ihm mit aller Kraft zu:

»Nein! Das nicht! Rühr mich nicht an, Serge! Komm nicht mehr in meine Nähe!«

Es ist also wahr. Sie verweigert sich ihm, wie letzten Freitag. Zweimal hintereinander. Das reicht jetzt. Etwas Zerbrechliches geht entzwei, ist für seinen Stolz unwiderruflich zerstört. Nur ein paar Minuten hat es gedauert, um alles ins Wanken zu bringen. Sie wird nichts mehr von ihm bekommen. Alles ist zu Ende. Er geht fort, ohne Emmanuela eines Blickes zu würdigen.

18

Die Straße ist bereits leer. Als Serge durch das Tor fährt, sieht er im Dunkel eine lange Silhouette verschwinden. Er ist sofort auf dem Quivive und überprüft nochmals die Verriegelung der Wagentüren. Als er die Hand in die Seitentasche neben seinem Sitz schiebt, beruhigt ihn im Handinneren die Kälte der Waffe. So, wie ihm zumute ist, wäre er imstande, dem erstbesten Individuum, das seinem Auto zu nahe kommt, ins Gesicht zu schießen, ganz gleich ob Bandit oder nicht. In Delmas herrscht noch Verkehr. An der Ausfahrt von Fragneauville fährt er zur Kreuzung von Delmas 60 hoch, nimmt den Zubringer von Musseau und ist sofort in Bourdon. Weiter unten, an der Ecke der Christ-Roi, biegt er links in die Rue Rivière ein. An der Kreuzung der Rue Trois Bébés und der Rue Jean-Paul II filzt eine Polizeistreife einzelne Autos. Er fährt auf ihrer Höhe langsamer und grüßt sie militärisch. Sie grüßen ihn militärisch zurück und geben ihm Zeichen, weiterzufahren. Diese Polizisten kennen alle Anlieger gut. Serge befällt eine heftige Migräne. Er kann die Emotionen, die ihn umtreiben, nicht mehr zuordnen. Er braucht Zeit, um zu begreifen, was mit Emmanuela geschehen ist. Diese blitzartige Trennung bewegt ihn zutiefst. Ist es wirklich aus? Er weiß bereits, dass es die Hölle sein wird, ohne sie zu leben, hegt aber einen tödlichen Groll auf sie. Er durchfährt in fünf Minuten Pacot, jenes alte Villenviertel, das hinter blühenden Bougainvilleahecken noch einige schöne Häuser mit filigranen Holzschnitzereien beherbergt und an dessen Eingang die Hektik der Rue Jean-Paul II endet. Bald ist er in seinem Viertel auf den Anhöhen von Desprez. Vor seiner Einfahrt betätigt er die Fernbedienung, und das schwere Tor dreht sich langsam in seinen Angeln. Bevor er Gas gibt, um in den Hof einzufahren, wirft er aus Gewohnheit einen Blick in seinen Rückspiegel. Blitzartig durchquert eine Gestalt den Spiegel. Ein Hut oder ein überdimensionaler Kopf. Er hat jedoch auf der Straße bei seiner Ankunft vor dem Tor niemanden bemerkt. Ihn durchzuckt derselbe Alarmzustand, den er zuvor in

Emmanuelas Straße empfunden hatte, diesmal stärker. Er fährt auf sein Grundstück, das Tor schließt sich wieder, und er beginnt sich zu entspannen. Er steigt aus dem Wagen, aber etwas Ungewohntes versetzt ihn sofort in Alarmbereitschaft. Er versucht zu verstehen, was es ist. Die Strahler sind eingeschaltet, der Bereich ist beleuchtet. Die Haustür ist offenbar geschlossen, innen scheint alles zu schlafen. Den Hof hüllt eine allzu bedrückende Stille ein. Die Hunde! Serge sieht seine Hunde nicht, seine drei Dobermänner. Sie hätten da sein müssen, seine schönen geliebten Tiere, herumspringend um den Wagen, um ihn wie bei jeder Heimkehr zu begrüßen. Seltsam. Er greift zu seiner Waffe und beschließt, einen Rundgang durch das Anwesen zu machen. Er ruft ganz leise: Brutus, Shiba, Goliath! Nichts, kein Geräusch. Serge hat eine üble Vorahnung. Zu gewissen Zeiten im Jahr machen sich böswillige Individuen, die wahrscheinlich aus den Elendsvierteln am Südrand von Desprez kommen, einen Spaß daraus, in den Villenvierteln vergiftete Würste über die Tore zu werfen. Vergangenes Jahr sind fünf Hunde aus der Nachbarschaft verendet. Nur, um die Moral der Anlieger zu untergraben, denkt Serge, denn diese Leute wissen genau, dass sie von einem Kugelhagel empfangen würden, sollten sie sich unterstehen, in Wohnhäuser des Viertels einzubrechen. Serge kann sich keinen Augenblick vorstellen, dass seine Dobermänner von einem starken Gift getötet wurden oder im Sterben liegen. Es würde ihn vernichten. Sollte diese Silhouette, die er einige Minuten zuvor im Rückspiegel gesehen hat, ein Hundevergifter sein? Die Stille im Hof wird immer drückender. Mit finsterem Gesicht setzt Serge seine Inspektion fort. Und plötzlich, als er um einen weißen Lorbeerstrauch herumgeht, wird die Nacht zu einer Masse zuckender Muskeln mit zwei gelben, seelenlosen Augen darin. Serge bleibt keine Zeit zu begreifen, was ihm widerfährt. Brutus stürzt sich wie eine Lawine auf ihn, wirft ihn zu Boden und schlägt ihm seine Reißzähne in die Kehle. Die Waffe rutscht Serge aus der Hand. Während er fällt, kann er gerade noch die beiden anderen Tiere sehen, wie sie mit Schaum vor dem Maul beutegierig heranstürzen.

19

Emmanuela ist gerade in der Bank eingetroffen, betritt ihre Box und stellt ihr Essgeschirr auf einen Tisch neben ihrem Schreibtisch. Sie holt ihr Mobiltelefon aus der Handtasche und sieht eine SMS von Alain: Ruf mich zurück. Unruhe durchzuckt ihr Herz. Der Ton der Botschaft ist zwar nicht alarmierend, aber fordernd. Was ist los? Vor kaum einer Stunde haben sie zusammen gefrühstückt. Emmanuela ist im Allgemeinen eine der ersten aus der Bankbelegschaft und hat vor Beginn ihrer Tagesarbeit Zeit, um mit ihrem Sohn zu reden. Am Steuer stellt sie ihr Telefon leise, und sollte sie einem Anrufer dringend antworten müssen, fährt sie an den Straßenrand. Während der Fahrt hat sie zwar das gedämpfte Summen, das eine Nachricht anzeigt, gehört, aber keinen Blick darauf geworfen. Meistens handelt es sich um Werbenachrichten der Telefongesellschaft. Aber sie erwartet auch, dass Serge sich nach der Auseinandersetzung vom letzten Abend melden wird, und fühlt sich nicht in der Lage, schriftlichen oder mündlichen Kontakt mit ihm aufzunehmen. Noch nicht. Sie verübelt ihm seine Verachtung für ihr ureigenes Wesen, ihre geistige Verwirrung, für die Verletzlichkeit, die sie in all ihren Fasern empfindet. Sie hat sich an einer Wand abstützen wollen, die unter ihrem Gewicht nachgab, unter dem Gewicht ihrer Angst und ihres Gefühls, einem verwirrenden Schicksal ausgeliefert zu sein. Serge gibt ihr nicht die Chance, eigenständig zu existieren. Die heftige Reaktion ihres Liebhabers, seine totale Weigerung, ihr das Recht zuzubilligen, ein Leben und Probleme zu haben, die einer kleinbürgerlichen Routine nicht entsprechen, haben ihr einen Schock versetzt. Letztlich ist der Austausch mit Serge nur oberflächlich. Die elektrische Panne in ihrem Wagen. Die ausgefallene Internetverbindung im Haus. Ein Leck im Bad des Gästezimmers. Ihr Umsatz, der steigt oder fällt. Immerfort die Politik und die Politiker. Er nimmt sich ihrer kleinen Ärgernisse des Alltags an, als wären es Dinge, die ein Herz und eine Seele haben. Ohne undankbar sein zu wollen, wie Serge es ihr voll

Verachtung ins Gesicht geschleudert hat, erachtet Emmanuela materielle Aufmerksamkeiten nicht als geeignet, die Wärme eines Blicks aufzuwiegen, wenn der andere besorgt zu sein scheint, oder die Zärtlichkeit einer Hand, die sanft die Wange berührt, wenn im Herzen des anderen dunkle Wolken aufziehen. André hatte diesen Blick und diese Hand. Ja, diese Dinge fehlen ihr schon allzu lange, und ihre jetzige Situation macht ihr deutlich, dass es für sie an der Zeit ist, sich erneut zu besinnen und eine Wahl zu treffen. Sie weiß gut, mit wem sie es zu tun hat, trotzdem hatte sie die Hoffnung auf eine Art Sympathie bei Serge bewahrt. Sollte Liebe nicht tolerant sein? Dass er sich ein wenig lustig über sie macht, würde noch angehen. Dass er sie aber wie eine Pestkranke verstößt, verletzt sie zutiefst. Sie will seinen Stolz, seinen Hochmut, seinen sturen Rationalismus nicht, will sein Geld nicht haben, das alles ersetzt. Und dennoch weiß sie, dass der Mann in sie verliebt ist, an ihrer Beziehung hängt. Seine Art, Liebe mit ihr zu machen, sagt viel über seine Gefühle. Es gibt aber solche Liebesbeziehungen, die langsam und grausam töten. Sie aber will nicht langsam und grausam sterben, weder aus Liebe zu Serge noch durch einen Engel, der sie töten will. Sie streichelt das weiße Tuch um ihren Kopf, das sie übermorgen abnehmen darf, und wählt Alains Nummer.

»Schon bei der Arbeit? Ich habe deine Nachricht gesehen ...«

»Hm ... Ich habe dich gebeten, mich zurückzurufen, weil ... Hast du heute Morgen die Nachrichten im Radio gehört?«

»Äh ... nein. Ich habe eine CD eingelegt. Beethova*. Ich habe die schlechten Nachrichten satt. Was gibt's denn, Alain? Du machst mich besorgt. Was ist los? Wieder Demos?«

»Es ist Serge. Dein Serge. Gestern Abend ... als er nach Hause kam ...«

Emmanuela fühlt, wie ihr die Beine schwach werden, und setzt sich. Sie kann sich schon denken, was Alain ihr gleich mitteilen wird. Serge ist sicherlich von Banditen angegriffen worden. Wie oft hat sie ihm nicht gesagt, er solle nicht immer am selben Tag und zur selben Uhrzeit zu ihr kommen? Sie haben ihn bestimmt

* Haitianischer Sänger und Musiker.

erwischt. Die Lage muss schlimm sein, wenn die Nachricht bereits heute Morgen in der Presse erscheint. Die Kidnapper verlangen gewiss ein Lösegeld. Serge ist im Geschäftsmilieu ein bekannter Bürger, ein wichtiges Mitglied der Zivilgesellschaft, ein Ex-Präsident der Handelskammer von Haiti.

»Bist du noch da, Mama?«

»Ja, ich höre dir zu. Was ist Serge geschehen?«

»Laut den Meldungen von heute Morgen ... ist er gestern Abend, als er heimkehrte ... in seinem Hof von seinen Hunden angefallen worden.«

»Wie das, von seinen Hunden? Was redest du, Alain? Serge kümmert sich um seine Hunde wie um seine eigenen Kinder ...«

»Ja ... aber dennoch ist genau das geschehen, Mama. Sie haben ihn ... sie haben ihn zerfleischt ...«

»Mein Gott! Nein! Nein! Ist er ...?«

Emmanuela hat geschrien, aber es ist, als hätte ein anderer geschrien.

»Ja ... man hat ihn in der Morgendämmerung tot aufgefunden. Es tut mir leid, dir das mitzuteilen, ich wollte aber nicht, dass du es aus dem Radio oder von sonst jemandem erfährst ...«

»Danke, mein Liebster ... du hast gut daran getan. Ich bin geschockt, schwer geschockt. Ich trinke jetzt etwas Wasser. Wir sprechen uns später.«

»Okay, Mama. Du solltest den Tag vielleicht frei nehmen ... nach Hause zurückkehren.«

»Nein ... es wird schon gehen. Zu Hause ist im Moment für mich nicht der richtige Ort.«

»Okay! Und ruf mich an, wenn irgendetwas ist.«

Einige Minuten lang empfindet Emmanuela nichts. Ihr Kopf leert sich unter der Schockwirkung, ein Schutzreflex, der die Flut der Gefühle abschwächt, die sie überwältigen würden. Sie holt das Wasser aus ihrer Essenstasche und trinkt direkt aus der Flasche einen langen Schluck. Sie kommt wieder zu sich, atmet tief durch und schaltet ihren Computer an, um zur Tagesroutine anzusetzen. Ihre Sekretärin, die ihre Schreie am Telefon gehört hat, erscheint im Türrahmen:

»Alles in Ordnung, Madame Lenois?«

»Ja, alles in Ordnung, Yasmine … Danke.«

Emmanuela weiß es. Serge ist dem Engel Yvo, den Marinettes zum Opfer gefallen. Derartige Grausamkeit kann anderswoher nicht kommen. Couz hatte ihr einmal gesagt, dass die dämonischen Vibrationen auch die Umgebung der Personen betreffen können, auf die es der Engel Yvo abgesehen hat. Aber warum Serge? Weil sie begonnen hat, ihn nicht mehr zu lieben? Weil er an die Realität des Engels nicht glauben wollte? Weil er sie zum Geschlechtsakt hatte zwingen wollen? Weil sie sich ihm verweigert hat, um nicht verunreinigt zu werden? Die Fragen wirbeln ihr im Kopf herum. Sie hat ihn getötet. Sie hätte ihm all diese Geschichten nicht erzählen sollen, die ihn außer Fassung gebracht haben. Wie aber hätte sie das wissen sollen? Das Bild des zerfetzten Körpers von Serge taucht vor ihren Augen auf, setzt sich auf dem Bildschirm des Computers fest, sie löscht die Vision, aber sie kehrt jedes Mal präziser zurück. Sie schaltet den Computer aus und wieder an. Die Bilder sind immer noch da. Gesicht und Körper von Serge zerrissen, eine Fleisch- und Blutmasse, wie der zermalmte Körper von André. Sie hat sie alle beide getötet. Sie hat aber zumindest die Kleidungsstücke gesehen, die Serge trug, bevor er das Haus verließ. Ein weißes langärmliges Hemd und eine khakifarbene Hose. Und dennoch hat sie ihn nicht retten können. Es ist also wahr, diese ganze Engelgeschichte ist tatsächlich wahr. Emmanuela bebt am ganzen Körper. Sie hält sich den Kopf mit beiden Händen, streichelt das weiße Tuch. Ihr Kopf ist gewaschen worden. Abdias hat das Vaterunser, das Ave Maria, das Glaubensbekenntnis gebetet. Er hat sodann das Gebet der *ginen*, der *lwa rada** gesprochen. Er hat ihr dreimal sorgfältig den Kopf mit diesem Wasser gewaschen, das stark und gut wie der Bauch der Erde roch. Sie muss der Panik widerstehen. Sie muss Patricia anrufen, um ihr die Nachricht zu verkünden. Später wird sie Couz bei der Totenmesse sehen. Couz, die ihr beigebracht hat, wie man die Erzengel Michael, Gabriel, Uriel und Raphael in den vier Himmelsrichtungen anruft. Wie man sich mit Licht umgibt. Sie beginnt ihre Anrufung und dreht sich zur aufgehenden Sonne

* Gutartige Geister.

nach Osten. Bebend vollführt sie die erlernten Gesten, sie ruft einen jeden in der entsprechenden Himmelsrichtung an. Schließt mich ein in euer Licht, bewahrt mich im Lichtstrahl eurer unendlichen Macht. Emmanuela vergewissert sich, nach der Anrufung den Kreis um sich sorgfältig zu schließen. Ich habe Angst. Ogou. Michael. Abdias hat ihr gesagt, sie solle nochmals nach Noailles kommen, damit er ihr einen *garde** ins Fleisch einsetzen kann. Er würde ihr unter dem Arm kleine Einschnitte in die Haut machen und magische Pflanzen darin einsetzen. Damit sie den Angriffen und der Vergiftung ihres Kopfes Widerstand leisten kann. Sie muss Abdias wieder aufsuchen. Ogou. Michael. Es ist ihr ganz egal. Ihr ist alles recht, wenn sie nur nicht den Verstand verliert. Der Engel Yvo ist überall um sie.

* Schutzgeist.

20

Elvire schläft nicht. Sie kann nicht schlafen, solange Billy Boy nicht heimgekehrt ist. Solange er nicht über die Türschwelle der Wohnung getreten ist. Solange sie das Ächzen des Fußbodens unter seinem zögernden Schritt nicht gehört hat. Solange er nicht wieder in sein Zimmer gegangen ist und dabei dumpfe Worte geflüstert hat, die allein die Nacht verstehen kann. Solange er sich nicht auf der anderen Seite der Wand im anderen Zimmer bleischwer auf sein Bett geworfen hat. Sein Bett, das sich mit ihm und seinen Gespenstern zu drehen beginnen wird. Elvire lebt seit zwanzig Jahren in einer alten geräumigen und hellen Wohnung in Wynnefield, einem Viertel im Westen von Philadelphia. Einem Viertel, in dem größtenteils schwarze Familien der Mittelklasse wohnen. Der Fußboden knackt von allen Schmerzen seiner alten Bretter, die Küche bedürfte einer Modernisierung, aber Elvire zahlt dafür einen sehr moderaten Preis, der nicht vergleichbar ist mit den Mietkosten in den neuen Vierteln im Süden von Philly. Sie fürchtet diese Abende, an denen er nach Hause kommt, Blut und Seele verbrannt vom Alkohol. In der Wohnung auf der dritten Etage eines Gebäudes der 58. Straße läuft die Zeit rückwärts. Wie ein störrisches Tier versteift sich die Zeit, kehrt in eine Vergangenheit zurück, aus der weder Mutter noch Sohn richtig herausgefunden haben. Es gibt zu viele verschlungene Fäden, zu viele abgeschaltete Verbindungen und zu viel festgefahrene Liebe. Jedes Mal, wenn er Zuflucht bei ihr gefunden hat, das Herz leer und gebrochen von den Frauen, die ihn nicht zu lieben verstanden, und von seinen Kindern, die er nicht zu lieben verstand, hat Elvire gelitten und ihren Bauch geöffnet, damit er von ihrem Leben zehre und wieder zum Leben komme. Sie hat ihm den Trost ihrer Hände, ihrer Brust gewährt, damit er seine Tränen trockne, und ihre Stimme, um ihm wieder zu sagen, dass die Liebe niemals ende, sie es ihm verspreche. Sie hat ihm literweise Gemüsesuppen und Melissetee bereitet, um ihn seiner Schmerzen zu entgiften. Zweimal hat er bei ihr Unterschlupf gefunden.

Monatelang hat er sich Zeit genommen, um sich wieder stückweise aufzubauen. Und dann ist er wieder zu neuen Sonnen, zu neuen Versprechen aufgebrochen. Für Elvire war Billy Boy nie schwächer als in diesen Momenten, in denen er wieder bei Null begann, nüchtern, vertrauensvoll verliebt, mit heilem Herzen, ohne sich einen Rückzugsraum, ein Ventil vorzubehalten, um auf Schläge, Schwächen und Lügen zu reagieren. Er verausgabte sich vollkommen, litt, verstand nicht, trank und wurde gewalttätig. Wie außerhalb seiner selbst. Besessen. Er nahm sich immer vor, sich zu ändern. Er musste sich ändern. Sonst würde er für sehr lange Zeit ins Gefängnis gehen. Wenn er sich wieder aufmachte, konnte Elvire zu ihren Topfpflanzen, ihrem Strickzeug und ihren Kartenspielen im Seniorenzirkel zurückkehren, konnte Liebesromane und Glamourmagazine lesen, mit ihren Enkelkindern spielen, zwei Mal wöchentlich in der Volksküche an der Ecke der 57. Straße und der Wyndale Avenue mithelfen. Aber trotz ihres gut ausgefüllten Lebens trägt sie in sich einen Hauch von Unsicherheit, eine angstvolle Erwartung in Hinsicht auf diesen Sohn, der ihre Schwäche ist.

Und immer gibt es ein drittes Mal. Er ist zum dritten Mal zurückgekehrt, verwundbarer und verbitterter als zuvor. Nahezu zwei Monate ist er schon da. Welcher Makel peinigt ihren Sohn? Warum kann er das Gewicht des Lebens nicht tragen wie die anderen? Warum sollte er kein Anrecht auf einfache Freuden haben, auf Verletzungen, die bluten und ein für alle Mal vernarben? Vom Wirbel des Lebens erfasst, hatte sie keine Zeit gehabt, ihm Zeit zu widmen. Was konnte sie dafür? Es musste weitergehen. Pascaline und Georges sind den Fallen dieses amerikanischen Weltreichs entkommen, in dem alle Träume möglich sind. Und auch jeder Irrsinn. Sie hat ihren Kindern nie etwas vom Engel Yvo gesagt. Sie hat es nie zustande gebracht. All die Jahre lang hatten sie zu viele Dinge zu bewältigen. Das harte Leben der Einwanderer zu leben. Sich an die rund um die Uhr beleuchteten Städte zu gewöhnen. Die moralische und akademische Ausbildung der Kinder aus unmittelbarer Nähe zu begleiten, in diesen Megastädten, in denen die Seelen so leicht verloren gehen. Und dann diese Scheidung von Hugo, das Floß aus dem Gleichgewicht geraten, die Überstunden zu jeder Jahreszeit, die unzähligen Opfer. Nein, sie hatte keine Zeit gehabt, mit ihnen darüber zu sprechen. Sie ist sich auch nicht sicher, ob sie es tun wollte. Aber immer hat sie gebetet und gehofft. In all diesen schwierigen Situationen hat keins ihrer Familienmitglieder außersinnliche Wahrnehmungen, mystische Krisen, Nachtmare, bewohnte Schlaflosigkeiten, Astralreisen, Halluzinationen oder Alpträume gehabt. Abgesehen davon, dass Billy Boy, der als einziger der Geschwister in den Staaten geboren ist, immer ein schwieriges Kind war und sehr früh mit seinem Vater in Konflikt geraten ist, der fortgegangen war, um mit einer anderen Frau zu leben, hatten die drei Gören ihren Weg gemacht. Leben ohne zu viele Geschichten, die erste Generation von Kindern, die nach kleinbürgerlichen haitianischen Prinzipien erzogen worden waren und sich zu waschechten kleinen Amerikanern entwickelten, sobald sie einmal den Fuß auf die Straße gesetzt und ein Stück Kaugummi zwischen den Zähnen hatten. Die beiden Ältesten leben heute mit ihren Ehegatten und Kindern das süße und harte amerikanische Leben, in dem selbst die Bestausgebildeten von Rezession und Arbeitslosigkeit bedroht sind, in dem finanzielle Sicherheit für die meisten eine vage und vom Zufall bedingte Vorstellung, ein virtuelles Potential ist, garantiert von kleinen Plastikkarten mit Chips, die einen versklaven und die man den lieben langen Tag immer wieder in ungerührt bleibende Maschinen eingibt. Und erst jetzt, Mitte vierzig, versagt Billy Boy. Elvire würde gern nicht mehr an die Vergangenheit glauben, was aber am gegenwärtigen Geschehen nichts ändern würde. Sie vergisst nicht. Im Lauf der Jahre sind Paula und sie immer hellhörig für die Unruhe im Clan gewesen, die verstörenden Nachrichten, die eigenartigen Tode, die Visionen am Tage, die warnenden Träume. Sie sind immer in Alarmbereitschaft gewesen, weil sie wussten, dass eine Geschichte, die in den Savannen von Truitier Gestalt angenommen hat, im Gedächtnis und der DNA der Familie noch lebendig war. Paula erzählt ihr die jüngsten Geschehnisse, sie sagt, dass sich etwas ereignet, Gewitter ihnen entgegeneilen, man die ganze Zeit beten muss. Elvire glaubt an die übernatürlichen Mächte, die unsichtbaren Welten, die sich kundtuenden Wesenheiten, die böswilligen Geister, den Teufel und seine dämonischen Kohorten. Sie glaubt auch, dass es das Gute gibt, dass die Liebe uns rettet, das Gebet das Licht aufscheinen lässt, die guten Engel wachen, dass Paula die Botschaft des Erzengels Michael aufspüren muss, damit diese Familie heute und morgen zur Ruhe kommt. Sonst werden weiterhin liebe Menschen zugrunde gehen, unersetzliche Liebesbeziehungen zerfallen. Seit einigen Wochen fühlt Elvire, dass sie und ihre Kinder anfälliger sind als je zuvor. Und an den Abenden, an denen Billy Boy spät und betrunken heimkehrt, ist sie nicht mehr die dreiundsiebzigjährige pensionierte Oberschwester und ihr Sohn nicht mehr der dreiundvierzigjährige Architekt. Sie sind zwei Wesen auf einem in der Finsternis der Nacht verlorenen Floß.

Der Schlüssel dreht sich im Schloss. Einige lange Sekunden vergehen, ehe die Tür aufgeht und am Teppichboden entlangschürft. Billy Boy tritt über die Wohnungsschwelle. Eine Rauchschwade weht mit ihm herein. Rauch mit dem Geruch von verbrannten Haaren durch ein überhitztes Bügeleisen zieht unter Elvires Schlafzimmertür durch. Er bleibt kurz unentschlossen auf der Schwelle stehen, bevor er die Tür schließt. Im Halbdunkel des Flurs, nur erhellt von einer Straßenlaterne, geht er weiter. Der Holzfußboden ächzt im Takt seines ungleichmäßigen Schritts. Elvire hört das dumpfe Geflüster ihres Sohnes, das allein die Nacht zu verstehen vermag. Diesmal ist er aber nicht allein, anderes Geflüster erhebt sich. Die Nacht antwortet ihm endlich, und er gleitet, noch tiefer als in seine Trunkenheit, in ein geheimes Einverständnis mit der Finsternis. Elvire verfolgt aufmerksam Billy Boys weitere Schritte. Sie sieht die nächsten Minuten voraus. Er wird sich zunächst die vier Meter bis zur Toilette gegenüber von seinem Zimmer vortasten. Sie wird von ihrem Schlafzimmer den Urinstrahl in der Toilettenschüssel und anschließend die Wasserspülung hören, da er die Tür nicht schließt. Danach wird er in sein Zimmer gehen, sich bleischwer auf sein Bett werfen, sein Bett, das sich mit ihm und seinen Nachtgespenstern drehen wird, und sie wird endlich einschlafen können.

Aber nichts. Kein Knacken, kein Flüstern, kein Geruch mehr. Nichts seit einem Moment. Elvire wartet, hastiger atmend, ihr

Herz in ihrem Brustkorb nimmt mehr Platz als gewöhnlich ein. Sie denkt an die Nachbarn im Gebäude, an Georges und Pascaline, die sicherlich friedlich mit ihren beiden Kindern in ihren Betten schlafen. Kann sich jemand auf Erden vorstellen, dass sie gerade einen solchen Alptraum erlebt? Paula vielleicht. Ihr Körper wird vielleicht sogar in Haiti erbeben. Billy Boy ist weder zur Toilette noch in sein Zimmer gegangen. Billy Boy geht, wenn er von seinen Touren heimkehrt, niemals in die Küche oder ins Wohnzimmer am Ende des Flurs. Er ist hereingekommen, hat ein paar Schritte gemacht und ist stehen geblieben. Elvire in ihrem Bett erkundet die Nacht. Sie ahnt, dass er einige Schritte vor ihrer Zimmertür steht. In panischer Angst erinnert sie sich nicht mehr, ob sie den Riegel vorgeschoben hat.

Billy Boy hat das Bedürfnis, den Körper Lindas, seiner dritten Frau, der Mutter seiner beiden kleinen Töchter, zu streicheln. Er brennt vor Verlangen nach ihrer braunen Haut, ihren Rundungen, ihrer Wärme, die gut nach Schweiß und Vétiver riecht, nach ihrem weichen lockigen Haar mit schwindelerregendem Duft. Sanftmütig ist sie, seine Frau, ein zarter, unterwürfiger Körper. Er wollte sie nicht schlagen, er hat nie die Hand gegen sie erheben wollen. Gott ist sein Zeuge. Er bittet sie um Vergebung. Er liebt sie. Er hat es ihr in allen Sprachen gesagt, in denen sie miteinander sprechen. »*Te amo tanto, Linda. M renmen w pase de je nan tèt mwen, Manmi. I love you so much, Babe.*«* Sie hat aber nicht verstanden. Nichts als Angst war auf ihrem Gesicht, in ihrem angeschwollenen Auge, auf ihrer geschwollenen blauen Lippe. Die Polizei ist mit Blaulicht, Faustfeuerwaffen und Handschellen gekommen. Die Nachbarn waren auf dem Treppenabsatz, haben sie betrachtet, die Szene mit ihrer morbiden Neugier genossen. Er hat alles verloren, seine Frau, seine Töchter, seinen Job. Er ist nichts mehr. Er ist tot, und nur Linda kann ihn wieder zum Leben erwecken. Billy Boy hält inne und dreht den Kopf nach links zur Tür von Elvires Schlafzimmer. Auf richterliche Anordnung darf er sich der ehelichen Wohnung, seiner Frau und seinen Töchtern

* Ich liebe dich Linda. Ich liebe dich mehr als meine Augäpfel. Ich liebe dich so sehr, Baby.

nicht um mehr als zweihundert Meter nähern. Aber die Nacht flüstert ihm ein, dass Linda in einem Bett hinter dieser Wand schläft. Er wird endlich glücklich sein.

Er stößt einen Wutschrei aus und drückt mit einem Schulterstoß die Tür auf. Elvire bleibt keine Zeit, aus ihrem Bett aufzustehen, findet aber hastig den Schalter der Nachttischlampe und macht Licht. Billy Boy ist schon über ihr, so groß, so stark, er deckt sie zu mit seinem ganzen Gewicht. Er zittert, stammelt. »Linda ... Linda! Ich wusste, dass du es bist ... Meine Liebste, du bist gekommen ...« Billy Boys Hände wandern rasend über den Körper im Bett. Sein erregter Mund bedeckt Gesicht und Lippen der sich wehrenden Elvire mit Küssen. »Billy Boy, du bist verrückt! Billy Boy, wach auf!« Er stinkt nach Alkohol. Plötzlich ist es sehr heiß. Elvire ermüdet schnell. Ihre Worte, ihre Schreie werden vom Gewicht der Trunkenheit erstickt. Alles scheint so schnell zu gehen. Linda, meine Liebste! Ich will dir nichts antun ... lass mich dich lieben, Linda! Und je mehr sie sich wehrt, desto fester klemmt er sie unter sich ein und desto schwerer werden seine Hände an ihrem Hals. »Geh nicht weg, Linda ... Verzeih mir. Ich werde dir nichts Böses mehr antun, ich verspreche es dir. Ich will dich nur lieben. Auf immer lieben ...« Unbeholfen versucht er, seinen Gürtel zu öffnen, während er sie bewegungsunfähig unter seiner Brust hält. Vor Elvires Augen fällt ein schwarzer Schleier herunter, sie ist außer Atem. Mit einer Anstrengung, die ihr die Rippen bricht, beugt sie sich etwas nach rechts, tastet verzweifelt über das Tischchen neben dem Bett, auf dem sie ihren Strickkorb weiß. Und ihre Schere. Billy Boy hat seinen Gürtel geöffnet und kämpft mit dem Reißverschluss seines vom blinden Verlangen gespannten Hosenschlitzes. Er beklemmt ihren Hals mit seinem freien Unterarm. Sie würgt, weiß, dass sie nicht mehr lange durchhalten kann. Endlich fühlt sie unter ihren Fingern das vertraute Metall der Schere und ergreift sie. Mit letzter Kraft der Verzweiflung stößt Elvire die beiden scharfen Spitzen Billy Boy in die linke Gesäßbacke, der aufschreit wie ein verwundetes Tier und auf den Rücken fällt.

21

Jean-Michel-Basquiat parkt seinen knallgrünen Spark am Bürgersteig, verschließt die Wagentür, nimmt seinen Rucksack und geht durch die Glastür. Es ist noch nicht acht Uhr am Morgen. Ein vollkommen menschliches Wesen ist er nicht. Sein schlechter Moment des Tages. Er hat Ringe unter den Augen, und der Kiefer hängt nach unten. Er geht durch den kleinen Ausstellungsraum des Ladens und grummelt ein vages Hallo in Richtung Ricardos, des einzigen Angestellten des Hauses, der Bürohilfe, Verkäufer, Empfangschef, zeitweilig Kassierer und Reparateur kleiner Pannen des elektronischen Materials ist, wenn Alain Dringendes zu erledigen hat. Ricardo putzt gerade hinter dem Ladentisch mit seinem Lappen in der Hand die Handys im Schaufenster blank, ohne sich um die mürrische Laune seines Chefs zu kümmern. Jean-Michel-Basquiat öffnet die Tür hinter dem Ladentisch zu dem Hinterzimmer, das ihm und Alain zugleich als Büro und Werkstatt dient. Das ist mit einem kleinen Waschraum am Ende des Flurs der gesamte Raum, über den sie verfügen. Dennoch war es ein seltenes Glück, dass sie dieses Lokal an der Avenue Panaméricaine gefunden haben. Computer und Hardware verkaufen sich nur schleppend und die Konkurrenz ist aggressiv, aber für die Konzeption von Websites, für Reparaturen und die Einrichtung von Material fehlt es nicht an Aufträgen. Alain hat sich durch seine Freundlichkeit und Seriosität einen ausgezeichneten Ruf bei der Instandsetzung von IT-Systemen erarbeitet, und seine Tage reichen ihm nicht, um auf die Anrufe seiner Kunden zu antworten. Es gelingt ihnen, ihre laufenden Kosten, die Miete, das Gehalt ihres Angestellten zu decken und sich ein bescheidenes Gehalt in die Tasche zu stecken. Alain ist schon bei der Arbeit und hebt den Kopf, um seinen Teilhaber und seine trübsinnige Miene kommen zu sehen.

»Selbst deine Haare sehen aus, als wenn sie müde wären, J-M-B. Da, nimm dir einen Kaffee, ich habe gerade welchen gemacht.«

»Danke, ich habe ihn nötig. Teufel, riecht der Kaffee gut! Jau ...

ich bin noch nicht ganz klar heute Morgen. Die Nacht war hart. Die Nacht hat mir den Kopf zerbrochen. Ich habe aber keine Angst ...«

Jean-Michel-Basquiat trinkt seinen Kaffee behutsam, zieht dabei leichte Grimassen und blickt starr auf die Wand vor sich. Er hat die Pupillen voller Kritzeleien. Graffiti, die er mit seinen Augen auf alle Oberflächen um sich herum malt. Zeichen, die die Nacht in seine Träume eingezeichnet hat. Rote Tiere mit blauen Hörnern. Seine Haare in drei hellrosa Büscheln. Die orangefarbene Zunge eines Nachtvogels. Er vergisst bereits Alain.

»Nein, ich habe keine Angst. Ich blicke zu weit voraus und jeder Schritt ist ein Sturz. Deshalb sind die Nächte so lang. Man muss jedes Mal aus dem Abgrund wieder hochkommen. Ich habe aber keine Angst. *Shadows on the wall / Noises down the hall / Life doesn't frighten me at all ...*«*

»J-M-B ... Bist du Okay?«

Jean-Michel-Basquiat schaut Alain an, nickt mit dem Kopf.

*»Tough guys fight / all alone at night / Life doesn't frighten me at all«***

Alain seufzt. Er ist es leid, Jean-Michel-Basquiat aus dieser Art von psychischen Spurrillen zu ziehen, in denen sein Geist in der ersten Morgenstunde stecken bleibt.

»Maya Angelou und Basquiat? Okay. Ich erkenne die Verse wieder, die Sammlung hast du mir im vergangenen Jahr bei deiner Rückkehr aus den Ferien geschenkt. Schöne Gedichte ... schöne Gravuren ... Aber hey, Alter, wir haben heute Dienstag, mitten in der Arbeitswoche ... Komm auf die Erde zurück.«

»Ich bin auf der Erde, keine Sorge. Wo aber ist sie, die Erde. Ich suche uns, und das ist ein Problem, das mich die ganze Nacht gepeinigt hat. Ich habe vom gelben Pavian*** geträumt, wie er

* Schatten an der Wand / Geräusche unten in der Halle / Das Leben macht mir gar keine Angst (aus dem Gedicht *Life doesn't frighten me* von Maya Angelou, erschienen in der gleichnamigen, von Jean-Michel Basquiat illustrierten Sammlung).

** Harte Jungs kämpfen / allein die ganze Nacht / Das Leben macht mir gar keine Angst.

*** Gemälde von Jean-Michel Basquiat.

meinen knallgrünen Wagen fährt. Das war eine Explosion, ich schwör's dir, Alain ... Gut, es ist Zeit, an die Arbeit zu gehen. Du hast gesprochen. Was steht heute auf der Tagesordnung?«

Alain sieht in einem Terminkalender auf seinem überfüllten Schreibtisch nach.

»Die Website der Galerie Totem muss spätestens morgen fertig sein. Freitag erwartet die Poliklinik von Sacré Coeur deinen ersten Vorschlag ... Für den Moment ist das am eiligsten bei uns ...«

»Hm ... na gut. Mit Totem bin ich praktisch fertig, aber für die Poliklinik ... das will sich noch nicht einstellen.«

»Sie haben dich doch um ganz präzise Dinge gebeten.«

»Ja ... das ist kein Problem .... Aber die Farben und die Komposition für die Startseite, den wichtigsten Teil der Website, fallen mir noch nicht ein. Dort setze ich meine Unterschrift hin. Meinen originellen Touch. Alles, was ich bisher versucht habe, haut mit dem Rest nicht hin. Ich arbeite nicht gern für Polikliniken. Das ist kalt. Krankheit ist kalt, kälter als der Tod ... der Tod hat eine endgültige Farbe. Man muss aber viele Farben unter den Fingern haben, um die Herzschläge zu markieren. Auf meiner Tastatur ist Blut.«

»Sag mal, du bist ja makaber, Bruder! Entspann dich! Du weißt, dass du schließlich immer die passenden Farbkombinationen findest. Du bist der beste Webmaster dieses Landes!«

»Und du der beste Partner, den man haben kann.«

Die Freundschaft zwischen Alain und Jean-Michel-Baquiat ist solide an das Postulat geknüpft, dass zwischen ihnen eine emotionale und physische Interaktion weder möglich noch denkbar ist. Sie wissen, dass das geringste Abweichen von dieser goldenen Regel die Gefahr birgt, eine Freundschaft in Frage zu stellen, die ihnen so teuer und notwendig ist. Es liegt aber an gewissen Tagen eine flüchtige Sehnsucht in J-M-Bs Blick auf Alain. Alain kann in diesen Momenten die große Verletzlichkeit des Freundes spüren. Wenn er liebt, gerät sein Leben ins Wanken, er verliert darüber den Schlaf. Mit seinen weiblichen Partnern erfährt er verschlingende Beziehungen. Wenn eine Frau es ihm angetan hat, verliebt er sich in die Liebe mit einem übersteigerten Bedürfnis an Sublimierung. Aber ein anderer Teil von ihm, jener dunklere Teil, den er nicht gut kennt, den er Angst hat, wirklich zu erforschen, den er auf Zehenspitzen betritt, dieser andere Teil von ihm findet in kurzen homosexuellen Abenteuern die Befriedigung eines großen metaphysischen Hungers, eines Bedürfnisses nach Absolutem, das durch die Überschreitung dieses absoluten Tabus erfüllt wird. Der Körper eines Mannes ist ein Stern, ein zu entdeckendes Gestirn, eine Quelle permanenten Sturzes. Eine Sucht, gegen die anzukämpfen er müde geworden ist. Freunde verstoßen ihn manchmal, fühlen sich verhöhnt durch seine Weigerung, zu sich zu stehen. Man unterstellt ihm etwas Ungenanntes. Das man vielleicht weniger versteht als die Homosexualität. Aber da ist nichts, zu dem J-M-B stehen müsste. Er ist, auch wenn das missfällt, ein überempfindlicher Körper, oft beengt in seinem Kopf, sehnsüchtig bemüht zu verstehen und verzweifelt unverstanden. Er ist immer dabei, sich, den anderen in sich, zu verraten, sein anderes Verlangen zu hintergehen. Jean-Michel-Basquiat hilft ihm wie ein zweites Ich, den richtigen Kurs auf dem Fluss zu halten, auf dem er langsam abdriftet. Vielleicht ist Alain derjenige, der etwas von seiner Komplexität versteht, er, der ihn trotz der Mutmaßungen der Gesellschaft über seine sexuelle Orientierung nicht verlassen hat.

Alain steht auf, greift zu seiner Werkzeugtasche und seinen Autoschlüsseln.

»Gut ... Ich fahre zu einer Reparatur.«

»Wie geht es deiner Mutter?«

»Emmanuela? Warum fragst du mich das jetzt gerade?«

»Weiß nicht. Ich habe gestern Nacht von ihr geträumt, habe sie mit Farben vollgeschmiert gesehen, konnte aber erraten, dass sie es war. Ich finde sie ... in diesen Tagen in keiner guten Verfassung.«

»Hm ... Nun ja. Sie macht eine Krise, so eher spiritueller Art, durch. Ich glaube vor allem, dass sie überarbeitet ist, ihr Job stresst sie sehr. Aber du hast Recht, ich mache mir Sorgen um sie. Zum Glück ist Patricia da ... Sie hat sie neulich nach Noailles zu einem *lavé tèt* mitgenommen.«

»Einem *lavé tèt?*«

»Eine Art Voodoo-Reinigung. Ich habe jetzt keine Zeit, es zu erklären, ich muss los.«

»Hat ihr das gut getan?«

»Scheint mir schon. Aber so genau weiß ich es nicht. Hast du das von Serge gehört?«

»Nein, was ist mit Serge?«

»Er ist tot. In der Nacht auf gestern. Aufgefressen von seinen Hunden.«

»*Shit!* Ist das dein Ernst, Alain?«

»Wenn ich den Typen auch nicht mochte, bin ich doch nicht so zynisch, einen solchen Scherz zu machen. Verschlungen von seinen eigenen Hunden ... gib zu, dass man nicht richtig im Kopf sein muss, um sich das auszudenken.«

»Emmanuela muss schrecklich schockiert sein. Ich will zu ihr gehen. Vielleicht müsste auch ich mir den Kopf waschen.«

»Warum?«

»Ich weiß nicht ... Um gewisse Stromkreise wieder richtig zu schalten. Ich bin einem Mädchen begegnet, Alain. Sie kommt in mein Leben im besten oder schlimmsten Moment, ich kann's nicht entscheiden.«

Alain ist schon an der Tür. Er bleibt stehen. Er beginnt, den Geisteszustand von Jean-Michel-Basquiat zu begreifen. Liebe oder etwas ihr Ähnliches ist in der Luft. Alains Sinneskreise geraten in Panik.

»Sechs Tage und siebzehn Stunden, seit mein Blick auf sie gefallen ist. Ich bin durcheinander. Sie hat alle Tore meiner Nächte geöffnet. Ich habe aber keine Angst. *Panthers in the park / Strangers in the dark / No, they don't frighten me at all.*«*

»Hm ... Wo bist du diesem kleinen Wunder begegnet?«

»Ich bin zum Begräbnis ihres Bruders gegangen, den ich kannte ... das war ein toller Typ.«

»Ach ja! Ich erinnere mich. Das war vorige Woche, du bist an dem Morgen später zur Arbeit gekommen.«

»Er ist bei einem blödsinnigen Motorradunfall auf der Rue Oswald Durand ums Leben gekommen. Und sie habe ich zwei Tage später zufällig wieder im Büro der Telefongesellschaft gesehen. Und seither ist sie in meinem ganzen Leben.«

* Panther im Park / Fremde im Dunkel / Nein, sie machen mir gar keine Angst.

»Hat es zwischen euch gefunkt? Ich meine ... wird es erwidert, dein Feeling?«

»Ich weiß nicht, was es ist. Es ist sehr stark. Dieses Mädchen bringt mich durcheinander. Du kennst mich, Alain ... Sie stellt mich in Frage.«

»Was soll das heißen?«

»Das heißt ... warte ... es ist ein derart frauliches Mädchen ... sie ist schön, ihr Körper ist großartig ... aber sie hat auf mich dieselbe Wirkung wie ein Mann. Es ist ein Mann in ihr, der mich auf die Probe stellt.«

»Und wie heißt deine Nemesis?«

»Vanika ...«

22

Sie haben der Totenmesse für Jacques im Oratorium von Saint-Charbel beigewohnt. In der Zeitung hatte es eine Ankündigung gegeben. Emmanuela hat geweint, sie konnte ihre Tränen nicht zurückhalten, die so warm und reichlich flossen, dass ihr die Augen wehtaten. Normalerweise hätte sie nach der Arbeit heimkehren sollen. Couz hätte verstanden. Aber sie konnte das Haus, ihr Schlafzimmer noch nicht betreten. Im Oratorium war es, als wenn man die Bestattung von Serge zelebrierte. Einige Freunde sind gekommen, um sie zu begrüßen und ihnen ihr Mitgefühl zum Tod dieses Bruders von Paula auszusprechen, den außer ein paar weißhaarigen ehemaligen Klassenkameraden schließlich niemand kannte, und sind wieder gegangen. Zu Hause hat Célia ihnen dampfende Gemüsebouillon in Tassen, kleine Stockfischpasteten und Kaffee gereicht. Danach ist John in sein Zimmer gegangen, um einen Artikel zu beenden. Emmanuela, die nichts essen konnte, hat sich mit einem Kaffee begnügt. Sie erzählt Couz vom schrecklichen Tod ihres Liebhabers. Couz verbirgt ihre Gefühle, so gut sie kann. Sie umarmt Emmanuela und drückt sie ganz fest an ihr Herz. Aber sie kann sie trotz ihres großen Schmerzes nicht schonen, sie muss ihr sagen, was vor sich geht. Sie fühlt, dass Emmanuela endlich überzeugt ist. Jetzt muss ihr die Kraft eingeflößt werden, die Mission fortzusetzen.

Emmanuela hat den Eindruck, dass Couz mit ihr in höchster Dringlichkeit spricht. Sie lässt sich nicht unterbrechen. Die alte Frau springt von Geschichte zu Geschichte, erzählt ihr das Vergangene im Präsens, nennt ihr die Gnadenerweise, die ihr im Leben zuteil geworden sind, weil sie Michael kennt. Den Erzengel Michael, den Geist, der sie begleitet, seit sie aus dem Bauch ihrer Mutter gefallen ist, der ihr die Ehre erwiesen hat, sie auszuwählen, damit sie einen Tropfen seines Lichts mitten unter die Menschen trage, denen sie im Lauf ihres Daseins begegnen würde. Sie muss Emmanuela von all diesen Dingen überzeugen. Denn die Zeit drängt. Ohne die absolute Überzeugung ist das Wort des

Erzengels substanz- und machtlos. Wenn er seine Worte einem Menschen in den Mund legt, verleiht er ihm die Gabe des Lebens oder des Todes. Couz muss die Worte finden, um den Engel Yvo auf immer abzuwehren. Sie weiß, wo sie zu finden sind, aber die Reise ist lang. Und die Zeit drängt. Der Pakt von Horacius Melfort ist nicht nach den vereinbarten Bedingungen erfüllt worden, er hat sein eigen Blut, das Blut seines Enkelsohns, nicht geopfert. Er ist feige gewesen und hat gemeint davonzukommen, indem er den Sohn eines anderen geopfert hat. Das auserwählte und versprochene Lamm ist nicht geopfert worden, und Yvo kehrt nach all der Zeit wieder zurück, um sich den Blutzoll von den Nachkommen zu holen. Diesmal ist es der entscheidende Angriff, der mit den früheren sporadischen Erscheinungen nichts gemein hat.

Célia räumt den kleinen Tisch neben dem Sofa ab und geht. »Der Engel Yvo ist ein blutschänderischer Geist, meine Tochter. Unsere Familie hat unter der Blutschande gelitten und leidet darunter immer noch. Wir haben Dramen erlebt, die verletzt und viele Tränen haben fließen lassen.« Die Worte von Couz ziehen sich wie ein Kälteschleier über die Milde des anbrechenden Abends. »Dieser Engel erneuert seine finstere Energie auch durch die Paarung gleichen Blutes. *Ras kabrit*. Er treibt die Menschen unter seinem Einfluss zu diesem widernatürlichen Akt und verfolgt verbissen mit seiner Rachsucht diejenigen, die ihm dieses Opfer verweigern. Unter dem Einfluss dieses Geistes stellt der Vater seiner Tochter, die Mutter ihrem Sohn, der Bruder seiner Schwester nach oder umgekehrt. Dank der phallischen Gottheit *Bouk kabrit** ist der Engel sicher, dass diese blutschänderischen Kreuzungen unter den kosmischen Bedingungen stattfinden, die sich zur Zeugung eines Zwitters eignen. Einer zweigeschlechtigen Kreatur, die dem Teufel dient. Und wenn ein solches Kind aus der düsteren Paarung geboren wird, gewinnt der Engel zehn Lebensjahrhunderte. Auf diese Weise erkauft er sich seine Ewigkeit. Ich habe keine guten Nachrichten, Emmanuela. Die Ereignisse überstürzen sich.« – »Was ist los, Couz?« Emmanuela hat Angst, vermag sich aber zu beherrschen. Sie beginnt diese Paula, die sie

* Der Name der Gottheit bedeutet »Ziegenbock«.

entdeckt, zu akzeptieren, wenn auch ihr Geist diese Worte mit einer gewissen Skepsis aufnimmt. Sie hat in ihrer Umgebung niemals von Inzest reden hören. Couz spricht weiter: »Meine Schwester, deine Cousine Elvire, ist in ein Krankenhaus eingeliefert worden. Ein Autounfall. Auf der Autobahn haben ihre Bremsen versagt, und sie ist unter einen Lastwagen geraten. Schwere Quetschung am Kopf und Schlüsselbeinbruch. Sie hat Glück, viel Glück gehabt. Elvire betet unablässig. Sie wird durchkommen.« Couz ist verdrossen, ihre Jovialität verhalten. Sie spricht in einer konzentrierten und klaren Art weiter, wie Emmanuela sie an ihr nicht kennt. »Elvire und ich, wir erleben diese Phase in unseren Leben aus nächster Nähe. Meine Brüder haben sich aus dem Staub gemacht, jeder von ihnen hat sich isoliert und von unseren alten Geschichten nicht wieder gesprochen. Amédée, seit Jahrzehnten freiwillig im Exil in Abidjan, glaubt, dass man vergessen könne. Er hat auf drastische Art die Einflüsse des Engels auf ihn blockiert. Wie, sage ich dir ein andermal. Kommen wir auf Elvire zurück. Sie lebt mit ihrem Sohn, meinem Neffen Billy Boy, in Philadelphia. Ihre beiden anderen Kinder, Pascaline und Georges, haben ihren Weg gemacht und leben mit ihren Familien. Billy Boy ist der Schlechtangepasste, der Überempfindliche, zweimal geschieden, jedes Mal, wenn seine Gefühle Schiffbruch erlitten haben, ist er zu seiner Mutter zurückgekehrt. Seinen Lebensüberdruss ertränkt er in Alkohol. Alles ging trotzdem gut bis zur letzten Woche, in der er Elvire angegriffen hat. Er war betrunken und hat sie zur Frau nehmen wollen.« Couz seufzt schmerzlich. »Sie hat sich gewehrt, die Arme. Elvire ist schwach, hat mit dem Alter wie die meisten Frauen aus unserer Geschwisterschar stark abgenommen. Am Ende hat sie sich mit einer Schere verteidigt, die sie in Griffweite fand. Am schlimmsten ist noch, dass sie ihn selbst behandeln, die Wunde nähen und ihm eine Spritze geben musste, als er sich beruhigt hatte. Sie hat es nicht übers Herz gebracht, die Polizei zu rufen, ihn ins Gefängnis zu schicken. Meine Schwester ist aber in Gefahr. Billy Boy ist wieder zu Verstand gekommen und hat seine Mutter um Verzeihung gebeten. Und die vorhersehbare Folge ist ein paar Tage später eingetreten. Der Unfall. Billy Boy dürfte nicht länger unter demselben Dach mit seiner Mutter leben, aber er kann sonst nirgendwo hin. Ich muss diese Formel ... diese Botschaft finden, um sie zu überwältigen. Elvire hat es mir wieder am Telefon gesagt. Sie hatte wirklich Angst.

Such nicht nach dem Engel Yvo, Emmanuela. Du wirst ihn niemals finden. Er kann dort, hinter deinem Rücken, im Blick deines Nachbarn oder unter der Haut deines engsten Freundes sein. Die Marinettes sind seine Soldaten, die langsame dunkle Kreise um ihre Beute ziehen, Kreise des Schreckens und des Verderbens, oft bis zum Wahnsinn. Ihre Anwesenheit kündet den Engel an und geht dem Tod voraus. Sie zermürben uns, treiben uns in Halluzinationen, bis wir uns selbst zerstören. Sie berauben uns auch unseres plazentarischen Wesens, indem sie uns am Tag unserer Geburt opfern.«

»Und wie kann ... man ihn bekämpfen? Den Engel Yvo?« – »Mit der Macht des Wortes. Ja. Des Wortes. Sei nicht ungläubig, meine Tochter. Denk an jenes Wort, das der Engel Gabriel Maria gesagt hat und das das Gesicht der Menschheit verändert hat. Ob du daran glaubst oder nicht. Die Macht des Wortes übersteigt unser Verständnis, sie ist aber jedem noch so unbedeutenden Menschenwesen gegeben. Den Männern und Frauen, die für das Schicksal der Nationen verantwortlich sind, wie auch Gottes bescheidensten Kreaturen.« – »Couz, du hast mir etwas von einer Formel gesagt, die du auffinden musst, um den Engel Yvo zu überwältigen? Das hast du doch gesagt?« – »Ja, das habe ich gesagt. Eine unter meiner Wiege abgelegte Botschaft in Rivière-Froide, wo ich geboren bin. Meine Mutter hat mir diese Geschichte vor sehr langer Zeit erzählt. Ihre Bedeutung habe ich aber erst sehr viel später verstanden. Meine Mutter hat mich einen Moment lang allein gelassen, um etwas aus einem anderen Raum zu holen, ich weiß nicht mehr, ob eine Windel oder eine Babyflasche, aber Mama hatte es mir gesagt. Meine Mutter war von Details besessen. Als sie ins Schlafzimmer zurückkehrte, hat sie unter meiner Wiege eine mit Licht geschriebene Inschrift gesehen. Direkt auf dem Boden. Einige Zeilen in einer unbekannten Schrift. Die Inschrift unter der Wiege ist einige Tage lang geblieben, nichts konnte sie löschen. Man hat die Wiege umgestellt, und die Botschaft ist mitgegangen. Die Leute im Haus haben sich daraufhin gesagt, dass es sich um ein Wunder handelt. Man hat Sylviane kommen lassen, eine Nichte, die Stenografin war, damit sie die Zeichen, deren Krümmungen an diese verkürzte Sprache erinnerten, die sie in der Handelsschule gelernt hatte, zu Papier brachte. Die Botschaft wurde aufgezeichnet. Daraufhin ist die Inschrift unter der Wiege verschwunden. Das Dokument ist einige Jahre lang in unserem Besitz geblieben und bei einem der Umzüge oder Zyklone verloren gegangen. Michael hat mir die Botschaft in Voraussicht der Zukunft überlassen. Eine furchterregende Waffe gegen den Teufel, der sich bald in meine Familie einmischen sollte. Ich weiß das, bin in allen Fasern überzeugt davon. Er hat mir die Macht verliehen, den Bösen aus dem Leben der anderen, aber auch aus meinem Leben zu vertreiben, was das schwierigste Unternehmen von allen ist. Ich muss diese Losung wiederfinden, muss in die Vergangenheit abtauchen und zu den ersten Tagen meines Lebens zurückkehren. Anschließend muss ich sie entziffern. Mein Körper muss dieser Prüfung standhalten. Ich bereite ihn darauf vor, das Verfahren ist langwierig. Ich muss fasten, mich immer aufs Neue reinigen und vor allem Kraft für den Weg speichern. Ich habe vielleicht nicht genug Zeit, dorthin zu gelangen, will es aber mit all meinen Kräften. Ich muss dir diese Botschaft geben.«

Couz fragt Emmanuela unvermittelt:

»Töchterchen ... was hast du dir in den Kopf setzen lassen?«

Emmanuela zuckt zusammen, fasst mit der Hand an ihr weißes Tuch. Couz blickt ihr direkt in die Augen.

»Ich ... ich habe mir den Kopf waschen lassen ...«

»Wo?«

»In Noailles ... im Peristyl einer Freundin und ihres Bruders. Man hat mir nichts in den Kopf gesetzt. Es ist ein Ritual, das mir den Geist von negativen Vibrationen, vom Auge des Dämons befreien soll ... Um mich neu auszurichten, jetzt wo ...«

»Ich weiß ... Du hast in einem *djvo** geschlafen?«

»Ja ... eine Nacht.«

»Bist du in eine Kirche gegangen, um zu beten?«

* Kammer, in der die Initiationen stattfinden.

»Ja, am Tag darauf. In Sainte-Claire ...«

»Hast du Vertrauen zu diesen Personen? Kennst du sie gut? Schenkst du ihren Absichten Glauben?«

»Ich vertraue ihnen, wie sie mir vertrauen. Patricia ist meine Schwester ... die Schwester, die mir die Natur verwehrt hat ...«

»Fühlst du dich wohl?«

»Ja. Es ist, als habe man eine Last von mir genommen ... Es ist immer noch ein Rest Angst in mir und zugleich mehr Kraft. Ich fühle Bedrohliches um mich, habe aber weniger Angst. Ich weiß, dass ich nie allein bin.«

»Gut ... Aber wenn du mich gefragt hättest, hätte ich dir davon abgeraten, Emmanuela. Du hast unbekanntes Gelände betreten. Ich habe nichts gegen den Glauben der *fran ginen*. Deine Freunde scheinen dazuzugehören, und ich hoffe es für dich. Ich kenne einige Familien, die den Glauben in diesem Geist praktizieren. Ich habe Familienritualen beigewohnt und kenne ein wenig ihre Lebensweise. Es gibt Bereiche, in denen du leicht in eine Falle geraten kannst. Der Voodoo, der verkauft wird, wird zu einem Element der Kontrolle über den, der ihn kauft. Wenn du dich ungeschützt hinauswagst, kann dein freier Wille missbraucht werden. Du kannst dich leicht in einer geistig korrumpierten Sphäre wiederfinden, in der kein Vertrauen herrscht, in der das allgegenwärtige Misstrauen wie eine Kunst gepflegt wird ... die Kunst, den anderen durch die Angst auszubeuten. Leider ist es dieser Voodoo, der auf dem Markt feilgeboten wird. Nie wirst du wissen, welche diabolischen Kräfte in dich eingeflossen sind, noch woher dein Unglück kommt.«

Emmanuela sagt sich, dass Michael und die anderen Erzengel eine ebenfalls unbekannte Welt für sie sind, sie hat aber weder Kraft noch Lust, mit Couz darüber zu debattieren. Sie kann vor körperlicher Erschöpfung schon kaum noch. Sie muss sich wohl entschließen, nach Hause zu gehen.

»Couz? Genug ... genug. Ich weiß nicht mehr, woran ich bin ... dieser Tag ist besonders hart für mich. Ich habe Angst, nach Hause zu gehen. Ich kann einfach nicht glauben, dass Serge auf diese Weise gestorben ist. Ich stehe unter Schock. Mein Kopf ist in tausend Stücken. Ich weiß nicht mehr, woran ich bin.«

»Du kannst es nicht wissen, Emmanuela. Im Augenblick herrscht eine große Verwirrung. Wie gern würde ich dich vor all diesen Leiden bewahrt sehen! Ich verstehe dich gut, zumal ich sie selbst durchgemacht habe und sie immer noch durchmache. Aber die Bestie ist da. Sie nähert sich uns. Komm! Lass uns im Tempel beten. Danach wirst du stärker sein.«

An der Tempeltür holt Couz unten aus der Tasche ihres Kleides ein Fläschchen, das sie Emmanuela reicht.

»Nimm, Töchterchen ... Weihwasser. Wasser von der Taufe des Gottessohnes. In diesem Flakon sind hundert Tage Fasten und hundert Tage Beten enthalten. Behalte es überall, wohin du gehst, in deiner Handtasche bei dir.«

23

»Der Engel Yvo ist ein blutschänderischer Geist, meine Tochter.« Die Worte von Couz gehen Emmanuela nicht aus dem Sinn. Ihre Mutter hatte es also gewusst. Emmanuela beginnt endlich die unsinnige Angst vor den Männern ihrer Umgebung zu begreifen, die Judith ihr wie einen Virus weitergab, wie eine Sünde, die sie trug, ohne sie begangen zu haben. Aber warum hat sie ihr niemals etwas gesagt, nicht einmal, als sie Frau und Mutter geworden war? Warum ihr nicht gestanden, dass sie wegen des Engels Yvo immer nach verstohlenen Händen spähte, die ihre Unschuld hätten verletzen können, Hände ihres Vaters, ihrer Onkel, ihrer Cousins, aller Männer ihres Blutes, die womöglich das Gift des Engels verseucht hatte? Dass sie sie wegen des Engels Yvo nicht an ihr Herz drückte, ihr Gesicht nicht mit Küssen bedeckte, wie sie es so gern gehabt hätte? Wie ihre Kinderaugen danach dürsteten! Die Augen der Kinder dürstet es nach Küssen, wie Emmanuela weiß. Nach jenen Liebesbeweisen, mit denen sie, als sie Mutter geworden war, Alains Kindheit überhäuft hat. Judith hatte vor sich selbst und ihren männlichen Geschwistern Angst, weil sie wusste, dass ein verfluchter Engel sie ihrer Vernunft berauben, sich der Reinheit ihrer Absichten und ihrer Liebe zu ihrer Tochter bemächtigen konnte. Emmanuela hört ihren Vater lachen. Das lebhafte Lachen ihres Vaters. Sein riesiges Lachen, das wie ein Sonnenregen auf sie herabprasselte. Emmanuela hatte ihn heftig lieben und unendlich fürchten gelernt. Sie fürchtete ihn besonders in Anwesenheit ihrer Mutter, wenn Judiths Blick sie nach ihrem Einverständnis mit diesem Kontinent von Mann belauerte, den ihr kindliches Alter erkunden wollte. In den seltenen Momenten, in denen sie rittlings auf den Schultern ihres Vaters saß oder er sie durch die Luft wirbeln ließ, hatte das Leben keine Horizonte mehr, war das Glück in Reichweite ihrer Lachsalven. Emmanuela fragt sich, wie ihr Vater mit dieser Psychose seiner Frau lebte, die in ihrem Eheleben zwangsläufig für Unbehagen sorgen musste. Er ist an einer Gehirnblutung gestorben, als sie noch ein junges Mädchen war, und das Gefühl einer unvollkommenen Kindschaft verbleibt ihr eingeprägt. Als André starb und Alain in zartem Jugendalter zurückließ, hat Emmanuela in der Trauer des Sohnes das väterliche Land aufs Neue verloren. Sie wusste, was es für ein Einzelkind bedeutete, seinen Vater zu verlieren. Judith kannte die okkulte Geschichte dieser Familie und hat ihr niemals anvertraut, in welchen Ängsten, welchem Schrecken möglicherweise, sie lebte. In der Meinung, sie zu schützen, hatte sie einen Schleier über die Kindheit ihrer Tochter gebreitet, der ihr einen wesentlichen Lichtanteil entzogen hatte. Judith berührte sie nie, oder Judith berührte sie allenfalls, um sich zu vergewissern, dass sie unberührt, ihr Körper nicht entweiht worden war. Eine Qual, deren Zweck sie nicht verstand. Ein kurzer, aber so schwerwiegender Moment, aus dem sie mit dem Gefühl einer Schuld ohne Herkunft und ohne Gegenstand außer der Tatsache, dass sie ein kleines Mädchen war, hervorging. Für die Kindheit Emmanuelas bedeutete, ein Mädchen zu sein, eine schuldhafte Schwäche, einen unbestimmten Makel aus Perversion und Verletzlichkeit in sich zu tragen. Die Erbsünde musste in ihrer Natur selbst liegen. Wie man doch verletzen kann, wenn man beschützen will! Ist es dieser Schwachpunkt, den Serge in ihr vermutet und zur Grundlage für ihre sadomasochistische Übereinkunft gemacht hatte? Aber warum hat Judith niemals von dieser Familiengeschichte mit ihr gesprochen? Sie hat sich damit zufrieden gegeben, eine fromme Christin und eine Löwenmutter zu sein, die die Voodoogeister sowie das esoterische Erbe ihrer Vorfahren verwarf und den Rest verdrängte, als könnten diese Dinge allein durch Willenskraft, Verweigerung oder Ablehnung des Vergangenen verschwinden. Emmanuela wusste erst seit kurzem etwas davon. Judith ist gegangen und hat ihr Geheimnis mit sich genommen, möglicherweise in der Zuversicht, ihrer einzigen Tochter die Stigmata der Bestie erspart zu haben. War sie selbst eins ihrer Opfer gewesen?

Emmanuela kehrt nach Hause zurück. Das Eingangstor öffnet sich langsam und knirschend. So unglücklich ist sie im Leben noch nicht gewesen und hat durch diese Prüfung dennoch das Gefühl, auf dem Weg zur Vervollkommnung ihrer selbst, zum

Besten oder zum Schlimmsten, zu sein. Sie wird verrückt oder gestärkt daraus hervorgehen. Einer plötzlichen Eingebung folgend, tritt sie vor jedes der Bilder und Gravuren, die an den Wänden des Hauses hängen und hängt sie schief. Sie versetzt sie alle in starke Linksneigung. Ein Sakrileg. Diese Gesten rufen Zähneknirschen bei ihr hervor und geben ihr zugleich das neue Gefühl, wieder ein wenig die Kontrolle über ihre Umwelt zu gewinnen. Anschließend geht sie in ihr Zimmer. Serge ist da. Seine Stimme und der Geruch seiner Haare haben sich in die Kopfkissen eingegraben. Sie wechselt die Bettlaken und die Kissenbezüge. Vollführt diese Handgriffe hastig im Wissen, dass es vergebliche Mühe ist. Sie weiß, dass sie Angst haben wird, Angst vor jedem Gegenstand, den er berührt hat, vor seinen Pantoffeln am Fuß des Bettes, die sie mit schnellem Griff entfernt, als berührte sie ein lebendiges Tier. Im Spiegel betrachtet sie sich und das weiße Tuch um ihren Kopf, das sie am folgenden Morgen abnehmen kann. Müsste sie nicht beten, die Gesten und Wendungen wiederholen, die Couz sie gelehrt hat, die Erzengel anrufen, damit sie ihr Schlafzimmer und ihr Haus in einen Sicherheitsbereich einschließen? Müsste sie nicht die Psalmen 23 oder 91 lesen, diese so mächtigen und beruhigenden Gebete? Müsste sie nicht Abdias aufsuchen und sich einen *garde* ins Fleisch einsetzen lassen? Welchen Sinn haben all diese Dinge in diesem Moment, in dem der Tod sie verfolgt? In diesem Moment, in dem sie trotz der Nähe derer, die sie lieben, allein ist? »Und ob ich gleich wanderte im finsteren Tal des Todes, fürchte ich kein Unglück, denn du bist bei mir …« Diese Worte kommen ihr in den Sinn und geben ihr Kraft. Sie atmet tief ein und richtet sich auf. Sie nimmt den Morgenrock von Serge, der am Haken der Badezimmertür hängt, und will ihn mit seinen Pantoffeln in die Schublade einer Kommode des Gästezimmers bringen. Sie weiß, wo sich die Gegenstände befinden, mit denen sie ihre erotischen Spiele machten, und fühlt die Wärme seiner Hände, mit denen er sie bei ihrer Lust hielt. Sie will sie vernichten. André und Serge sind aus ihrem Haus gegangen, um zu sterben. Sie ist im Umfeld ihrer letzten Augenblicke. Und darüber hinaus zerreißen die Vorstellung, die Vision, der Gedanke an Serges grauenvollen Tod ihr Fleisch wie die Fangzähne der Hunde, die ihn verschlungen haben. Emmanuela kann in diesem Schlafzimmer nicht bleiben. Der Geruch angebrannten Fleisches ist zurückgekehrt. Sie ringt nach Luft und fühlt den nahenden Brechreiz. Sie entkleidet sich schnell und geht ins Erdgeschoss hinunter. Sie hat keinen Hunger und gießt sich ein Glas Orangensaft ein. Alain wird gleich heimkehren. Er ist nicht ins Fitnessstudio gegangen, um bei ihr zu sein, er hat sie schon vor einer Weile angerufen, um es ihr zu sagen. Sie erwartet ihn, er ist ihre Rettungsboje.

Das Haus ist still. Als Alain eintrifft, findet er sie mit dem Blick auf den Fernseher mit abgestelltem Ton, die Augenlider geschwollen vom zu vielen Weinen. Er umarmt sie, wie er es alle Tage macht, ohne ein Wort über Serge zu verlieren. Er fragt sie nicht, wie es ihr geht. Er weiß es. Seine Mutter ist eine innerlich zerrissene Frau mit geröteten Augen, eine Frau, von der er nicht weiß, wie tief sie verletzt ist. Und diese Unkenntnis beunruhigt ihn und erschüttert sein Gleichgewicht. Er sagt ihr nichts, berührt ihre Wange, lächelt sie an, und einen Moment lang bekommt das Leben wieder etwas Farbe. Sie lachen, scherzen und sie isst ein wenig mit ihm. Er erzählt ihr seinen Arbeitstag, das Martyrium der Staus, die er durchfahren muss, um an verschiedenen Punkten der Stadt seine Reparaturen und Installationen vorzunehmen. Sie erzählt ihm von Carmélot, dem Büroboten der Bank, der nach vierzig Jahren wilder Ehe, fünf Kindern und acht Enkelkindern am letzten Wochenende seine Partnerin geheiratet hat. Und dann gehen sie in ihre Zimmer, um zu schlafen. Aber Emmanuela und Alain wissen, dass sie nicht schlafen werden.

Emmanuela betet und legt sich ins Bett. Sie hat den Psalm 91 mit Inbrunst gesprochen. »Denn Er errettet dich vor dem Netz des Vogelstellers ...« Sie hat keine fünf Minuten geschlafen, und schon steht sie ruckartig auf, um das Gemälde von Pasko an der Wand gerade zu rücken. Das Gemälde fehlt ihr. Es ist nicht mehr da, und das Bild an seiner Stelle ist nach links geneigt wie alle anderen Bilder des Hauses. Emmanuela fühlt sich besser. Patricia ruft sie an, mit Bedauern und beunruhigt. Sie hat die Woche in Petit-Goâve verbracht, um ein Festival vorzubereiten, und die Neuigkeit gerade erst aus den letzten Fernsehnachrichten erfahren. Patricia ist schockiert. Sie will Emmanuela um diese späte

Stunde aufsuchen. Emmanuela sagt ihr, es sei nicht notwendig, es gehe ihr gut. Patricia macht ihrer Freundin Vorwürfe, weil sie nicht angerufen hat, um sie von diesem Drama in Kenntnis zu setzen. »Verzeih mir, ich hatte zwar vor, es zu tun, und es dann vergessen ... Der Tag war lang, sehr lang. Ich war wie ein Zombie, wie du dir denken kannst. Und dann, nach der Arbeit, bin ich bei der Totenmesse für den Bruder von Couz in Saint-Charbel gewesen.« – »Ich bin untröstlich, dass ich nicht da sein konnte«, wirft Patricia sich vor. »In Ordnung, Pat, mach dir nichts draus. Wir sollten uns heute einfach nicht sehen ...« – »Geht alles gut?« – »Ja ... Nein ... Ich bin nicht sicher, dass alles gut geht.« Emmanuela geht es in der Tat nicht gut, was aber an der Geschichte nichts ändert. Sie muss weitermachen, weiterleben, am nächsten Morgen um fünf Uhr dreißig aufwachen und im Verkehr von Bon Repos zur Bank fahren. Patricia verspricht ihr, den Abend des folgenden Tages mit ihr zu verbringen. Was aber macht sie heute Abend?, fragt Patricia beharrlich nach. Heute Abend endet vielleicht niemals.

24

Serge ist im Zimmer. Wütend ist er gegangen, er ist tot, doch sein Geist bleibt bei ihr. Emmanuela ist überzeugt davon, dass sie ihn nicht getötet hat, ist aber nicht sicher, ob Serge es weiß. Vielleicht hat er den Engel mit seiner Wut verärgert. Ist Serge tot, weil er sie berühren wollte, während der Engel den Bereich um ihren Körper unter Kontrolle haben will? Ist er tot, weil er den Engel dadurch erzürnt hat, dass er seine Existenz leugnete? Haben die Hunde ihn verschlungen, weil sie den Geruch des Dämons an ihm entdeckt haben? Die immer gleichen Fragen verfolgen sie. Sie will zu Alain gehen. Leise klopft sie an seine Tür. Er macht ihr auf, hat sie erwartet. In Alains Zimmer verschwinden alle Schatten. Sie hören leise Musik und plaudern. Sie hat sich an ihren Sohn gekuschelt, den Kopf auf seiner Schulter. Sie spürt die harten Muskeln seines Arms, der sie umfasst. Emmanuela ist stolz auf Alains Körper. Er ist sportlich, wie André es war, pflegt wie er gute Lebensgewohnheiten. André hat trotz seiner stabilen Gesundheit und seines gut trainierten Körpers den Tod gefunden. Sie seufzt und berührt Alains Haar. Sie würde es nicht ertragen, ihn zu verlieren.

»Alain, ich trage mich mit dem Gedanken, mich in einem Fitnessstudio anzumelden, um Muskeltraining zu machen. Ich muss den Körper kräftigen ... sieh nur, wie schlaff mein Arm wird ... Fühl, na fühl doch! Das ist schlimm! Was sollen deine Freundinnen denken, wenn sie hierher kommen? Dass deine Mutter eine kleine Alte ist?« – »Solltest du etwa auf Komplimente aus sein, Madre?« – »Nein ... aber ein wenig Ermutigung tut immer gut.« Emmanuela gluckst im Voraus vor Vergnügen. »Du bist schön und wirkst sehr jung. Das weißt du genau. Man will immer noch nicht glauben, dass du meine Mutter bist. Erinnere dich an das Mädchen, das mir in diesem Restaurant in der Rue Chavannes fast eine Szene gemacht hat, weil sie dich für meine Freundin hielt. Nun, zufrieden?« – »Ja! Es geht viel besser! Selbst wenn dieses Mädchen nur ihre Show abgezogen hat, um deine

Aufmerksamkeit zu erregen. Aber ich möchte wirklich gern ins Fitnessstudio. Ich muss unbedingt Stress abbauen.« – »Wirklich? Dann ist es dir also ernst?« Alain richtet sich ein wenig vom Bett auf, um sie zu betrachten. Er kennt ihre schönen Vorsätze, die nie den folgenden Tag überdauern. »Diesen Knüller muss ich J-M-B weitergeben. Am ersten Tag des Ereignisses bringe ich dich in Sportkleidung auf meine Facebookseite. Übrigens hat J-M-B versucht, dich anzurufen, als er von Serge erfahren hat. Er besucht dich morgen.« – »Und wie geht es ihm, dem lieben Jean-Michel-Basquiat?« – »Er arbeitet tüchtig, ich will mich nicht beklagen. Wenn ich ihn heute auch abgedrehter als gewöhnlich gefunden habe. Heute Morgen segelte er zwischen zwei Dimensionen. Er ist verliebt. Und um es dir offen zu gestehen, das beruhigt mich nicht.« – »Machst du es nicht gerade ein ganz klein wenig zu dramatisch?« – »Das hoffe ich, es ist nur so, dass er wegen dieses Mädchens, das er erst seit einer Woche kennt, ganz komisch wird. Er ist angeschlagen.« – »Hm ... Gut, wir werden ja sehen. Aber die Liebe dürfte ihm guttun, wenn sie ihn auch um den Verstand bringt. Jean-Michel-Basquiat macht nichts wie alle anderen, und seine Liebschaften sind so exzessiv wie sein übriges Leben. Anders als du, der du dich an keins der Mädchen, die du triffst, zu binden scheinst.«

Alain lacht aufrichtig. »Ich hätte tausend Gourde zu eins gewettet, dass du auf mich zu sprechen kommen würdest!« – »Aber habe ich nicht Recht? Du hast jede Menge Mädchen hergebracht. Du kannst nicht sagen, dass ich mich deswegen beklage. Ich weiß wohl, dass es die Jugendlichen heutzutage nicht eilig haben, ernsthafte Bindungen einzugehen. An erster Stelle stehen Studien, Beruf und finanzielle Selbständigkeit, und ich bin die Erste, die das begrüßt. Man muss heute hart arbeiten, um sich ein Plätzchen an der Sonne zu verschaffen.« – »Ich ... ich ... bin halt einfach ...« – »Aber bist du denn nie verliebt, Alain?« – »Das kommt schon vor ... aber nie so stark, dass ich das Experiment über eine gewisse Grenze hinaus fortsetzen möchte ... die sich bei jedem neuen Abenteuer als die gleiche erweist. Aber glaube mir, ich möchte mich gern verlieben, unsterblich verlieben. Das fehlt mir schließlich. Ich beginne mich zu fragen, was mit mir nicht in Ordnung ist.« – »Ich wünsche dir, mein Liebling, dass du dieser Liebe, die verblendet, begegnest. Auch wenn sie dir Leid bringt ...«

Emmanuela hat Alain noch nichts vom Engel Yvo gesagt. Sie muss sich die Worte abringen, um mit ihm davon zu sprechen. Es ist viel einfacher, sich in ihre leichten Plaudereien zu flüchten. Judith hat sicher die gleiche Verlegenheit empfunden. Seltsam, wie das Leben Umstände wiederherstellt, die uns zwingen, unsere Scham zu überwinden oder uns in unserer Angst zu vergraben. Aber es ist nicht mehr der Moment für Scham oder Angst. Eine drohende Gefahr ist um sie, hier in diesem Haus, und sie muss mit ihrem Sohn darüber reden.

»Alain ... ich habe dir gesagt, das ich mir im Peristyl von Abdias ein *lavé tèt* habe machen lassen. Ich habe dir aber die wahren Gründe dafür nicht genannt.« Alain antwortet nicht. Er wartet ab. Er lässt seiner Mutter allen Freiraum, den sie benötigt, um die Worte zu sagen, die sie ihm sagen will. »Also ... vor kurzem hat Couz mich informiert, dass ein unheilvoller Geist böse Absichten gegen unsere Familie hegt. Diese unglaubliche Geschichte soll auf meinen Urgroßvater, den Großvater von *manmie* Judith zurückgehen ...« Emmanuela erzählt Alain die Geschichte und wählt ihre Worte, ohne die beunruhigenden Details hinzuzufügen, die Couz ihr über den Engel Yvo genannt hatte. Sie nennt ihm auch nicht den Namen des unheilvollen Geists. »Und du glaubst daran?« – »Anfangs habe ich alles, was Couz mir mitgeteilt hatte, mit aller Kraft abgewehrt. Ich wollte nichts davon wissen. Aber mit jedem Tag, der vergeht, habe ich Gründe zu glauben, dass an all dem Wahres ist ... und ich verberge dir nicht, dass ich Angst habe ... Ich fühle mich verletzlich.« – »Ich glaube daran.« Alain spricht mit fester Stimme. »Seit einiger Zeit fühle ich negative Mächte um uns. Sie sind in das Bild eingedrungen, das ich verbrannt habe ... und einmal habe ich oben auf der Einfriedungsmauer eine ... Gestalt gesehen, die unser Haus beobachtete. Eine Silhouette mit einem Hut. Sie schien in der Luft zu schweben.« – »Und du hast mir nie davon erzählt?« – »Ich war mir selbst nicht sicher, ob ich das wirklich gesehen hatte. Ich meinte, fantasiert zu haben. Jetzt aber, wo du mich eingeweiht hast in ... all das, wird mir klar, dass ich vielleicht richtig gesehen habe. Was sollten wir tun? Was sagt Couz dazu?« – »Sie hat mir Gesten und Gebete beigebracht, um sie fernzuhalten. Das gilt aber immer nur für den Augenblick. Sie attackieren uns an mehreren Fronten, überall, wo wir sind. Man muss sie endgültig abwehren können ...«

»Mama?« – »Ja?« – »Du hast das *lavé tèt* ... in einem Peristyl gemacht. Dann bist du also Voodooanhängerin. Du glaubst daran, du hast Vertrauen zu jenen Mächten. Und du sagst mir, dass Couz dich Formeln und Gebete lehrt, dir beibringt, dich an den Erzengel Michael zu wenden, dass du seit einiger Zeit ein Kreuz im Bett bewahrst. Du akzeptierst auch das. Christus. Ist dir nicht bange, dich auf diesen beiden Wegen zu verirren?« – »Ich weiß nicht, Alain. Deine Frage ist berechtigt, aber ich habe darauf keine Antwort.« – »Wie denn das? Du hast doch eine Wahl getroffen. Und selbst deine Verweigerung einer Wahl ist eine Wahl ... scheint mir.« – »So gesehen, ja ... Offen gestanden, ich brauche diese beiden Pole, um mein Gleichgewicht zu finden. So ist es. Und ich habe aufgehört, mir Fragen zu stellen. Couz hat mir ungefähr dieselbe Frage gestellt wie du. Ich will eben nur bei dem bleiben, was gut ist und gut geht. Ansonsten glaube ich, dass es nur einen Schöpfer oder nur eine Schöpferin gibt. Warum sollte Gott schließlich nicht eine Frau, eine Mutter sein? Oder gleich zweierlei Geschlechts?« Alain schaut seine Mutter lächelnd an. Die ruhige Antikonformistin. Sie führen eine solche Unterhaltung zum ersten Mal, und dafür war die Geschichte eines verfluchten Engels notwendig. »Ich verstehe. Gut. So lange es dir soweit gut geht ... Aber was muss wegen dieses Engels getan werden? Ist das nur ein Schicksal? Werden wir unser Leben damit verbringen, Angst zu haben, dass er uns auffrisst?«

Alain ist ironisch und bitter. Emmanuela macht sich Vorwürfe dafür, was ihnen ohne ihre Zustimmung widerfährt, und am schwierigsten ist es, sich allen negativen Einflüssen zu widersetzen, die auf sie einstürmen. Sie ist nicht verantwortlich für die Entscheidungen, die ohne sie getroffen worden sind. Sie muss kämpfen, um ein ungewolltes Schicksal abzuwehren. Sie kann nicht anders. »Es existiert eine mächtige Formel, die diesen Engel und seine Abgesandten abwehren und die Verpflichtung von

Horacius Melfort für immer brechen kann ...« – »Eine Formel?« – »Ja ... ein Gebet, oder Anweisungen, wenn du willst. Eine Waffe wie keine zweite. Es ist eine Botschaft, die kurz nach Couz' Geburt in leuchtenden Buchstaben unter ihrer Wiege stand. Eine Botschaft von Michael ... dem Erzengel. Diese Botschaft ist mit der Zeit verloren gegangen, aber Couz ist fähig, sie wiederzufinden und zu entziffern. Sie ist jetzt dabei. Eine Unternehmung, die ihre Kräfte stark beansprucht, wie du dir denken kannst ... sie muss die Zeit wieder hinaufsteigen ... oder in die Zeit hinabsteigen, ich weiß nicht. Ihr Herz ist anfällig ... Sie kann dabei ums Leben kommen oder es ganz einfach nicht schaffen. Ich möchte lieber nicht daran denken, Alain. Du musst Couz besuchen. Sie hat mich auch darum gebeten. Sie wird dir die Dinge besser erklären als ich. Sie wird dir auch Mittel geben, mit denen du dich schützen kannst. Ich muss wissen, dass du in diesen schwierigen Momenten bei mir bist. Warte nicht länger.« – »Okay, an einem Nachmittag gehe ich nach der Arbeit zu ihr. Und mach dir keine Sorgen, Mütterchen, ich werde bei dir sein ... Wir sind ein Team.«

Er drückt seine Mutter fester an sich, streichelt ihr geistesabwesend die Schulter. Emmanuela fühlt Alains Wärme in ihren Körper gleiten. Sie überlässt sich dem Moment des Trostes. Ihre Lider sind schwer. Sie schließt die Augen, Haut und Muskeln entspannen sich. Endlich ein Moment der Ruhe an diesem langen, leidvollen Tag. Sie versinkt allmählich in einem tiefen Wohlgefühl. Es währt aber nicht lange. Sie strafft sich plötzlich. Etwas stimmt nicht, stimmt nicht mehr. Das Licht hat geflackert. Sie fühlt, dass im Zimmer etwas anwesend ist, kann aber nicht eingreifen, um es zu vertreiben. Ihr gefangener Körper spricht eine Sprache, die ihr gut bekannt ist. Sie nimmt ein Signal wahr, wie ein schwaches Echo, das sie auf einen unsinnigen Weg ruft. Überraschende Bilder brechen eins nach dem anderen in ihr Denken ein. Alain steht vor ihr, er ist nackt in seiner unverschämten und großartigen Schönheit und winkt ihr, zu ihm zu kommen. Und sie folgt diesem unwiderstehlichen Ruf, sie geht zu ihm, um in ihm aufzugehen. Emmanuela trägt einen seltsamen Zweikampf auf dem Bett aus, ihr kommen unter den geschlossenen Augen die Tränen. Sie liegt gelähmt in Alains Armen, der eingeschlafen ist. Die Bilder versengen sie immer weiter. In diesem Zimmer, auf diesem Bett sieht sie zwei umschlungene Körper, verloren in einer fieberhaften Umarmung. Sie entdeckt eine Lust, die ihr kein Mann, nicht einmal Serge jemals bereitet hat. Sie hört, wie sie und Alain aufstöhnen. Emmanuela gerät in Panik, ihr Herz rast, aber die Bilder lassen ihr keine Atempause. Eine Tortur. Sie fühlt alle Liebkosungen und alle Küsse, die sie ihrem Sohn in so vielen Jahren reichlich gegeben hat, wie eine Flut in ihre Hände, ihre Lenden zurückkehren und mit der Glut eines abscheulichen und gebieterischen Verlangens von ihr Besitz ergreifen. All die Zuneigung, mit der sie ihn überschüttet hat, um angeblich den Mangel an Zärtlichkeit in ihrer eigenen Jugend auszugleichen, all das war also nur perverse Berechnung? Um ihn eher in dieses Bett zu bringen und ihn für sich allein zu haben? Kann er deshalb keine andere Frau wirklich lieben? Weil er ihr, ihr allein gehört? Ist das möglich? Judith hatte also ihre wahre Natur erkannt? Ihre Mutter wollte also zu Recht die Spur der Erbsünde, den Abdruck des Bösen in ihrem Kinderkörper finden. Ein Unbehagen schnürt Emmanuela die Kehle zu, sie schluckt mit Mühe. Sie wehrt sich, um diesen fremden Körper zurückzustoßen, der sie erwürgt. Nein, es ist nicht wahr. Ihre Hände werden der teuflischen Weisung nicht nachgeben. Ihre Sinne werden sich nicht von dieser Lust besessen machen lassen, die ihre Seele unter Kontrolle bringen will. Sie will dem Verlangen nicht gehorchen, wird seine Haut nicht berühren, ihre Lippen nicht auf seine Augenlider drücken, ihre Nase ihm nicht unter die Achselhöhlen stecken, um bis in seine Seele zu riechen. Ihre Absichten sind immer lauter gewesen. Alain ist ihr Sohn, Fleisch von ihrem Fleisch. Keine Macht der Welt kann die Natur ihrer Liebe verändern. Emmanuela begreift den Angriff. Der Fluch des Engels. Das inzestuöse Karma. Sie hat die Gegenwart des *Bouk kabrit* und seinen Geruch wahrgenommen. Couz hatte sie gewarnt. Der Engel greift sie beim Liebsten an, was sie auf der Welt hat. Er will das Lauterste, das sie im Leben hat, korrumpieren, das Verhältnis zu ihrem Sohn. Er greift sie an, wenn sie am verwundbarsten ist. Er will ihr alles nehmen bis hin zur Selbstachtung. Er will sie nackt und sich verachtend zurücklassen. Der Engel Yvo ist im Begriff, sie wahnsinnig zu machen. Aber er wird sie nicht bekommen, wird sie alle nicht bekommen. Emmanuela weint und betet. »Er beschirmt dich mit seinen Flügeln, unter seinen Schwingen findest du Zuflucht ... Du brauchst dich vor dem Schrecken der Nacht nicht zu fürchten ...« Emmanuela weint in den Armen Alains, der aufwacht und sie anschaut. »*Manman? W ap krye?*«* – »Ja, ich weine, mein Liebling ... das habe ich aber nötig. Alles ist gut.«

* Mama? Weinst du?

25

Es ist schon bald Mittag, die Sonne steht senkrecht über den Köpfen. Der Verkehr auf der Route des Frères läuft tropfenweise. Chauffeure und Fahrgäste, die glücklicherweise eine Klimaanlage haben, verlieren in relativer Gelassenheit die Geduld, die anderen vergiften sich mit Hitze und Kohlenmonoxid. Der Stau ist chronisch, vorhersehbar und üblich auf diesem Abschnitt der Straße, die von Pétionville nach Pernier und Rivière Grise, mit Abzweigungen nach Jacquet, Tabarre, zum Flughafen und zur Ebene Cul-de-sac führt. Auf Höhe der Märkte Télélé und Lector ist jeder Fußbreit Bürgersteig von Verkäuferinnen, ihren Körben und Sonnenschirmen besetzt. Das Bürgermeisteramt von Pétionville hat abseits der Hauptstraße auf Höhe des Marktes Lector einen großen Platz hergerichtet, um die Fülle kleiner Händlerinnen unterzubringen, die die Straße verstopfen und den Autoverkehr beträchtlich verlangsamen. Vergeblich. Das Leben wird auf den Bürgersteigen gekauft und verkauft, und die Käufer sind ebenso hartnäckig wie die Verkäufer. Die sporadischen Razzien und *rigwaz**-Schläge der Stadtpolizei, um die Fahrbahn frei zu machen, bleiben wirkungslos. Sobald sie abgezogen sind, nehmen die illegalen Pächter der Bürgersteige ihr Terrain wieder in Besitz. Avocados, Bananen, Okraschoten, Tomaten, Ananas, Mangos und Papayas werden stapelweise am Boden auf Quadraten aus Jutesäcken verkauft, wenige Zentimeter entfernt von den vorbeifahrenden Wagen. Ambulante Verkäuferinnen und Verkäufer schlängeln sich durch diese Verkaufsstände, um Fingernagellack, Slips und Büstenhalter, Sardinen in Dosen, Reinmacheprodukte, Pakete falscher Haare und Rattengift feilzubieten. Junge Burschen mit Eimern auf dem Kopf laufen kreuz und quer über die Straße und offerieren den Passagieren der *tap-tap***, die am Ende ihrer Kräfte sind, Wasserkanister und kühle Kohlensäuregetränke. Die

* Ochsenziemer (Peitsche aus getrockneten und geflochtenen Ochsenpenissen).

** Lieferwagen, der als Sammeltaxi dient.

Schubkarrenlenker mit nackten, schweißnassen Oberkörpern und vom Leistenbruch vorstehendem Bauchnabel brüllen wüste Warnungen in die Menge, um ihren mit Waren überladenen Kippkarren Platz zu verschaffen.

Ein wenig weiter oben erscheint an der Kreuzung des alten Friedhofs eine kleine ungewöhnliche Gruppe. Von weitem würde man sie für Tänzer halten, die mitten auf der Straße eine Choreographie aufführen. Sie kommen näher, und die erstaunten Blicke sehen vier Männer, die einen Sarg auf den Schultern tragen, jeder steht unter einem Ende der rudimentären Holzkiste. Sie kommen schnell, fast auf Zehenspitzen voran, und ihre Körper verrenken sich rhythmisch, um das Quartett und die schwere Kiste, die sie tragen, im Gleichgewicht zu halten. Das Ballett des Todes. Ihre durchnässten Hemden kleben ihnen am Körper. Sie singen und nehmen Schlucke aus Flachmännern mit gewürztem Rum, die sie ab und zu aus ihren Taschen holen. Die Sonne ist gegenüber dem Tod mitleidslos. Sie verhüllt sich keinen Moment, um diesen Unglücklichen eine Pause zu gönnen, die sich einige Kilometer weiter unten zum Friedhof Sainte–Claire begeben, um ihren Verstorbenen sang- und klanglos zu beerdigen.

Vanika steht auf dem Bürgersteig auf dem Gelände des ehemaligen Friedhofs, dort, wo die Menschen sich etwas weniger beengt bewegen. Die leere Fläche ist zu einem anarchischen Knotenpunkt des öffentlichen Verkehrs geworden, der neue moderne Busbahnhof ein Modell, das in einem Depot der Stadtverwaltung unter einer Staubschicht zerfällt. Sie hat vor, ein *tap-tap* hinunter nach Pernier zu nehmen. Sie sieht die Prozession der vier Männer mit dem Sarg vorüberziehen. Plötzlich ist ihr in der Gluthitze kalt. Überall ist der Tod um sie. Vanika verharrt zitternd unter der Sonne, während der salzige Schweiß ihr von der Stirn läuft und sich einen Weg durch ihre Lippen bahnt, als wartete sie darauf, dass eine Hand sie in den Taumel der dröhnenden Straße unter die Räder eines Wagens stößt. Sie hat für ihre Wege kein Motorrad mehr. Sie hat Edwin nicht mehr. Sie hat keinen Bruder mehr. Sie leidet unter einem namenlosen Schmerz. Einem unaufhörlichen, erbarmungslosen Schmerz, wie unter einer unablässig neu aufreißenden Wunde. Sie steht in einer

Blutlache, die niemand sieht und in der die Leute, die sie im Vorbeigehen streifen, herumwaten, ohne es zu wissen. Irgendwo in ihrem Körper ist sie gestorben. Ein riesiges Reklameschild über ihrem Kopf bewirbt mit dem Bild einer glücklichen Familie eine Lebensversicherung. Wie erbaulich. Welche Ironie am Standort eines ehemaligen Friedhofs! Lassen Lebensversicherungen die Toten auferstehen? Chauffeure fahren langsamer auf ihrer Höhe, verschlingen sie mit den Augen, machen ihr hinter ihren getönten Fenstern Zeichen, Vanika erleuchtet die Kreuzung wie eine andere Sonne. Alles ist ins Wanken geraten, als Edwin und sein Motorrad in der Rue Oswald Durand von diesem Tanklaster zertrampelt wurden. Alles andere ist irreal und hat sich hinter einem Rauchschirm in Zeitlupe, in einer anderen Dimension abgespielt. Die Beerdigung. Die Tränen der Freunde. Die Kleidungsstücke, die sie ins Bestattungshaus gebracht hat. Der eisgekühlte Körper Edwins. Der seltsam schwere Sarg. Die Blumen und ihr Duft, die den Schmerz zu ersticken suchten. Der Weihrauch, mit dem der Priester den Sarg, die Blumen, das Publikum, die Kirche eingehüllt und sie einen Moment lang an diesem Ort eingeschlossen hat, von dem ihr Bruder gegangen ist. Sie sucht Edwin. Die Motorräder, die die Straße durchfurchen, verschlingen ihr die Eingeweide mit ihrem Geknatter. Man kann nicht so allein sein, es ist unmöglich, so allein zu sein. Nichts kann ihre Einsamkeit füllen, selbst wenn ihr Vater sie holen käme, den sie nicht kennt, ihre Mutter sich aus ihrem Grab erheben würde. Ihr Bruder ist es, den sie will. Maître Jules Carmel Jean-François nimmt ihr übel, dass sie noch lebt und Edwin tot ist. Er glaubt, dass sie irgendwie verantwortlich dafür ist. Sie weiß es. Sie hat es sofort beim ersten Blick gefühlt, als er sie nach dem Unfall ansah. Sie hat es seinem Schmerz entnommen, den er zurückhielt und der in seinem Bauch, dem dicken Bauch eines respektablen Anwalts, einen Abgrund öffnete. Er hat sie betrachtet, als sei es schamlos von ihr, noch am Leben zu sein. Er hat einen Sohn verloren. Statt seiner hätte sie sterben müssen. Der Onkel Rechtsanwalt hat keinen Sohn, seine Frau hat ihm keine Kinder geschenkt. Der Erbe ist nicht mehr, den er bemutterte, dessen Entwicklung er mit Stolz sah. Der seine Stütze werden sollte, für den er so viele Träume hatte. Aber er hat Edwin niemals gesagt, welche Träume er für ihn hegte. Vielleicht wäre er noch am Leben, wenn er ihm gesagt hätte, dass er auf ihn wartete, dass er seine Fortschritte genau verfolgte, dass er stolz auf seine Ergebnisse war. Er hat ihm aber nie etwas gesagt, nie gesagt, dass er glücklich war, ihn an jedem Monatsende in seiner Kanzlei zu sehen, dass der Scheck, den er unterschrieb, ihm viel mehr bedeutete als das Geld. Rechtsanwalt Jules Carmel Jean-François hatte den Eindruck, dem so begabten, so vielversprechenden Jungen das Leben zu geben. Er gab sich den Anschein, den geradezu religiösen Respekt Edwins nicht zu sehen, wenn dessen Blick über die Gesetzesbücher hinter seinem Schreibtisch glitt. Von alledem hat er ihm nichts gesagt. Aus Scham, vielleicht aus Schüchternheit, auch um ihn nicht zu verwöhnen, ihn nicht glauben zu lassen, dass das Leben einfach sei. Das Leben ist nicht einfach für vaterlose Kinder. Er hatte ihn aus der Haltlosigkeit geholt, vor der Kriminalität bewahrt, in der so viele mittellose Jugendliche wie er untergehen. Der Kleine musste sich ins Zeug legen, tüchtig sein, sollte sich anstrengen, damit er sein Vertrauen verdiente. Dann hätte er ihm alles gegeben, ihn die Berufspraxis gelehrt, die Frucht der Arbeit eines ganzen Lebens mit ihm geteilt. Aber Edwin ist nicht mehr. Und Vanika kann nichts dafür. Sie kann ihm, seinem Onkel, nicht sagen, dass auch sie ihn über alles auf der Welt liebte, dass er alles für sie war, dass sie eine Niere, die Hälfte ihrer Leber oder ihres Herzens gegeben hätte, damit er lebte. Dass sie ihn wie eine Schwester, wie eine Freundin liebte. Dass sie ihn so schmerzvoll liebte, dass sie auch seine Frau hätte sein wollen, um ihn nicht zu verlieren, um mit ihm zu verschmelzen, um ihn im Leben zu halten. Ja, sie ist sicher, dass die Kraft ihrer Liebe ihn am Leben gehalten hätte, wenn sie seine Frau gewesen wäre. Auch wenn es eine Sünde gewesen wäre, seine Frau zu sein. Sie hätte diese Sünde mit ihm wieder und wieder begangen, wie sie es so oft in ihren Träumen getan hatte. Sie hätte ihm ein Kind geschenkt, und er würde heute in diesem Kind weiterleben. Der Tod hätte nicht gesiegt. Edwin hat die Reinheit ihrer Gefühle nicht verstanden. Ist er gestorben, um ihr nicht zu gehören? Rechtsanwalt Jules Carmel Jean-François hat ihr gesagt, er werde sich um sie kümmern, bis sie ihr letztes

Informatikjahr abgeschlossen und eine Arbeit gefunden habe. Danach könnte sie sich nur auf sich selbst verlassen, er werde sich aus ihrem Leben zurückziehen. Er ist eindeutig gewesen. Zynisch, aber eindeutig. Er mag sie nicht, also kann er sie es auch wissen lassen, damit sie sich keine Illusionen macht.

Vanika ist bei Edwins Beerdigung Jean-Michel-Basquiat begegnet. Sie kannten sich nicht. Er hat sich neben sie auf die Bank für die Angehörigen dicht vor dem Altar gesetzt. Was sich im Allgemeinen nicht schickt, wenn man nicht dazu aufgefordert wird. Die anderen Vettern, Tanten und Onkel haben ihn missbilligend betrachtet. Er erregt zwangsläufig Aufmerksamkeit, wenn er mit seinen Dreadlocks, die er in drei wilden Büscheln trägt, seinem sanften, versonnenen Blick und seinen roten Mokassins auftritt. Aber das ist ihm, Jean-Michel-Basquiat, egal. Er hat an der gesamten Totenmesse teilgenommen und ist in aller Ruhe wieder gegangen. Er scheint ein sehr sensibler junger Mann zu sein. Vor einigen Jahren hat er Edwin kennengelernt, sie haben eine kurze Zeitlang im Park Sainte-Thérèse Fußball gespielt und sich später einige Male in Pétionville getroffen. Er hat es ihr gesagt, als sie sich zufällig einige Tage später begegnet sind. Sie will jeden Tropfen von Edwin aus Jean-Michel-Basquiats Körper saugen. Ihm das Blut ihres Bruders entnehmen und ihn ausgeblutet liegen lassen. Er hat ihn gekannt, und das genügt ihr. Sie wird sich jedes Wort, das Edwin ihm gesagt hat, aus seinem Gedächtnis holen, jeden Scherz, den sie gemacht haben, alle Vertraulichkeiten, die sie vielleicht ausgetauscht haben. Jean-Michel-Basquiat liebte ihren Bruder. Intuitiv fühlt Vanika, dass er Edwin über eine einfache Freundschaft zwischen Jungen hinaus geliebt hat. Er liebte Edwin, seine Augen, seinen Schweiß, seine Waden, seine großen Zähne, die das Leben verschlingen wollten, seinen wundervollen Körper. Sie wird Jean-Michel-Basquiat lieben, weil er in sich lebendige Spuren von Edwin trägt. Weil sie ihren Bruder braucht. Sie wird ihn überall suchen, bis sie ihn findet.

26

Alain hat Vanika angeschaut. Sie hat ihn am ganzen Abend nur einmal bei der Vorstellung richtig angesehen. Dabei saß sie ihm gegenüber auf der anderen Seite des schmalen Tisches mit Jean-Michel-Basquiat und ihrer Freundin Pépite, die sie mitgebracht hatte. Ihre Blicke wichen einander aus. Ein stillschweigendes Ausweichen. Bereits ein Einverständnis. Caroline, an Alains Schulter gelehnt, spielte unerhört geschickt mit den Fingern auf ihrem Smartphone, hypnotisiert vom kleinen beleuchteten Bildschirm. Es regnete leicht. Die Pizzeria war überfüllt, es war Freitagabend, wie üblich spielte die Musik zu laut, die Geräusche des Verkehrs vom Kreisel des kleinen Heiligen Petrus stiegen auf, und der Stimmenwirbel umhüllte diese Kakophonie mit einer Wärmewolke. J-M-B hatte Alain vorgeschlagen, zu ihm ins *Munchie's* zu kommen, wohin er Vanika mitbringen würde. Es wäre die Gelegenheit, ihm dieses Mädchen vorzustellen, in das er sich mit jeder Minute mehr verliebte. Vanika hat Alain die Hand gereicht, während er sich vorbeugte, um sie auf die Wange zu küssen. Ein ungeschickter Moment, beinahe hätte er ihre Lippen berührt. »Das ist mein Bruder«, hat J-M-B mit einem Anflug von Stolz in der Stimme gesagt. Aber sehr schnell hat er gemerkt, dass er ein Wort zu viel gesagt hatte. Bruder. Ein empfindliches Wort, das zerbröckelte wie getrockneter Schlamm, den man wegwischt. Vanika hat gelächelt und mit ihr ihre Grübchen. Sie hat behauptet, sehr erfreut zu sein, aber niemand könnte sagen, ob sie es wirklich war. Ihr Blick hat Alain durchdrungen und einen unbekannten Punkt berührt. Einen Knoten. Etwas Hartes, das ihm wehgetan hat. Und weiter nichts. Der Abend ist darüber hingegangen, dass man laut miteinander redete und versuchte, ein sinnvolles Tischgespräch zu führen. Trotz ihrer leisen Stimmlage nahm Alain Vanikas Worte gut wahr. Sie sprach wenig. Pépite, ihre Freundin, sprach für sie alle. Sie redete tatsächlich die ganze Zeit von nichts anderem als von ihren Konflikten mit ihrem Vater und ihrem Ressentiment gegenüber ihrer Mutter. Ein emotionaler Marasmus, mit dem sie ihre Freunde behelligen musste. Pépite hatte gerade erst herausgefunden, dass ihr Vater seit zehn Jahren eine Mätresse hatte, die ihm zwei Töchter geboren hatte. Ihre kleinen Halbschwestern. Sie streute immer wieder das Schallwort *wow!* ein. Alain befiel eine Migräne. Pépite berührte beim Reden Vanikas Gesicht, ihre Schultern, ihre Hände, ihre Haare. Pépite konnte die Hände nicht von ihrer Freundin lassen. Vanika ließ sie gewähren, vielleicht merkte sie es nicht einmal, vielleicht erlebten sie eine Art Freundschaft, die in diesen unschuldigen Berührungen zum Ausdruck kam. Vielleicht auch nicht. Alain jedenfalls ärgerte es, und sein Ärger machte ihn nervös. Er vermochte sich nicht zu entspannen. Jean-Michel-Basquiat drückte Küsschen auf Vanikas Hals und stimmte seinen Atemrhythmus auf ihren ab. Sie ließ es sich mit unbeteiligter Miene wie eine Katze die Liebkosungen ihres Besitzers gefallen. Das genügte J-M-B, um glücklich zu sein und den Kopf voller Sterne zu haben. Er war sich seines Glücks bewusst und trank kleine Gläser Rum, um auf dem Bildschirm der Nacht diesen Moment festzuhalten wie ein Maler, der eine Schicht Lack auf sein vollendetes Gemälde aufträgt, um dessen Farben zu verstärken und zu festigen. Alain wäre lieber woanders gewesen, aber der Knoten, den Vanika berührt hatte, als sie ihn bei der gegenseitigen Vorstellung ansah, hielt ihn auf der Terrasse der Pizzeria an seinen Stuhl gefesselt. Das Gewicht Carolines, die sich auf seine Schulter stützte, verstärkte sein Gefühl der Schwere.

»Und meine Mutter, die andauernd weint! ... Sie war schon immer so, meine Mutter, jedes Mal, wenn er sie gemein behandelt, weint sie, und vierundzwanzig Stunden später verzeiht sie ihm. Ist das etwa Liebe? Ich wäre schon längst abgehauen ... wow! Sie rackert sich ab bei der Arbeit, ist Oberschwester in einer Poliklinik, zu der die Leute bis aus Chancerelles kommen. Abends kommt sie mit geschwollenen Füßen kaputt nach Hause. Wir sind bereits vier Brüder und Schwestern zu Hause, mein Vater hat nur sein mageres Grundschullehrergehalt und er genehmigt sich auch noch eine zweite Frau und weitere Kinder? Neulich habe ich ihm gesagt, was ich von ihm halte. Oh, ja! Schon lange hatte ich das Bedürfnis, ihm auszukotzen, was mir im Magen lag. Er hat mir eine runtergehauen! Wow! Ich habe Sternchen gesehen!

Ja, er hat es gewagt, die Hand gegen mich zu heben. Ich kann's nicht mehr erwarten, aus diesem Haus abzuhauen. Die Männer können mich ... Nein, nein! ...«

Während Pepite »nein, nein« sagte, bewegte sie vor ihren Augen den Zeigefinger von links nach rechts, um ihren Abstand zum Mannsvolk deutlich hervorzuheben. Alain fiel auf, dass Jean-Michel-Basquiat sein viertes Glas Rum bestellte. Er sprach sehr wenig zu dem Zeitpunkt, schaute Vanika unter seinen halb geschlossenen Augenlidern an, streichelte ihre Schulter, wenn ihm Pépite Zeit dazu ließ. Alain hat J-M-B noch nie harte Sachen trinken sehen. Er begnügt sich im Allgemeinen mit zwei oder drei Bier. Er hatte sehr wenig von seiner Pizza gegessen. Alain legte ihm die Hand auf die Schulter.

»*Anfòm, brother?*«*

J-M-B nickte bejahend. Er tauchte aus seinem Nachsinnen auf, und um Pépites Monolog abzubrechen, fragte er Vanika:

»Und du, liebe Vanika, verstehst du dich gut mit deinem Vater?«

Ein Kellner kam in dem Moment mit dem Rum von J-M-B und einer Cola für Pépite. Er räumte anschließend das schmutzige Geschirr und Besteck ab. Die Frage verharrte über dem Tisch in der Luft wie eine zitternde, zarte aber dennoch faszinierende Blase. Alain, der an der rechten Schulter einen Krampf verspürte, richtete sich auf, damit Caroline sich nicht länger bei ihm anlehnte. Sie wechselte die Stellung, ohne Augen und Finger vom Smartphone zu heben.

»Ich kenne meinen Vater nicht ... Meine Mutter hat mir nie sagen wollen, wer mein Vater ist.«

In diesen beiden Sätzen erzählte Vanika ihr ganzes Leben. Ungerührt, leeren Blicks vertraute sie ihnen ihre durch das Schweigen und den Tod ihrer Mutter verstümmelte Erwartung an. J-M-B verstand und Alain ebenfalls. Pépite nahm aus ihrem Strohhalm einen langen Zug Cola und rief in einem noch schrilleren Tonfall als zuvor: »Du hast deinen Vater nie gesehen? Niemals ... wie im ... niemals? Wow! Aber liebste Vanika, du hast mir einmal gesagt, dass du deinen Vater kennst ... Irre ich mich etwa?«

* Geht's gut, Bruder?

Mit der Spitze eines Zeigefingers berührte sie behutsam Vanikas rechtes Ohrläppchen. Alain hatte keine Lust auf die Fortsetzung dieser Unterhaltung, wusste aber nicht, wie er sie beenden sollte. Ihm wurde klar, dass einem Menschen nicht allein der Tod eine lebenswichtige Person rauben kann. Es gibt schlimmere Verluste als durch den Tod. Die Blase schwebte immer noch über dem Tisch, wurde von Minute zu Minute schwerer.

»Ja ... und nein ... Ich weiß noch, dass mir einmal ein Mann auf der Straße gefolgt ist, ein gut gekleideter Mann mit einer Brille. Ich war auf dem Weg zur Grundschule, nicht weit von unserem Haus. Ed, mein ... mein Bruder kam gerade erst in einer anderen Schule in die Gymnasialstufe. Ich war neun Jahre alt. Dieser Mann hat mich angesprochen, mich gefragt, wie ich heiße, wie meine Mutter heißt ... Er war sehr nett, schien mehr Angst vor mir als ich vor ihm zu haben.«

»Und du glaubst, dass es dein Vater war?«

»Ich weiß nicht ... habe aber gefühlt ...« – Vanika sucht nach Worten. – »Vielleicht war er mein Vater. Ich hätte jedenfalls gewünscht, dass er es war. Er ist ein weiteres Mal gekommen, als ich gerade durch das Schultor gehen wollte. Ich glaube, ich habe auf ihn gewartet. Er hatte einen Fotoapparat und hat mich gefragt, ob er ein Foto von mir machen dürfte. Ich habe ja gesagt. In dem Moment hat uns die Aufseherin am Tor gesehen und mir sofort Zeichen gemacht, dass ich reinkommen sollte. Er hat aber genügend Zeit gehabt, ein Foto von mir zu machen ...«

Pépite war ganz außer sich:

»Du hast mir diese Geschichte nie erzählt, Vanika! Und du glaubst, dass es dein Vater war?«

Die erneute Frage von Pépite war drauf und dran, die Blase über ihren Köpfen platzen zu lassen. Und ihr Leben, das Leben aller fünf um den Tisch, schien von dieser Möglichkeit abzuhängen.

»Ich weiß nicht ... vielleicht. Ich habe aber nie mit meiner Mutter davon gesprochen, warum, weiß ich nicht.«

Vanikas Blick wurde hart wie Stein. Ein Stein, der ihnen allen an die Stirn schlug. Pépites Strohhalm gab ein langes schlürfendes Geräusch von sich, und unten in ihrem Glas setzten sich die

Eiswürfel ab. Das kalte Getränk hatte sich auf ihre Stimmbänder gelegt. Mit heiserer Stimme fragte sie noch:

»Und hast du ihn wiedergesehen?«

»Nein ... er ist niemals wiedergekommen. Und wir sind im Jahr darauf aus dem Viertel fortgezogen. Ich habe ihn aber nicht vergessen, wenn ich mich auch nicht mehr an sein Gesicht erinnere.«

Caroline kam in dem Moment aus ihrem kybernetischen Cyberspace heruntergeschwebt, um herauszuplatzen:

»Pff ... Du hast Glück gehabt, meine Liebe! Es war vielleicht ein Perverser ... von denen gibt es haufenweise, die auf den Straßen Schüler bespitzeln ... Ich kenne mindestens zwei solcher Geschichten, und die enden eher übel.«

Die Blase platzte, spritzte auf den Tisch und besprenkelte sie alle mit winzigen roten Flecken. Blut. Es war überall, auf ihren Haaren, ihren Augen, ihren Lippen, ihren Händen. Sie nahmen alle teil am Opfer dieses unbekannten Vaters. Pépite machte den Mund auf, um etwas zu sagen, besann sich aber. Jean-Michel-Basquiat seufzte und verzog leicht das Gesicht. Alain versteifte sich, sprach ein stummes Gebet: Caroline, Caroline, mein Gott, sei still! Caroline aber haute noch einmal in die gleiche Kerbe:

»Das war bestimmt nicht dein Vater, Vanika ... Wenn mein Vater pervers wäre, würde ich ihn töten ...«

Alain verschlug es den Atem. Sein Körper war zwar auf der Terrasse, sein Geist aber hob ab. Er flog in den schwarzen Himmel, über den Verkehr, die Neonlichter und Reklameplakate der Rue Panaméricaine, weit über die Scheinwerfer, die das Dach des Hotels Royal Oasis beleuchteten. Caroline, die zu ihrem Smartphone zurückgekehrt war, spürte die dumpfe Stille um den Tisch, sah auf, schaute sie nacheinander an und sagte mit trotziger Miene:

»Also was?«

27

Seit drei Tagen schläft Alain ein, ohne sich dessen überhaupt bewusst zu werden, ohne den Kampf mit dem Schlaf aufzunehmen oder dem hämischen Grinsen seiner Träume zu begegnen. Seit drei Tagen wacht er erholt mit dankbarem Körper aber verstörtem Geist auf. Nichts ist scheußlicher als ein Alptraum, an den man sich nicht erinnern kann. Anwesend und bedrängend in seinem Vergessen, furchtbar in seinem Geheimnis, eine immaterielle Bedrohung, die die Fantasie unaufhörlich neu zu erschaffen sucht. Denn er ist sicher, dass er träumt. Er erinnert sich nicht an die Bilder seiner Halluzinationen, lebt aber in der Erwartung und Furcht, sie könnten wiederkehren. Eine Angst, die zu seinem Tagtraum geworden ist. Seine Tage sind ein Spiegel ohne Spiegelbild, Schritte auf dem Sand, unaufhörlich gelöscht vom Schaum der Wellen. Er spürt ein unsagbares Bedürfnis, etwas zurückzuhalten, was sich ihm entzieht. Diese Anstrengung gibt ihm das Gefühl, alt, sehr alt zu sein. Als wenn auf einmal alles um ihn ein Gewicht hätte. Er ist er selbst und ein anderer, der sich in seine Haut, seine Schritte versetzt. Ein anderer, der ihm vielleicht seine Qualen stiehlt. Ein anderer, der die Mädchen, die er zu lieben versucht, nicht liebt, der das ängstlich gehütete Geheimnis seiner beschädigten Träume teilt. Wenn er zu beten versucht, ist Gott ohne Ursache auf einmal fern, sehr fern. Alain hört nicht auf, auf sich zu warten. Er ist er selbst und der aufrechte Schatten des anderen zu seiner Rechten. Diese plötzliche Entwöhnung weitet sich auf Dinge, Menschen und Gegenstände seines Taglebens aus. Ihm wird bewusst, dass seine Alpträume zu einer Realität ohne Schrecken, zu einer kalten Realität geworden sind und von nun an sein Kampf ein Nahkampf mit der Leere ist. Die Stimmen all derer, die seit drei Tagen mit ihm sprechen, hallen wider wie ein mehrfaches Echo, die Leute, denen er im Büro und bei seinen Kundenbesuchen begegnet, sind substanzlos. Die Nacht schiebt sich in seinen Tag. Gelöschte und wiederherzustellende Vergangenheit und Gegenwart, eine Aufgabe, zu der er sich außerstande fühlt, da er in keinem Boden verankert ist und die Erde unter seinen Füßen aus dem schal gewordenen Stoff seiner Alpträume besteht. Alain entdeckt eine neue Angst. Warum muss er plötzlich nicht mehr gegen die Schatten der Nacht kämpfen? Diese Frage, die er sich nicht stellt, beschäftigt ihn dennoch unaufhörlich. Er ist eine Waise seines Kampfes, des Gewichts der Nacht auf seiner Brust, seines Ringens, sich den bedrohlichen Einflüsterungen zu entziehen, die ihm Gelegenheit gaben, seinen Glauben wiederherzustellen. Ist es wahr, dass Gespenster ihn jede oder fast jede Nacht heimgesucht haben? Hatte er von diesen Eindringlingen nur geträumt, geträumt von seinen Träumen? Die Leere. Leere in seinen Händen, in seinem Mund, unter seinen Achseln, auf seinem Nacken. Das tiefe Meer hat sich aus seinen Nächten sehr weit zurückgezogen, und er kann, wie sein Spleen, im weiten Sand ruhig wandern. Keine Gefahr, dass sich die vertrauten und gefürchteten Gestalten erheben und ihn mit einem schwarzen Laken zudecken. Aber wenn das Meer sich zurückzieht, wo versteckt es sich? Wer hätte gedacht, dass Schlafen eine so verunsichernde Wirkung auf sein Leben, seinen Alltag, auf die Art haben konnte, wie seine Gedanken sich im Kopf formten? Er weiß nicht mehr, was seine Wirklichkeit ist. Alain ist zutiefst beunruhigt. Diese Gnade, auf die er gewartet, die er erhofft, um die er gebetet hatte, dieser erholsame Schlaf, den er als das schönste Geschenk an seine menschliche Schwäche sah, diese Gnade war wie ein Unwetter gekommen. Überdruss hat seine Ängste ersetzt. Wo hat sich das Meer verborgen? Seit drei Tagen kämpft Alain nicht mehr, um zu schlafen, er fällt ins Leere und ist sich fremd, wenn er morgens aufwacht.

28

Alain steigt ungefähr zehn steile Stufen einer Außentreppe hinunter, die Zugang zum Tempel gibt, er ist noch nie in diesen Teil des Hauses von Couz vorgedrungen. Er betritt eine Galerie*, die in einen engen Raum führt, möbliert mit einem Ebenholzschreibtisch mit sechs Schubladen sowie zwei Stühlen aus demselben Material in einer Ecke und einem eisernen, mit einer geblümten Decke überzogenen Bett in einer anderen. Zwei Regale an der Wand bergen einige Bücher, Kerzenhalter, ein altes ungenutztes Telefon, eine Petroleumlampe und einen Topf mit bunten Seidenblumen. Der zweite Raum, in dem Couz ihn erwartet, ist noch kleiner als der erste. Er ist die Miniaturreplik des Tempels von Jerusalem, erbaut von König Salomon, der, nachdem David mit seinem Ansinnen noch abgewiesen worden war, den Traum von einem prächtigen und königlichen Tempel verwirklicht hat, der eine Kopie des himmlischen Palasts sein sollte. Tempelgründung, um das Volk Jahwes sesshaft zu machen, das lange Zeit auf seinen Wanderungen die Bundeslade, das tragbare Heiligtum, Zeichen der spürbaren und verborgenen Anwesenheit Gottes, getragen hatte. Als Alain eintritt, kann er Couz nicht sehen, da ihm ein Vorhang gegenüber der Tür die Sicht nimmt. Dieser Vorhang ist keine gewöhnliche Verzierung, er symbolisiert vielmehr jenen Vorhang, der beim letzten Röcheln am Kreuz zerriss. Als Alain die Installation näher in Augenschein nimmt, entdeckt er in der Raummitte eine Art Säule aus weißer Spitze, die an der Decke um ein Holzquadrat von etwa einem Meter Seitenlänge befestigt ist und bis auf den Boden fällt. Das Allerheiligste. Im Innern des von den vier Spitzenbahnen eingeschlossenen Raumes kann man eine herabhängende Flasche sehen, an der ein Plastikschlauch angebracht ist, was an eine von der Decke herabhängende Infusionsflasche mit Tropf erinnert. Am Boden liegt auf dem von den Voilebahnen eingegrenzten Quadrat ein Häufchen Meeressand.

* Veranda.

Für ihre rituellen Handlungen lässt Couz manchmal Duftwasser aus der Flasche auf das Sandhäufchen laufen, das sie anzündet und auf diese Weise eine langsame Flamme, ein Opfer aus Weihrauch und Licht erzeugt. Am Boden, verteilt um das Allerheiligste, liegen einige rituelle Gegenstände, Kerzen und ein aus einem dicken Felsbrocken gemeißelter Davidstern, den man in seiner Mitte zum Auffangbecken für das Wasser heiliger Waschungen ausgehöhlt hat. Dahinter steht direkt an der Rückwand ein mit einem weißen Tuch bedeckter Tisch, auf dem eine riesige Bibel, Gebetbücher und ein Haufen Papiere liegen, von denen nur Couz weiß, wofür sie nützlich sind. Über dem Tisch ist oben an der Wand ein Kruzifix angebracht.

Alain bemerkt sofort die Erschöpfung, die den Blick der alten Frau aushöhlt. Ihre Schultern sind gebeugter als in seiner Erinnerung vom letzten Mal. Jedoch leuchten ihre Augen mit zwei kleinen Flammen auf, um ihn zu begrüßen. Sie sitzt ganz nah am Tisch auf einem Stuhl und winkt Alain, sich auf den freien neben sie zu setzen. Sie umarmen sich, und Alain findet wieder die Wärme und Energie, die das Alter und der Gesundheitszustand von Couz nicht geschwächt haben. Sie betrachtet ihn einige lange Sekunden mit offensichtlicher Zufriedenheit.

»Das muss mehr als ein Jahr her sein, dass ich dich gesehen habe. Was für ein schöner Junge! Du verdrehst bestimmt vielen den Kopf!«

Alain lächelt und streichelt das weiße Haar von Couz.

»Hör auf, Couz ... du bringst mich in Verlegenheit.«

»Dein Besuch, Alain, freut mich. Du findest mich mitten in ... der Arbeit. Der Moment ist schwierig für mich ... für uns. Ich bin wie ein Turmspringer, der von einer Schwindel erregenden Klippe zum Kopfsprung ansetzt. Hahaha! Zum Kopfsprung! Ja, einem großen Sprung, mein Alain. Und wenn dieser Springer in Kopf und Körper nicht gut vorbereitet ist, wenn er den Schwung nicht gut abschätzt, den er braucht ... dann zerschellt er tief unten auf den Felsen ... und lässt auch zerschellte Leben zurück.«

»Ja ... ich weiß.« Alain seufzt. »Meine Mutter hat mir erzählt, was vor sich geht, und ich habe mir gesagt, dass ich dich kurz besuchen komme, um über Familiendinge zu sprechen.« Alain wirft einen Blick um sich. »Das alles ist derart ... unerwartet ... geradezu unglaublich. Aber, was ich fragen wollte, Couz, wie heißt dieser Engel, mit dem mein ... Ururgroßvater diesen Vertrag gemacht hat? Meine Mutter hat es mir nicht verraten.«

»Yvo. Der Engel Yvo ...«

»Hm ...«

Couz schweigt einen Moment lang und sagt dann:

»Alles um dich herum, dieser Tempel, diese Einrichtung, diese Gegenstände, die Rituale, die Gebete, die ich verwende, um Zauber zu brechen, all das ist mir offenbart worden. Ich habe nichts selbst entschieden. Ich bin eine Dienerin. Das ist in einem bestimmten, schon lange zurückliegenden Moment meines Lebens geschehen. Ich habe Stimmen vernommen, Botschaften empfangen, als ich wachen Auges war. Meine Hand hat nur geschrieben ... unaufhörlich wochenlang geschrieben. Es hat mich aus der Fassung gebracht, wie du dir denken kannst, ich habe mir Fragen zu meinem Geisteszustand gestellt. Wenn du aber in der Wahrheit bist, bleibt der Zweifel nicht lange bestehen. Er bleibt in den Köpfen der anderen, wie meine beiden ersten Scheidungen bezeugen ... Das war also der Beginn meiner Verbindung zum Erzengel Michael. Dieser Ruf, diese Instruktionen kamen von ihm. Es war beschlossen worden, mein Schicksal solle sein, meinen Nächsten zu helfen, sich aus den Netzen des Unglücks, des Teufels, zu befreien ... Seltsames Schicksal. Wärest du überrascht, wenn ich dir sagte, dass ich heute noch manchmal Angst habe?«

Alain fällt keine Antwort auf die Frage von Couz ein. Sie hat auch nicht damit gerechnet.

»Wenn du siehst, dass sich auf dem Gesicht eines Menschenwesens die Visage der Bestie zeigt, wenn gepflegte Hände, manikürte Finger zu Krallen, Klauen werden ... wenn sich sorgloses Lachen in Hohngelächter verwandelt, dass einem das Blut erstarrt, gibt es Grund genug, Angst zu haben. Wenn du Körper, die sich unversehrt zum Schlaf gelegt haben, zerschunden ... mit Dreck beschmutzt aufwachen siehst ... Hm ... Zum Glück aber währt meine Angst niemals lange. Angst ist notwendig, um dich an die Grenzen deiner Schwäche zu erinnern, nur dazu. Der Sieg ist die Überwindung der Angst durch den Glauben und nichts sonst. Deine Mutter hat mir gesagt, dass du zu beten verstehst, Alain, stimmt das?«

»Ja ... ich muss manchmal unbedingt beten. Ich mache es nicht regelmäßig. Ich finde manchmal aber Ruhe dabei. Vor allem, wenn ich schlecht schlafe ...«

»Ja ... deine Alpträume. Emmanuela hat mir schon vor längerer Zeit davon erzählt. Weißt du, dass auch du ein Dämonenjäger bist? Jedenfalls schlafen die Kräfte in dir. Wir sind die Zielscheibe von Dämonen, aber einige von uns sind für den Widerstand gerüstet. Leiste Widerstand, Alain. Glaube vor allem aber, dass das Gebet dich gegen alles schützen kann. Denn die Dämonenjäger sind ihre ersten Opfer. Sag nicht nur Worte, mach nicht nur Gesten. Die ganze Szenerie um mich ist nur Inszenierung, wenn ich nicht an die Macht Gottes glaube. Schnell kann ich dem Aberglauben, dem Götzendienst verfallen. Ich kann leicht auf Abwege geraten und aus Eigeninteresse das Vertrauen der Leute missbrauchen. Gott bedarf keiner Inszenierung, wir schwachen Menschen jedoch brauchen Orientierungspunkte, um Halt zu finden. Gott hat den ganzen Kosmos, um darin zu wohnen. Er sagt uns aber auch, dass er dort, wo wir in seinem Namen versammelt sind, unter uns ist. Er sagt uns, dass wir in seinem Blut kommunizieren, die Leidenden lieben und ihnen helfen sollen. Das ist das Wichtigste.«

Alain zögert, erzählt Couz aber schließlich, was ihn seit einigen Tagen beunruhigt.

»Couz?«

»Ja?«

»Mir geschieht etwas Ungewohntes. Ich habe keine Alpträume mehr. Ich träume nicht mehr. Und statt mich dabei wohl zu fühlen ... verliere ich den Boden unter den Füßen.«

»Hm ... Du hast die Alpträume gefürchtet, jetzt fürchtest du den traumlosen Schlaf. Du fürchtest diesen vergifteten Frieden des Geistes. So verfährt der Dämon mit denen, die er zu Fall bringen will, indem er sie seelisch aus dem Gleichgewicht bringt, ihre mentale und geistige Ruhe untergräbt. Man muss einen Kreis um dich ziehen. Ich zeige es dir, wie ich es Emmanuela gezeigt habe. Aber sei wachsam, Alain, wir machen ein Stadium durch, in dem wir äußerst verletzlich sind. Wir können sehr schnell den Kontakt mit uns selbst verlieren. Der Sturz geschieht oft auf die denkbar natürlichste Weise. Stell dich täglich infrage, wenn nötig, überprüfe deinen Kopf, deine Reaktionen, deine ausbleibenden Reaktionen. Verliere nicht den Kontakt zu deiner Mitte. Und bete.«

»Couz?«

»Ja?«

»Wenn du Feuer im Sand machst, bist du nicht besorgt, dass der Vorhang ringsum in Flammen aufgeht?«

Belustigt antwortet Couz:

»Das ist noch nie passiert, kein einziges Mal …«

Sie greift zu einer kunstledernen Aktentasche am Fuß des Tisches, öffnet sie und holt eine blasslila Mappe heraus. Ihr entnimmt sie einige Blätter und Röntgenbilder.

»Vor etwa zehn Jahren hat man bei mir Krebs diagnostiziert. Dickdarm. Stadium drei. Meine Chancen davonzukommen waren praktisch null. Ich wusste das, habe aber eingewilligt, operiert zu werden und eine Chemotherapie zu machen. Gina hat mir Mut gemacht, vielleicht einige Lebensmonate damit zu gewinnen. Schau mal hier die Aufnahme mit der Krankheit … nicht gerade schön anzusehen. Beachte das Datum oben in der Ecke, der 22. April …«

Alain betrachtet die Aufnahme, die ihm nicht viel sagt, er sieht aber das Bild von einem offenbar geschwollenen Organ.

»Was ist passiert? Ich kann mich gut erinnern, dass du krank gewesen bist.«

»Der Glaube hat die Krankheit hinweggefegt. Alles wurde für den Eingriff vorbereitet. Die Serie von Voruntersuchungen, Termine bei verschiedenen Spezialisten. Man ging wegen meines Herzens und meines Alters behutsam vor. Und dann bin ich eines Tages zum Onkologen gegangen, der mich nach der Operation versorgen sollte. Er hat mir das Behandlungsprotokoll erklärt, das er für meinen Fall anzuwenden gedachte. Als ich wegging, hat er mir gesagt, warum, werde ich nie erfahren, dass es im ersten Stock eine Kapelle gibt. Ich bin hingegangen, Alain. Ich kann mich noch an die Andacht erinnern, die an diesem Ort herrschte. Dort waren einige Leute im Gebet. Man hätte eine Fliege summen hören können. Eine Fliege! Ich habe mich hingekniet und zu beten begonnen. Plötzlich habe ich laut gesprochen. Eine dumpfe Empörung hat sich meiner bemächtigt. Der Erzengel durfte mich nicht verlassen. Ich verweigerte mich. Ich war für diese Prüfung nicht gerüstet, und er wusste es. Ich habe ihn angesprochen, ihm mein Herz und meine Ängste geöffnet. Ich habe gewagt, ihm zu befehlen, mich leben zu lassen. Auf meiner Bank sitzend bin ich den halben Weg zum Himmel hoch bis zu ihm geklettert. Die Leute um mich haben ihren Augen und Ohren nicht getraut, wenn sie auch kein Sterbenswort von meinem Monolog verstanden haben. Gelassen bin ich aus der Kapelle gegangen.«

Alain schaute Couz lächelnd zu, wie sie kräftig gestikulierend ihre Geschichte erzählte.

»Am Tag der Operation stellte ich mich pünktlich ein, Gina mit mir. Operationstrakt, übliches Klarmachen zum Gefecht. Vollnarkose, ich sacke weg ... und erwache mit dem seltsamen Eindruck, dass nichts geschehen ist. Weißt du, ich habe mehrere Operationen im Leben durchgemacht und weiß, wie es einem geht, wenn man unters Messer gekommen ist. Diesmal aber nichts. Es ging mir gut. Dann taucht mein Chirurg im Aufwachraum auf. Er wirkt panisch und wütend zugleich. Meine Tochter fragt ihn, was los ist. Er wendet sich an mich und fängt an, mir ungereimte Worte ins Gesicht zu werfen: »*You! You! ... Voodoo-woman! This is black magic! I don't care what you did, but you will not get one cent from the insurance company! I have proof!*«*

»Nanu! Ist er verrückt geworden?«

»So gut wie! Ich bin nicht operiert worden, weil der Chirurg, kurz bevor man mich öffnete, eine Aufnahme des Darms gemacht hat ... Routine ... und die verblüffte Mannschaft hat auf dem Schirm das Bild eines gesunden Organs gesehen ...Der arme Arzt hat geglaubt, ich habe einen Taschenspielertrick vollführt, um gerichtlich gegen ihn vorzugehen ...«

* Sie! Sie! ... Voodoo-Frau! Das ist schwarze Magie! Es ist mir egal, was Sie gemacht haben, aber sie bekommen keinen Cent von der Versicherung! Ich habe Beweise!

Couz zeigt Alain sodann eine andere Aufnahme, die mit der ersten zunächst fast identisch wirkt.

»Hier ist dasselbe Organ einige Tage später. Das Datum ist an derselben Stelle. Der 7. Mai. Sieh dir den Unterschied zur ersten Aufnahme genau an. Der Dickdarm hier ist glatt, seine Proportionen sind wieder normal geworden. Ich weiß nicht, ob die Wissenschaft das als Voodoo bezeichnet, für mich ist es ein Wunder.«

29

Freitag. Samantha und Beverly steigen an der Ecke Chesnut Court aus dem Schulbus. Zu beiden Seiten der Straße reihen sich Häuser mit einheitlichen Ziegeldächern in demselben Beige, Ockergelb und Braun. Die Gärten und die Rasenflächen sind gut gepflegt. Die lebhaften Farben ihrer Kapuzenanoraks setzen einen heiteren Akzent in die Eintönigkeit ringsum. Die Tage sind kürzer geworden. Das Blau des Himmels über ihren Köpfen ist schlechter Laune. Bald wird die Nacht anbrechen, und es ist noch nicht fünf Uhr nachmittags. Kalte Windböen wirbeln welke Blätter auf, die die Straße übersäen. Hinter den geschlossenen Fenstern der Anlieger sind die Lichter bereits entzündet, und in den Heimen verströmen die Heizkörper eine milde Wärme. In fünf Minuten sind sie zu Hause. Seit dem Pausenhof, im Bus und auf dem Weg haben Samantha und Beverly keine Sekunde aufgehört zu schwatzen, einander zu unterbrechen, aufeinander abgestimmte, aufgeregte Schreie auszustoßen wie fiepende kleine Wildtiere. Ihre Erregung rührt von ihrer Vorfreude her auf das Ereignis, das in zwei Wochen stattfinden soll. In zwei Wochenenden. An ihrem Geburtstag. Ihrem siebzehnten. Ihrem gemeinsamen Fest, denn sie sind am selben Tag einige Minuten nacheinander geboren. Noch niemand ist vor ihnen siebzehn Jahre alt geworden. Niemand hat dieses Glück im Voraus empfunden wie sie. Niemand hat jemals ein so schönes Fest gehabt wie das, auf das sie sich vorbereiten. Die Zwillinge Longway wissen, dass diese siebzehn Jahre ein Übergang, eine Schwelle sind, die man übersteigt, die Zugang zu Geheimnissen eröffnet, die ihnen dieser Tag endlich enthüllen wird. Weil man mit sechzehn Jahren noch etwas Teenie ist. Sechzehn ist zwar nicht übel, aber man hat in dem Alter noch nicht zu seiner wahren Persönlichkeit gefunden. Mit sechzehn Jahren sucht man sich noch, ist an der Highschool ein *junior* und schaut respektvoll und neidisch zu den *seniors* auf. Man ist noch ein wenig unbeholfen, die Pubertät geht zu Ende, ist aber noch nicht vollkommen überstanden. Siebzehn

Jahre, das ist etwas anderes. Wie durch Zauber verschwinden die Aknepickel. Die Hände scheuen sich nicht mehr, intime Bereiche zu erkunden. Es ist vor allem das Ende der Highschool, die Aussicht auf das Abschlusszeugnis, das Leben, das in eine Haarnadelkurve eintritt. Sie müssen das Zuhause, die Eltern, die Teddybären in ihren Kleinmädchenzimmern zurücklassen. Es wird in anderen Zimmern andere Tapeten an anderen Wänden geben, die ihnen noch unbekannt sind. Siebzehn Jahre ist die Zeit, in der das Unbekannte leibhaftig wird, das Unbekannte, das Angst macht, aber fasziniert und das man nicht mehr erwarten kann. Man ist schließlich mit siebzehn Jahren Frau. Versteht sich zu schminken, der Körper hat all seine Formen angenommen, in einem heiligen Ritual werden jede Woche die Beine enthaart und die Augenbrauen gezupft. Siebzehn Jahre, das ist sogar noch besser als achtzehn. Mit achtzehn Jahren hat man die Kurve schon gekriegt, es gibt keine Überraschungen mehr, man rückt nur weiter. Über all das debattieren die Longway-Zwillinge seit einigen Wochen. Und auch über die Liste derer, die sie einladen und derer, die sie absolut nicht einladen wollen. Wie Dave, den künftigen Ex-Freund von Samantha, dem sie gerade erst auf die Schliche gekommen ist, dass er sie mit einer *sophomore** betrügt. Eine nicht wieder gutzumachende Kränkung. Wenn Samantha auch seit einer Woche über WhatsApp mit Patrick flirtet, dem Sohn eines Kollegen von Doktor Longway, wie sie ihre Mutter schelmisch hinter ihrem Rücken nennen. Die beiden Schwestern stellen das Festmenü jeden Tag neu zusammen und suchen mit aller Macht nach Argumenten, damit ihre Mutter eine Schale Punsch mit »nur« ein bisschen Wodka akzeptiert. Mum, wir sind doch keine kleinen Kinder mehr ... Eine Feier ohne zumindest das klitzekleine Zugeständnis eines alkoholischen Punsches? Man wird uns auslachen. Aber der Kampf verspricht schwierig zu werden, denn da gibt es das Gesetz des Staates Philadelphia als schlagendes Argument und die starren Grundsätze von Doktor Gina Longway. Die Wahl der Musik ist so gut wie beschlossen, wenn auch immer noch Platz für Auslassungen und Zusätze bleibt.

* Zehntklässlerin.

Cousin Stanley, DJ des Abends, hat ihnen eine Liste zur Auswahl geschickt. Der Wetterbericht verspricht für den Samstag in zwei Wochen keinen Regen. An ihrem Geburtstag wird das Wetter schön. Sogar der Himmel ist mit ihnen. Und am kommenden Sonntag will Doktor Longway, die keinen Dienst im Krankenhaus hat, sie ins Einkaufszentrum mitnehmen, damit sie sich ihre Kleidung für den Geburtstag aussuchen.

Vor dem Haus angekommen, gehen die Mädchen durch den Garten und steigen ein paar behauene Steinstufen hoch, die zum Wohnzimmer führen. Durch einen Garten, den die Jahreszeit abzuräumen beginnt. Das Beet mit den Herbstzeitlosen am Fuß der Stufen hat sich nicht lange gehalten, die Blüten sind verbrannt. Wie gewohnt gehen sie, den Rücken noch gebeugt vom Gewicht ihrer Rucksäcke, unverzüglich in die Küche. Beverly holt sich aus dem Kühlschrank eine Flasche Apfelsaft und aus der Speisekammer ein Päckchen Kartoffelchips. Samantha nimmt sich das Gleiche. Dann gehen sie zur Treppe, ihre Schritte dröhnen auf den mit dickem Teppichboden belegten Holzstufen. Schließlich ebbt an der Schwelle ihrer Zimmer ihr Geplauder ab.

Freitag. Endlich Zeit für sie. Beverly wird tun, was sie am allerliebsten macht. Schreiben. Ihre Horrorgeschichte fortsetzen, brennen von ihrer Leidenschaft. In der Woche lassen ihr die Schulaufgaben sehr wenig Zeit, an ihrer Geschichte zu arbeiten, und sie ist am Ende ihres langen Schultags erschöpft. Deshalb hält sie sich an den Wochenenden ran. Wie Nancy Collins oder Laura Ann Gilman und natürlich der Größte von allen, Steven King, träumt Beverly davon, eines Tages mit dem Schreiben von Thrillern und Schauerromanen berühmt zu werden. Sie hat keine Angst vor der Finsternis, den irren, lauernden Augen im Dunkel, dem teuflischen Atem und dem spritzenden Blut. Oder wenn sie Angst davor hat, genießt sie diese Angst, die ihr in den Bauch fährt und ihr einen trockenen Mund macht, sobald sie in diese Bücher eintaucht. Angst, die sie unmittelbar erlebt, seit sie begonnen hat, ihre eigene Geschichte zu schreiben. Als Beverly und Samantha aus ihrem Fenster die drei wie Vogelscheuchen aufgepflanzten Silhouetten unter der Magnolie sahen, haben sie an einen Scherz geglaubt. Einen grauenvollen Scherz. Diese Erscheinung hatte etwas Unwirkliches. Handelte es sich um ein Hologramm? Von wem aber kam es und über welches Medium? Sie hatten Angst bekommen wie nie zuvor. Aus dem Abstand hatten sie ihre Gesichter nicht sehen können, aber ihre Anwesenheit ließ in der Luft einen solchen Schrecken aufkommen, dass der Nachbarshund zu heulen begann. Als Beverlys Schreck vergangen war, hat sie sich eingeredet, dass es sich um einen schlechten Witz handelte, und in dieser Erscheinung den Ausgangspunkt für die fantastische Geschichte gesehen, nach dem sie gesucht hatte.

Sie schaltet ihre Nachttischlampe an, entledigt sich ihres Rucksacks, ihres Anoraks und ihrer Schuhe. Während sie ihre Chips kaut, öffnet sie mit einem Schlüssel, den sie in einem Fach ihrer Büchertasche verwahrt, eine Schublade in ihrem kleinen Schreibtisch und zieht ihren Laptop heraus. Sie legt sich auf ihr Bett und kuschelt sich in ihre Kissen, den Apfelsaft in Reichweite. Sie schaltet den Computer ein und klappt den Bildschirm hoch. Das ist nicht mehr die Beverly, die mit ihrer Zwillingsschwester auf vollen Touren schwatzte. Die Vorbereitungen für den Geburtstag sind fern, und das Interesse daran verliert an Brisanz. Sie tritt in eine andere Dimension ein. Es gibt da ihre Geschichte, die ihr aus dem Körper kommen oder in ihn eindringen wird. Ihr Gesichtsausdruck ändert sich, wird intensiv. Sie gibt ihr Benutzerpasswort ein, um an ihre Dateien zu gelangen. Sie sucht mit der Maus auf der Liste, da ist ihre Geschichte: »Ein Hut und vier Tatzen«. Beverly stürzt. Sie durchquert einen Spiegel. Sie ist Beverly und eine andere, die künftige Autorin erfolgreicher Horrorromane. Sie ist Beverly und eine andere, die sich rechts von ihr, leicht hinter ihr hält, sie am Nacken festhält, ein Schatten, den keine Sonne wirft. Es gibt zwischen ihr und den Worten, die sie geschrieben hat und im nächsten Augenblick schreiben wird, keinen Abstand. Jeder Absatz wird ein klein wenig mehr von ihr aufsaugen. Wenn Beverly ihre Geschichte mit geweiteten Augen und fiebrigen Händen schreibt, mit ihren beiden Fingern auf die Tastatur tippt, sieht sie Gestalten um sich herum auftauchen, die sie in einen engen Raum ohne Ausgang einschließen. Die sie zwingen, Worte zu schreiben, die das Leben um sie herum verschlucken, die ungerührt töten und sich aufs Töten vorbereiten. Die unter das

Dach des Hauses, in die Tiefe der Fundamente, durch die unterirdischen Rohrleitungen einsickern und dort einen Geruch von verbranntem Barbecue hinterlassen. Sie verbergen ihre Gesichter vor ihr, und sie weiß im Innersten, dass sie nicht versuchen darf, sie anzusehen, dass ihre Augen die Schwelle ihrer Anwesenheit nicht überschreiten dürfen. Sie hat manchmal das unbestimmte Gefühl einer Gefahr. Aber wo? Im Manuskript oder im Haus? Sie weiß nicht. Sie muss aber vorankommen, ihnen Platz machen, ihnen sogar ein wenig von ihrem Sauerstoff abgeben, ihr nimmt ein Druck den Atem. Sie ist verhext von ihrer eigenen Angst, von den schnellen Schlägen ihres Herzens. Bei jedem Wort, das sie schreibt, verschafft sie den Besuchern Eingang, die sich unter ihrer Haut und im Haus ihrer Geschichte einquartiert haben. Es gibt keine Realität, keine Fiktion mehr, ihre Fantasie erfährt eine regelrechte Invasion. Eine Invasion, die sie begünstigt hat. Eine Erstürmung ohne Waffen, nur mit den Worten, die sie auf ihrem Bildschirm erfindet. Mit jedem ihrer Sätze sind sie Zentimeter um Zentimeter zum Haus vorgerückt, von der nahe am Zaun stehenden Magnolie, die dem Sommer ihre prächtigen rosa- und cremefarbenen Blüten darbrachte, über die engen Gartenwege bis zum Beet der Herbstzeitlosen am Fuß der Treppenstufen, das sie letzte Woche mit dem Hauch ihres schwefligen Atems verbrannt haben. Zentimeter um Zentimeter. Doktor Longway versteht nicht, warum ihre Herbstzeitlosen, ihre schönen Blüten mit dem lila Kleid und dem orangefarbenen Herzen, eingegangen sind. Ein Parasit oder Raupen wahrscheinlich. Sie wird sich beim Gärtner bei Home Depot erkundigen, um das passende Pestizid zu finden, sie hat aber noch keine Zeit dafür gehabt. Christopher Longway hat die Firma zur Überprüfung des Heizsystems und aller Rohrleitungen des Hauses kommen lassen. Man musste sich vergewissern, dass dieser schwache Geruch nach Versengtem im Keller nicht von defekten Leitungen herrührte. Der Winter naht. Alles ist anscheinend in Ordnung, aber der Geruch bleibt. Christopher hat Raumduftverdampfer der Duftrichtung frische Meeresgischt an die Steckdosen angeschlossen, die, wenn sie warm werden, eine angenehme Meeresluft im Haus verströmen. Wie könnten sie ahnen, dass dieser Brandgeruch mit der Geschichte der in ihrem

Zimmer eingeschlossenen Beverly gekommen ist, die ihnen, die Augen auf dem Bildschirm ihres Computers, Leben verleiht und nicht aufhören kann, ihnen eine nach der anderen die Türen des Hauses zu öffnen? Sie nicht daran hindern kann, sich nachts über dem Bett ihrer Eltern aufzuhalten, ihre Träume zu trinken, auf ihre Augenlider und in ihre Nasenlöcher zu blasen, ihre Fußsohlen mit ihren Zungenspitzen zu belecken, sie mit ihrem unsichtbaren Todesspeichel zu markieren. Und selbst für Samantha, ihre Zwillingsschwester, kann Beverly die Unterwanderung nicht aufhalten. Die Besucher saugen ihr Regelblut aus. Samantha hat seit zwei Monaten keine Blutung gehabt. Sie ist mehrmals morgens mit einem seltsam wohligen Gefühl zwischen den Beinen aufgestanden, als wenn sie sich die ganze Nacht gestreichelt hätte. Dabei weiß sie doch, dass sie tief und fest geschlafen hat. Hm ... wenn man am Vorabend seines siebzehnten Geburtstags ist, hat der Körper eine komische Art, sich auszudrücken. Beverly hat ihr gesagt, dass all das sicherlich vorübergeht, es nicht einmal nötig sei, mit Doktor Longway darüber zu sprechen.

An diesem Nachmittag gewinnt Beverlys Geschichte eine andere Dimension. Als sie ihre Datei wiederfindet und auf den Befehl klickt, ans Ende des Textes zu springen, hat sie den Eindruck, im falschen Dokument zu sein. Diesen letzten Abschnitt in Kursivschrift am Ende der Seite erkennt sie nicht wieder. Sie hat ihn nicht geschrieben. So hat sie ihre Geschichte beim letzten Mal nicht verlassen. Ist es ein Scherz? Samantha? Sollte Sam ihr einen derart fiesen Streich gespielt haben? Beverly liest eifrig, mit feuchten Händen und verwirrt den Absatz. Nein, ihre Schwester könnte das nicht schreiben, sie kennt auch ihr Passwort nicht, sie hätte auf ihre Daten nicht zugreifen können. Woher kommen diese Sätze? Wie schön und stark diese Zeilen sind! Wenn sie nur ebenso eindrucksvoll schreiben könnte. Sollte sie die geschrieben und hinterher vergessen haben? Langsam bewegen sich ihre Lippen, während sie den Absatz begierig nachliest:

Gelobt sei der Alptraum, der uns enthüllt, dass wir die Hölle erschaffen können. Gelobt sei der Engel, dessen rotes Auge Illusion und Wirklichkeit durchdringt, auf dass sich das Werk der Finsternis erfülle. Gelobt sei das Kind, das Luzifers Diener mit drei Blutstropfen gekennzeichnet haben und dessen Geburt den Tod nähren wird. Gelobt seiest du, erste Kreatur, in die Wüste verstoßen von deiner eigenen Schwester, denn deine Hand wird nicht versagen, wenn du das Lamm opferst. Das Blut wird fließen am Tag der Geburt, um die Dunkelheit zu nähren ... Sad Tulb driw neßeilf ma Gat red Trubeg, mu eid Tiehleknud uz nerhän ...

Beverly zittert trotz der Heizung im Zimmer. Was bedeuten diese Worte? Gelten sie ihr? Sie hat Angst, die gleiche Angst, die sie an dem Tag empfunden hatte, als Samantha und sie bei der Magnolie die Silhouetten mit den Hüten entdeckt hatten. Es scheint ihr, als wenn das schon vor Jahren geschehen sei. Sie hatte diese Erregung, diese ursprüngliche und echte Angst, vergessen. Manmie Paula. Ihre Großmutter fällt ihr plötzlich ein. Wenn sie da wäre, würde sie ihr alles anvertrauen, was sie in diesem Augenblick empfindet, ihr von dieser Art Tunnel erzählen, in den sie hineingeraten ist und dessen finsteres Licht sie an seinem Ende wie ein Magnet anzieht. Sie würde Manmie Paula das Manuskript zu lesen geben, das sie bisher als Einzige, ganz zu Beginn der Niederschrift der Geschichte, zu sehen bekommen hat. Beverly hat irgendwo in einem Heft die von Samantha ausgedruckte Kopie des Psalms aufgehoben, wie Manmie Paula es ihr dringend empfohlen hatte. Sie erinnert sich nicht einmal mehr, wo sie sie gelassen hat. Vielleicht sollte sie nach ihr suchen und sie am Körper tragen, wie die Großmutter gesagt hatte. Und warum nicht eine kleine Mail an Manmie Paula schicken? Einfach, um ihr zu sagen, dass ... dass ... Um ihr was zu sagen? Aber nein, das ist doch Fiktion. Hat denn Nancy Collins Angst, wenn sie ihre Thriller schreibt? Lässt Steven King sich von seinen eigenen Romanfiguren Angst einjagen? Sicherlich nicht. Dieser merkwürdige Absatz ... der Computer hat sicherlich einen Virus eingefangen, sie wird den Virenschutz aktivieren, ihre Festplatte reinigen, und schon wird alles wieder in Ordnung kommen. Beverly löscht mit einem Stich von Bedauern den kursiv gedruckten Absatz. Während sich das Virenprogramm langsam vorarbeitet, steht sie auf, um zu duschen. Vor dem Spiegel oberhalb des Waschbeckens sieht sie sich ihr Gesicht an. Sie zieht die Stirn kraus, geht näher an den Spiegel heran. Ihre Pupillen sind geweitet, ihr Blick ist nicht mehr derselbe. Sicherlich die Müdigkeit. Sie hebt die Arme, um ihren Pullover, danach ihr T-Shirt auszuziehen. Geistesabwesend streift sie mit den Fingerspitzen über die winzigen drei Muttermale unter dem Träger ihres Büstenhalters in der Mulde ihres linken Schlüsselbeins. Sie zieht sich weiter aus. Sie weiß, dass sie sie ansehen.

30

Emmanuelas Leben ist zu einer Erwartung geworden. Überall auf der Welt erwarten Frauen und Männer etwas. Kranke die Genesung, Arbeitende das Wochenende, Arbeitslose Arbeit, Schüler die großen Ferien, Christen die Wiederkehr von Jesus, Hungrige Brot, Fixer Stoff, Dichter Inspiration, Politiker Macht und immer mehr Macht, Millionäre noch mehr Millionen, Vampire Blut, Einsame sanfte oder verschlingende Liebe. Die Liste ist endlos lang. Alle erhoffen immer etwas und vergessen darüber sogar, dass sie auf den jetzigen Moment im vergangenen Jahr, letzte Woche oder erst gestern gewartet haben. Dass jede Sonne ein Geschenk ist, das sich mit keinem Reichtum erkaufen lässt. Dass jede Sonne eine namenlose Qual für die ist, die körperlich oder seelisch leiden und die Erlösung durch die letzte Finsternis herbeiwünschen. Sie vergessen darüber, glücklich zu sein, einfach nur im gegenwärtigen Augenblick zu sein, noch aufrecht, noch bei Verstand, noch strebend nach etwas. Gewiss kann man sich mit dem Gedanken an die Unsterblichkeit oder die Ewigkeit trösten, aber die beginnen eben eines Tages, vielleicht heute, in diesem Moment. Emmanuela erwartet etwas anderes. Sie erwartet das Böse, das Böse, das sie umkreist, in ihrem Haus, in ihrem Wagen auf der Straße nach Bon Repos, beim Duschen, bei ihrer Arbeit. Sie ist darauf gefasst, dass es jeden Moment erscheint, aus ihrem Handy, während sie spricht, aus der heißen Luft ihres Föhns nach ihrer Haarwäsche, dass es im Büro unter dem Deckel des Fotokopierers hervorkommt, ohne zu wissen, wie es aussehen, wem es ähneln, wie es sie berühren wird. Sie wundert sich, dass sie geistig noch gesund ist und die Leute um sie herum nicht merken, dass sie im Zentrum eines seltsamen Chaos, am Rande eines Abgrunds lebt. Das Schloss der schmiedeeisernen Küchentür knackt nachts immer wieder. Sie betreten und verlassen das Haus nach Belieben und lassen es sie wissen, aber sie rühren sie nicht an, noch nicht. Sie sind da. Sie zwingen sie mit ihnen zu wohnen. Sie räuchern sie mit ihrem verfaulten Geruch ein, mit diesem lebendigen Fleisch, das nicht aufhört, sachte zu brennen. Aus purem Vergnügen machen sie ihr Angst, warum sonst packen sie sie nicht ein für alle Mal? Vielleicht können sie es nicht, noch nicht. Vielleicht deshalb nicht, weil Abdias ihr den Kopf gewaschen hat und es ihnen schwerer fällt, in ihren Kopf einzudringen. Vielleicht, weil sie sich in den Kreis der Erzengel einschließt, in die vier Himmelsrichtungen ihres schwankenden Glaubens, wie Couz es sie gelehrt hat. Sie sind jedoch da. Sie wird wohl schwächer werden. Sie werden ihrer durch Zermürbung habhaft. Emmanuela weiß nicht, ob Alain sie auch hört, ist aber sicher, keine Wahnvorstellungen zu haben. Alain, der verstummt und sie bisweilen mit ausdruckslosen Augen ansieht. Er schläft schlecht, oder vielmehr, er schläft gut, und darin besteht das Problem. Als entleere die Nacht ihn seiner selbst, seiner Ängste wie seiner Emotionen. Die Geister im Haus scheinen ihn nicht zu beunruhigen. Er ist vielleicht stärker, als sie vermutet hat. Emmanuela wartet darauf, dass Couz die Botschaft von Michael wiederfindet, jene Lichtworte, ihre einzigen Waffen gegen das ihnen überkommene Unheil. Ihr eigenes Unheil, gegen das sie die Kraft aufbringen müssen, es aus ihrem Leben und ihrer Geschichte zu verbannen. Sie wartet jeden Tag, jeden Augenblick. Vielleicht ist der nächste Anruf der von Couz, die ihr sagt, dass sie in die Tiefe gesprungen ist, es gefunden hat, es entziffert hat, dass sie weiß, was zu tun, was zu sagen ist, welche Gesten sie befreien werden. Dass sie der Macht teilhaftig geworden ist, die der barmherzige Erzengel dieser Familie am Ende eines langen Schreckentunnels ohne Namen und ohne Schreie gewährt hat. Sie wagt nicht, ihre alte Cousine zu oft anzurufen, um sie nicht zu bedrängen, aber ihre Ungeduld nimmt zu. Sie hat Angst um Alain, eine gestaltlose, gegenstandslose Angst, die sie auf nichts Bestimmtes richten kann. Er ist ihre Schwäche, ihre Liebe, daher können sie ihn jeden Moment treffen, um ihr selbst wehzutun. Sie haben bereits versucht, ihre Gedanken, ihre Sinne zu unterjochen, ihren Fasern das körperliche Verlangen nach ihrem Sohn einzuflößen. Alles kann irgendwann und irgendwie geschehen. Darin besteht ihre wahre Angst, vermischt mit ihrer Angst zu warten.

Im Geist ist sie unaufhörlich mit André beschäftigt, mehr noch, seit Serge tot ist. Als genügte ihr ein einziges Leid nicht. Dennoch gelingt es ihr, sich nicht von dem unsinnigen Bedürfnis beherrschen zu lassen, zu wissen, welche Kleidung ihr Mann an seinem Todestag trug. Sie gibt diesem Wahn nicht mehr nach. Eine Anstrengung, die sie manchmal erschöpft. Sie hat die letzten Hemden von André, die sie behalten hatte, verschenkt, Patricia hatte sie ein weiteres Mal dazu ermutigt. Als sie eins von ihnen, ein weißes, von seinem Kleiderbügel abzog, hat sie erschrocken große frische Blutflecken im Stoff gesehen, die so echt waren, dass sie ihren süßlichen und rohen Geruch geatmet hat. Sie hat es weit von sich geworfen, während ihr eine Gänsehaut über den ganzen Körper gelaufen ist. Da hat Emmanuela begriffen, dass es höchste Zeit war, das Haus davon zu befreien, wie ihre Freundin es ihr nachdrücklich empfohlen hatte. Sie greifen sie an allem an, was ihr wichtig ist, an ihren Gewissensbissen, an ihren unsinnigen Schuldgefühlen. Aber damit geht es besser, viel besser. Emmanuela überzeugt sich täglich mehr davon, dass ihr ein Mann wie André niemals wieder auf ihrem Weg begegnen wird, dass er die einzige Liebe ihres Lebens war. Alle anderen, die sie nach ihm gekannt hat, haben es ihr bestätigt, Serge als Letzter, trotz dieser mächtigen erotischen Anziehungskraft, die es zwischen ihnen beiden gab. Sie ist sicher, dass ihre Beziehung, auch wenn er nicht tot wäre, nicht mehr lange bestanden hätte, da sie auf unsicheren Grundlagen stand. Serge erstickte sie mit seiner wohlwollenden Autorität. Mit André war der Alltag zwar unsicher, aber auf festen Boden gegründet. André ließ ihr Freiraum, um sich zu entwickeln, eine vollwertige Frau zu werden. Das war zu viel Glück. Nicht lange hat das Leben sie dieses Privileg genießen lassen, einen Mann zu haben, der zugleich ihr Liebhaber, ihr Verbündeter war und mit dem sie alt geworden wäre. Sie kann nicht auf ihn warten. Es gibt Dinge, auf die Männer und Frauen nicht warten können, eines davon ist die Rückkehr ihrer Verstorbenen. Sie kehren nicht mehr zurück, außer in den Träumen dieser Männer und Frauen, die morgens mit einer Empfindung von Leere in den Lenden aufwachen.

An diesem Morgen beginnt Emmanuela voller Eifer die große Unordnung im Gästezimmer zu beseitigen, was sie seit ewigen

Zeiten vor sich her schiebt. Sie macht sich zunächst an die zwölf Schubladen der berstend vollen Kommode. Wenn sie sie nicht gleich an diesem Morgen leert, riskiert sie einen Nervenzusammenbruch. Sie hat die ganze Zeit gebraucht, sich an diese Arbeit zu machen, hätte sie aber um keine weitere Stunde aufschieben können. Mit diesem Aufräumen wird sie auch Ordnung in ihre Gedanken und Gefühle bringen, unnütze Gegenstände, unliebsame Erinnerungen loswerden, die ihr Leben belasten. Sie wird sich damit auch die Wartezeit vertreiben, indem sie ihre Hände und ihren Geist beschäftigt. Eine Stunde später ist das Möbelstück zur Hälfte geordnet, und daneben häuft sich ein Stapel der Dinge, die wegzuwerfen sind. Emmanuela sitzt auf einem kleinen niedrigen Stuhl mit Sitz aus geflochtenem Stroh und fühlt sich schon besser. Als sie all den Plunder betrachtet, den sie loswerden will, fragt sie sich, wie er in den Schubladen Platz finden konnte, die mit dem Drittel der Gegenstände, die sie behält, bereits angefüllt sind. Sie macht sich an die siebente Schublade, holt den Inhalt Stück für Stück heraus und legt die Gegenstände nach rechts oder links, je nachdem, ob sie sie behalten oder loswerden will. Ein zerbrochener Spiegel. Eine verrostete Taschenlampe. Ein halbes Dutzend alter Handyladegeräte mit verwickelten Schnüren. Ein Bund Schlüssel, die keine Tür mehr öffnen. Linker Stapel. Ein Geschenkkarton mit Kugelschreiber, Druckbleistift und Terminkalender, gut verstaut in ihrer leicht vergilbten aber noch neuen Schatulle. Sie überzeugt sich, der Kugelschreiber funktioniert. Aufheben, rechter Stapel. Der nächste Gegenstand brennt ihr in den Händen. Sie zieht die Stirn kraus, kein Irrtum, es ist die braunlederne Brieftasche von André, die man ihr ausgehändigt hatte, als sie am Unfalltag ins Leichenschauhaus gekommen war. Das Einzige von ihm, das sie wiedergefunden hatte, seine leere Brieftasche. Sie hält sie sich an die Nase, um daran zu riechen, lächelt. Sie hat nicht die geringste Ahnung, wie sie in dieser Schublade landen konnte. Sie wundert sich, dass sie, obwohl André sie täglich benutzt hat, bei ihr keine besondere Erregung außer einer zarten Sehnsucht hervorruft, obwohl sie sich wegen seiner verlorenen Kleidungsstücke reichlich aufgeregt, in eine regelrechte Besessenheit hineingesteigert hatte. Verstehe einer. Sie streckt den Arm aus und schiebt die Brieftasche in ihre Handtasche auf der Kommode.

31

Ihre Anwesenheit nimmt den ganzen Raum im Zimmer ein. Sie lässt ihm keinen Platz in seinem eigenen Inneren. Er kann nur im Kopf abschweifen, wenn er sie anschaut, und ihr Licht über sich ergehen lassen. Und ein wenig Platz für seine Hände finden, um sie zu berühren. Es schmerzt ihn. Er fürchtet, nicht mehr unter diesem Schmerz zu leiden. Angst dieser Art hat er noch nie gehabt. Vanikas Körper strahlt etwas Wesentliches, eine unerträgliche Macht aus. Etwas von wertvollem Holz, dem Holz ihrer Knochen. Ebenholz, wenn er auch noch nie welches gesehen oder berührt hat. Vielleicht hat Basquiat Ebenholz gesehen, darüber gestrichen und am ganzen Körper zu zittern begonnen. Vielleicht hat er *Eva in Eden* gemalt, nachdem er dieses Ebenholz gestreichelt hatte. Vielleicht war sogar der Apfelbaum des Paradieses ein Ebenholzbaum, an den die Schlange einige Äpfel gehängt hatte. Edwin war Adam und Vanika Eva. Und er, J-M-B, der Apfel. Die Schlange kann alles. Sie hat sich seit der Beerdigung von Edwin im Kopf von J-M-B zusammengerollt. Sobald Vanika über die Türschwelle geschritten war, hat er befürchtet, dass sie womöglich fortgeht oder dass sie nicht gekommen ist. Ihre Lippen haben sich heftig erfasst, die Hand von J-M-B hat bereits nach Vanikas Geschlecht, ihrem männlichen und weiblichen Geruch gesucht. Er ist in sie eingedrungen, wohl wissend, dass er nicht das Recht dazu hatte, er musste es jedoch, um etwas Platz zu gewinnen, weil sie ihm im Zimmer keinen mehr ließ. Es war die einzige Art, der Vernichtung zu entgehen. Sie hat ihm zugestanden, zu existieren, weder Mann noch Frau, aber geblendet in seiner Irrfahrt. Jean-Michel-Basquiat kann kaum atmen. Er kann kaum leben. Denn das Leben ihretwegen in solcher Fülle zu leben, bedeutet, ein wenig zu sterben. Ihm schmerzen die Augen, die Haare, die Hoden. Dabei macht sie nichts, nichts als ihn anzusehen und durch seinen Kopf wortlos mit ihm zu sprechen. Er hat manchmal Angst vor ihren Augen, die ihn mitleidlos erforschen, und schaut lieber auf ihren Hals, ihre Halsschlagader, dorthin, wo das Herz sanft pocht und ihn wiegt, wie seine Mutter ihn gewiegt haben musste, an die er sich nicht mehr erinnert. Basquiat liebte seine Mutter ebenfalls, aber die Farben haben sie in ihrem Wahnsinnswirbel mitgerissen, daraufhin hat er sie wieder zum Leben erweckt, indem er sie auf alle Wände seiner Träume gekritzelt hat. Vanika ist mitten in einer Geisterschar. Sie trägt ihren Bruder wie eine Opfergabe. J-M-B hat Edwin mit einer von Anbeginn verlorenen Liebe geliebt. Wenn Edwin gewollt hätte, hätte er ihn geliebt, wie er Basquiat liebt. Er ist der einzige Junge, den er wie Basquiat geliebt hätte. Lieben, wie man bis zum Wahnsinn liebt, sich einen Dreck um alles schert, er hätte sich für ihn geoutet, auf allen Straßen von Port-au-Prince geschrien, dass er den nackten Körper Edwins berühre, dass er ein Gott sei. Im Unterschied zu vielen anderen Jungen hielt Edwin ihn nicht auf Distanz, weder verbannten noch verachteten ihn seine Augen. Aber sein Lächeln setzte die Welt zwischen sie, sein volles freimütiges Lächeln, dass ihm sein Herz auf die Lippen steigen ließ. J-M-B, gewöhnt an Verdächtigungen und diskrete Ironie, hat unter der Sympathie von Edwin gelitten. Er merkte, dass er ihn zu nichts, zu gar nichts inspirierte. Weder zu Hass noch zu Verachtung, gerade nur zu ein wenig Sympathie und Kameradschaft im Eifer eines Fußballspiels. Mehr nicht. Edwin hatte andere Sorgen, als diesen Typen mit dem undefinierbaren Gebaren und seinen wenig glaubhaften Gefühlen zu bemitleiden. J-M-B hatte Edwin vergessen, nie aber aufgehört, ihn zu lieben. Und Edwin, davon war er beim ersten Blick überzeugt, lebte im Körper seiner Schwester, eines schweigsamen Mädchens, das ganz unauffällig daherkam, um in großen Schlucken den Sauerstoff seines Lebens zu trinken. Er musste sich an etwas Solides klammern, um den Kopf oben zu behalten, um der Welle zu widerstehen, die mit Vanika hereingeschwappt war. Seit zwei Tagen kokste er. Wenn das geschnupfte Pulver den Strohhalm hochglitt und ihm ins Gehirn stieg, hatte er keine Angst mehr. Wie für Basquiat öffneten sich ihm die Wolken, und er fuhr ab in die grenzenlose Tiefe des Himmels. Er konnte dieses Mädchen und ihren Bruder in ihrem Körper lieben. Wenn er sie berührte, liebte er sie doppelt mit einer starken und faszinierenden Liebe gleich einem Sakrileg.

Vanika lässt sich von Pépite streicheln. Mit einer Frau kann sie einen Moment lang vergessen und aufhören, ihren Bruder zu suchen, ihrer Sehnsucht eine Pause gönnen. Pépite berührt sie unschuldig, wie ein Kind sie berühren würde, sie hält auf diese Weise ihren Körper wach. Pépites Körper besänftigt den Hunger ihres Fleisches, erlaubt ihr, abzuwarten, was kommen muss. Obwohl Edwin tot ist, brennt sie vom Verlangen nach ihm, das sie nie befriedigen konnte. Jean-Michel-Basquiat hat Männer unter der Haut, sie hat sie gespürt, gezählt. Edwin hat aber die tiefsten Spuren an ihm hinterlassen. Sie berührt diese Spuren mit dem Finger, stöbert sie instinktiv auf. Und wenn sie ihn so berührt, muss er Koks schnupfen, weil sich unter seinen Füßen alle Türen der Nacht öffnen. Weil ihn seine Schwester, seine Mutter berührt, an die er sich nicht erinnert. Edwin, seine Liebe mit den großen Zähnen, die sein Leben verzehrten. Jean-Michel-Basquiat lässt es mit sich geschehen, er lässt sich aufsaugen und vergeht vor Dankbarkeit. Vanika weiß bereits, dass er nicht durchhalten wird, sie muss aber bis ans Ende gelangen, ihn lieben, auch wenn er daran krepiert. Vielleicht muss sie ihn öffnen, ihn ausweiden, um ihm Stücke vom Fleisch ihres Bruders zu entnehmen. Es bekümmert sie nicht. Sie hat diese Einsamkeit, die sie quält, nicht gewählt. Sie sucht ihren Bruder ohne jedes Mitleid, mit ihr hat niemand Mitleid gehabt. Nicht einmal Maître Jules Carmel Jean François. Alain hat es verstanden. Er weiß, warum sie mit Jean-Michel-Basquiat geht. Er hat Angst um seinen Freund. Er sagt jedoch nichts, möchte nicht riskieren, dass der Kristall ihrer Freundschaft, ihrer Brüderlichkeit zerbricht. Was könnte er seinem lieben J-M-B sagen? Hör mal, *brother*, dieses Mädchen wird dir das Herz brechen? Lachhaft! J-M-B würde ihm sicher antworten: Aber woher willst du denn das wissen, lieber Bruder, der du keine Frau wahrhaft lieben kannst? Du, der du jedes Mal, wenn du Körper, Parfum und Unterhöschen austauschst, die Liebe zu finden meinst? Was weißt du von der wirklichen Liebe, die auf den ersten Blick verrückt machen kann? Und mein gebrochenes Herz, wie willst du wissen, ob es nicht bersten, immer wieder zerfetzt werden muss, dass es sich nicht von den schwarzen und roten Blutstropfen ernährt, die ich von den Mauern, den Bäumen, den Mülleimern, der Sohle ihrer Füße lecke? Schau Vanika nicht an, Alain. Das ist alles, worum ich dich bitte. Berühre sie weder mit deinem Blick noch mit deinem Verlangen. Denn dann hätte ich Angst um dich, mein Bruder. Wie ich Angst um mich habe.

32

Das Wohnzimmer der Longways ist ein Familienmuseum. Ein großer, hell erleuchteter Raum, möbliert mit einer schönen beigefarbenen Sofa- und Sesselgarnitur, einem Glastisch in der Mitte und den dazugehörigen kleinen Beistelltischen, kostbaren Eckmöbeln aus geschnitztem Holz, einem Schrank aus dem gleichen Holz, der bis zur Decke reicht, um das Geschirr und die kostbaren Gläser aufzubewahren, und einer Konsole für die Stereoanlage und den Fernseher mit Plasmabildschirm. Die Wände sind weiß und die Vorhänge an den Fenstern von irisierendem Hellgrau. Ein Strauß Trockenblumen in einer langhalsigen Porzellanvase schmückt einen Winkel des Raums. Ein Philodendron fristet in einem kupfernen Übertopf sein Dasein unter dem fahlen Licht eines Fensters. Die vier Wände schmücken eine Eisenskulptur aus Noailles, zwei Gemälde von Jasmin Joseph, einige von Fernreisen mitgebrachte Masken und Wandteller. Die diskreten geometrischen Motive des Teppichs in Ocker, Beige und Braun bringen etwas Wärme in das ziemlich kühle Gesamtbild. Was jedoch dem Wohnraum den Anstrich eines Museums verleiht, sind die gerahmten Fotografien. Jede Tischplatte, die Regalbretter, das geringste Beistelltischchen sind mit Bildern unter Glas überfrachtet. Manmie Paula lächelt in vorderster Reihe auf dem Kaminsims in der Mitte. Auf dem Sockel unterhalb befindet sich der Großvater mütterlicherseits mit dem beeindruckenden Schnurrbart und dem unaussprechlichen französischen Vornamen, den Beverly und Samantha nicht gekannt haben. Da Gina Longway weder Brüder noch Schwestern hat, lächelt aus den Bilderrahmen eine Reihe von Cousins ersten und zweiten Grades, einzeln oder in einer Gruppe, in Abendgarderobe oder in der Robe zur Diplomverleihung. Es gibt Fotos, die in den Ferien in Haiti am Strand von Abricots und in der Zitadelle Laferrière aufgenommen wurden. Christopher Longway mit seinen sechs Brüdern und Schwestern steht in nichts nach. Seine große Familie ist anwesend, von seiner lebendigen und gesunden hundertjährigen Großmutter bis zu seinem jüngsten, sechs Monate alten Großneffen, der in den Armen seiner Mutter mit wohlgeformten Rundungen zappelt. Natürlich gebührt die Trophäe der Fotogalerie den Töchtern des Hauses, die als Zwillinge in allen Altersstufen und allen Jahreszeiten ausgestellt sind.

Samantha kennt das Wort *marassa*, den kreolischen Begriff für männliche oder weibliche Zwillinge. Sie weiß aber nicht, dass in der tiefgründigen Spiritualität des Ursprungslandes von Manmie Paula Marassa der *lwa* ist, der über die lebenden oder toten Zwillinge herrscht, der mächtigste Geist von allen, der gleich nach dem alten Legba* bei der Eröffnung der Voodoozeremonien angerufen wird. Die Entsprechungen des Geistes Marassa in der Hierarchie der katholischen Heiligen sind die Märtyrerbrüder Kosmas und Damian, die heilkundigen Zwillingsbrüder aus Kilikien, die nach der Legende im dritten Jahrhundert unserer Zeitrechnung eine erfolgreiche Transplantation zum Ersatz für ein abgestorbenes Bein durchgeführt haben. Dortzulande ist in voodoogläubigen Familien die Geburt von Zwillingen ein geschätztes und zugleich gefürchtetes Privileg. Der Kult der Zwillinge und des *lwa* Marassa ist anspruchsvoll und heikel, er zielt vor allem darauf ab, das psychische Gleichgewicht bei diesen Lebewesen aufrecht zu erhalten, die, obwohl sie Liebe, Gerechtigkeit und Reinheit symbolisieren, als schwierig, aufbrausend und rachsüchtig wahrgenommen werden. Man glaubt, dass die meisten Zwillinge, und besonders die eineiigen, sich nicht ausstehen können. Der Neid auf ein Alter Ego kann bis zur physischen Auslöschung führen. Ständige Wachsamkeit verhindert, dass sie sich gegenseitig verletzen, aber auch ihren eigenen Eltern Schaden zufügen. Von Geburt an werden ihnen Opfergaben in Schalen aus Terrakotta geweiht, die in drei Behältnisse unterteilt sind, von denen zwei den Zwillingen und ein drittes dem *lwa* Marassa gewidmet ist. Begabt mit der Fähigkeit zu heilen, können sie auch Krankheiten hervorrufen, die nur sie die Macht zu behandeln haben. In gewissen Fällen sind ihre Eltern gezwungen,

* Einer der höchsten Voodoogeister, der als alter Mann dargestellt und bei Zeremonien als Erster angerufen wird.

drastische Maßnahmen zu ergreifen, um ihre Machtbefugnisse zu beschränken. Ein Mangel an Respekt gegenüber dem Geist Marassa kann in Gemeinden, die Zwillinge haben, am Ursprung von Krankheiten und Unglücken sein.

Samantha weiß nichts von all diesen Dingen, kennt aber die Vibrationen zwischen ihr und ihrer *marassa*, das Einverständnis, das ihre Umgebung immer wieder in Erstaunen versetzt und um das sie ein wenig beneidet werden. Durch ihr ganzes Leben ziehen sich Geschichten von Streichen, die sie Spaßes halber ihren Kameraden, ihren Lehrern und manchmal ihren Eltern gespielt haben. Letztere lassen übrigens keine Gelegenheit aus, die erstaunlichen Anekdoten aus dem Familienrepertoire verblüfften Zuhörern zu erzählen. Wie jenes Jahr, in dem die beiden Schwestern den Sommer in zwei verschiedenen Ferienlagern verbracht haben, von denen sie ihrer Mutter zum Geburtstag die gleiche Karte mit den gleichen handgeschriebenen Wünschen schickten. Oder das andere Mal, als sie, jede mit einem Elternteil, eine Uhr kaufen gegangen und mit demselben Modell nach Hause zurückgekehrt sind, das sie im jeweiligen Geschäft aus Hunderten ausgestellter Uhren ausgewählt hatten. Und die Liste der kleinen und großen Tatsachen, die die seltsame und faszinierende Bindung zwischen diesen beiden so ähnlichen Wesen bestätigen, setzt sich endlos fort. Seit frühester Jugend haben Samantha und Beverly sich Gesten, Laute, Augenzwinkern und sogar Schweigen ausgedacht, um sich Dinge ohne Wissen der anderen zu sagen, um ihre Geheimnisse, Emotionen und Freuden miteinander zu teilen.

Samantha kennt Beverly wie sich selbst. Kein Spiegel vonnöten, um sich zu sehen, ihre Schwester ist ihr lebendiges Spiegelbild. Sie versteht, was ihre Seele bewegt, empfindet die gleichen Sehnsüchte, leidet an den gleichen Übeln, liebt und verabscheut mit der gleichen Inbrunst, und ihre Träume nehmen dieselben Formen an. Doch das war so, bevor jene Leute unter die Magnolie gekommen sind. Jene Leute, die das Herbstzeitlosenbeet verbrannt haben und einen Gestank von verkohlten Fingernägeln verströmen. Samantha ist überzeugt davon: Von diesem Moment an hat sich alles verändert. Sie ist auch überzeugt davon, dass

Beverly nicht allein ist. Sie hat ein Gespenst bei sich. Sie sind jetzt drei Schwestern. Es gibt einen zusätzlichen Bewohner im Haus, doch wissen ihre Eltern nichts davon. Beverly hat einen lebendigen Schatten, der sich die ganze Zeit, was immer sie macht, rechts von ihr hält. Diese düstere Aura ernährt sich von ihrer Lebensenergie und trocknet sie aus. Zweifellos wird eine solche Geschichte wieder als einer der übersinnlichen Scherze der Longway-Schwestern aufgefasst, wenn sie sie ihren Eltern oder irgendeinem ihrer Freunde erzählen sollte. Wie sagen, was sie nicht beweisen kann? Dabei ist sie dessen ebenso sicher, wie sie als Kind beteuern konnte, dass ihre Schwester fern von ihr krank war oder einen Unfall gehabt hatte. Samantha weiß auch, dass der Computer das Gerät ist, worüber Besitz von Beverlys Geist ergriffen wird. Am ärgerlichsten ist die Gutgläubigkeit Beverlys, während das, was die Grundlage ihrer beider Leben ausgemacht hat, zu zerbröckeln, von innen her aufgefressen zu werden droht. Eines Abends hat Samantha bei Tisch ihre Schwester angeschaut und zwei Mal den rechten Zeigefinger über ihr linkes Augenlid gestrichen. In der kodierten Sprache ihrer Kindheit bedeutete diese Geste: Reich mir das Salz. Keine Reaktion von Beverly. Sie hat es weiter versucht, die Stirn gekraust, ihre Lippen in eine und die andere Richtung verzogen, am Nagel des kleinen Fingers gekaut, bizarre Gurgellaute ausgestoßen. Nichts. Christopher Longway hat ihr nur ärgerlich gesagt, sie sei über das Alter mit solchem Getue hinaus. Der Schatten löscht in Beverlys Kopf alle geheimen gemeinsamen Bindungen. Samantha hat Angst. Als sie ihrer Schwester erstmals gesagt hat, dass etwas Seltsames im Haus vorgeht, hat Beverly sie ahnungslos angeschaut, und ihr Blick mit den erweiterten Pupillen war aufrichtig und direkt, als sie ihr geantwortet hat, dass sie diese Vibration, von der ihre Schwester sprach, absolut nicht spürte. Sie hat ihr daraufhin den Arm um den Hals gelegt und mit ihr geschmust. Samantha stößt mit dem Kopf an eine Glaswand. Alles ist hell, transparent, anscheinend wie gewohnt, wenn sie aber die Hand ausstreckt, um die Wärme dieser Realität zu spüren, um sich zu vergewissern, dass ihr Leben dasselbe ist, dann ist da die gläserne Wand. Der Durchgang ist versperrt. Die Geschichte, die Beverly schreibt, ist ein eifersüchtig gehütetes Geheimnis, weil Schriftsteller, wie sie sagt, ihre Geschichten nicht mitteilen, solange sie nicht fertig sind. Einverstanden. Aber warum dieses Bedürfnis, fast täglich das Kennwort ihres Computers zu ändern, ihn in einer ihrer Schreibtischschubladen einzuschließen? Alles, was ihre Geschichte, ihren Computer betrifft, die Zeit, die sie mit Schreiben verbringt, all das wird im Leben von Beverly zu einem anderen Leben, zu dem der Zugang ihrer Schwester und allen anderen verboten ist. Ein Abstand wie eine Verleugnung. Wenn Beverly, nachdem sie an ihrer Erzählung gearbeitet hat, aus ihrem Zimmer kommt, hat sie trockene Lippen, und ihre Augen wirken vergrößert. Samantha schläft nachts schlecht und wacht morgens mit der Empfindung auf, man habe ihren Körper berührt. Beverly verriegelt ihre Zimmertür. Nie zuvor hatte sie Samantha den Zugang verwehrt. Nachts kamen sie manchmal zusammen, eine ging ins Zimmer der anderen, sie verständigten sich, ohne zu reden, und trafen sich, um zu plaudern oder gemeinsam zu schlafen. Jetzt nicht mehr. Einmal hat Samantha an die Tür ihrer Schwester geklopft, die ihr aufgemacht hat. Das Zimmer war dasselbe, aber die dritte Schwester, die andere *marassa*, war da, ein Schatten, der an Berverly haftete wie ein siamesischer Zwilling. Und in der Luft schwebte der feine und heimtückische Geruch. Als Samantha sich auf Beverlys Bett legte, hat sie gefühlt, dass die Matratze sich unter ihrem Rücken öffnete, dass sie einsank. Mit Herzklopfen ist sie eilig aufgestanden. Und am Schlimmsten ist es, dass sie nicht weiß, wie sie alles, was sie empfindet, Beverly sagen soll. Der Schatten verschließt ihr den Mund, untersagt ihr, diese Themen anzuschneiden. Sie sind drei Schwestern, aber eine ist dabei, sich Beverlys zu bemächtigen. Und trotzdem bereiten sie mit demselben Eifer ihren Geburtstag vor und erwarten ihn genauso fieberhaft. Noch ein Wochenende, und dann ist der große Tag, das Fest, das Event da.

Es ist sechs Uhr vierzig. In fünf Minuten kommt der Bus. Mit ihrem Rucksack auf dem Rücken beeilt sich Samantha, einen USB-Stick zu holen, den sie im Wohnzimmer liegenlassen hat. Dort ist alles still. Den lächelnden Frischdiplomierten ist ein wenig kühl in ihren Rahmen. Unter der Sonne von Les Abricots streichelt die Brise die langen Blätter der Kokospalmen und die Meeresgischt zischt leise und leckt über den lauwarmen Sand. Sie bemerkt sofort vor dem Kamin das zu Boden gefallene große Foto von Manmie Paula. Der Teppich reicht nicht bis an den Kaminfuß, und die Glasscheibe ist auf den Fliesen zersplittert. Samantha bückt sich und hebt den zerbrochenen Rahmen auf. Sie wirft einen raschen Blick auf das Foto und etwas Ungewöhnliches erregt ihre Aufmerksamkeit. Manmie Paulas Augen. Sie sind unter den Lidern tot. Entsetzt sieht sie zwei schwarze Flecken anstelle der Augäpfel. Samantha schaudert es. »Gott ist meine Zuflucht und meine Stütze, eine nie fehlende Hilfe in der Not.« Sie hat die Worte aus dem Psalm 46 auswendig gelernt. Ihr Mund füllt sich mit Speichel, sie läuft und lässt das Foto los, das auf den Fußboden fällt. Als sie im letzten Moment in der Toilette unter der Treppe ankommt, erbricht sie ihr gesamtes Frühstück. Sie spült sich schnell den Mund und spritzt etwas kaltes Wasser auf ihr Gesicht. »Samantha! Samantha! Was machst du? *It's time to go, Babe.*«* Beverly ruft sie vor der Tür. Samantha läuft. Sie muss mit ihrer Mutter sprechen. Sie hat immer noch nicht ihre Regel gehabt. Heute Morgen hat sie an der Innenseite des Oberschenkels einen blauen Fleck entdeckt. Sobald sie im Bus sitzt, holt sie ihr Smartphone heraus, um ihrer Großmutter eine E-Mail zu schreiben. Sie ist die einzige Person, die sie verstehen und ihr glauben können wird. Sie kann keinen vernünftigen Gedanken fassen, ihr zittern die Finger, die Worte kommen wie Krämpfe aus ihr, eine Art wirres Gerede. »Manmie Paula, was hast du gesehen? Was hast du verstanden? Warum wollen sie nicht, dass du weißt, was bei uns geschieht? Sie wollen auch dich nicht mehr im Haus. Sie haben dir die Augen ausgebrannt. Beverly ist nicht mehr allein, die andere *marassa* hält sich rechts von ihr und löscht ihr Licht. Manmie Paula, was soll ich machen? Sie stinken die ganze Zeit. Meine Eltern merken nichts. Diese Leute sind im Computer und in den Augen meiner Schwester. Ich habe Angst, Manmie Paula.«

* Wir müssen los, Baby.

33

Das plötzliche und wilde Hämmern ihres Herzens macht sie vollkommen unsicher. Eine absolute, in die Eingeweide fahrende Angst überkommt sie im Bruchteil einer Sekunde, wie sie sie bei einem starken Erdbeben verspürt hatte. Traum oder Realität? Tag oder Nacht? Sie oder eine andere? Hier oder dort? Was ist los? Sie hat sich ins Bett gelegt und ist in einen ungewöhnlichen Schlaf geglitten. Sie ist sich plötzlich im Klaren, dass sie ohne wach zu sein bei vollem Bewusstsein ist und ihr das Herz in tausend Stücke zerspringen will. Hat sie den Sprung gemacht? Haben sie sie endlich mitgenommen? Und wohin? Wie auch immer, der Tod ist da, drohend, feucht, schwarz und dickflüssig. Eine Frage von Sekunden, bevor er über ihr zusammenschlägt. Kein Zweifel in ihrem Kopf. Es gibt kein Schlupfloch. Keine Zeit mehr für irgendetwas, keinen Ausweg mehr, nicht die geringste Öffnung, um hineinzuschlüpfen, nicht der geringste Lichtschimmer, darin abzutauchen. Der Tod ist da, und man muss ihn trinken, sich mit ihm tränken, er will allen Platz einnehmen. Warum kann sie nicht schreien? Sie hat doch solche Angst. Weil ihr Herz ihren Mund füllt und sie erstickt. Ein namenloses Entsetzen, das sie sich nie hätte vorstellen können. Alle Einsamkeit der Welt hat sich um ihren Körper zusammengezogen, und sie wird untergehen. Wenn sie schreien könnte, würde sie sich erleichtert fühlen. Warum kann sie nicht einmal ihren kleinen Finger bewegen? Sie ist in ihre Haut, in den Umfang ihres Körpers eingeklemmt, sollte sie in einem Sarg liegen? Lebendig begraben? Ein Vibrieren unerträglicher Intensität dringt mit Schwindel erregender Schnelligkeit vom Kopf zum Hals, zur Brust, zu den Rippen und weiter hinunter zu ihrem Becken, ihren Füßen, wie ein mächtiger Bohrer aus schwarzem Licht, der sie jetzt bis in die Tiefe ihres Wesens scannt. Wohin gleitet sie? Abgesehen von diesem unsäglichen Entsetzen tut ihr nichts weh. Ein Schmerz der Seele in großer Gefahr. Ist sie lebendig oder tot? Ihr Herzklopfen ist sehr real, denn sie hört es in den Ohren wie den Rhythmus einer in der Nacht verlorenen Nago*-Trommel. Ein Herzinfarkt? Sie will jedoch leben. Emmanuela macht eine übermenschliche Anstrengung und öffnet schließlich benommen die Augen. Ihre Augenlider heben sich zur Hälfte. Sie ist tatsächlich in ihrem Zimmer mit dem Tod, der um sie herumschleicht. Wie kann sie so sicher sein, dass es sich um den Tod handelt? Sie weiß darüber nichts. Wenn die Toten sprechen könnten, würden sie sicherlich sagen, dass sie ihn erkannt haben, als sie ihn kommen sahen. Klack! Das Schloss im Erdgeschoss ist entriegelt. Sie kann sich immer noch nicht bewegen. Jemand ist im Zimmer. Sie bekommt keine Luft. Ein lebendiges Wesen, ein Mensch oder ein Tier, das sich auf leisen Sohlen bewegt. Das sie beobachtet. Sie fühlt es rechts von sich, es streift fast das Bett. Jetzt hat sie die Augen weit offen. Atmen. Nicht aufhören zu atmen. Couz hat ihr gesagt, dass man tief atmen, das lebenswichtige Fluidum in Bewegung halten, sich beruhigen und beten muss, wenn sie zugegen sind. Emmanuela kann nicht beten, sie möchte es gern, aber die Worte kommen ihr weder in den Kopf noch auf die Lippen. Ihre Lippen, die sich übrigens nicht rühren können. Sie ruft aber doch von ganzer Seele nach dem göttlichen Licht. Nach dieser Helligkeit, die unter den Flügeln der Erzengel unterwegs ist. Sie braucht Licht. Das Licht allein kann das Leben, das ihr entgleitet, zurückhalten. Also stellt sie es sich vor, strebt ihm mit aller Energie ihrer Verzweiflung zu. Ihr Kopf ist gewaschen worden, gereinigt mit Blättern und heiligen Gesängen, es gibt Platz, alles Licht der Welt dort eindringen zu lassen, falls sie aufhört, Angst zu haben. Sie lockert sich. Sie lässt es geschehen. Sie kann weder kämpfen, noch fliehen. Ihre einzige Chance besteht darin, sich dem Licht zu überantworten. Sie atmet tief und behutsam weiter. Und im Geist stellt sie sich vor, allein im Zimmer zu sein. Sie weist den Eindringling ab. Sie verlangt kategorisch, dass er geht und sie leben lässt. Der Schraubstock um ihr Herz lockert sich um eine Drehung. Sie hat eine Zehe, dann eine andere bewegt. Atmen. Leben. Emmanuela gleitet in einen Zwischenraum. Es gibt einen Lichtstrahl in diesem Raum. Sie gleitet lange Zeit. Sie entfernt

* Ritueller Tanz zu Ehren der kriegerischen Geister.

sich, fühlt aber, dass sie sich diesmal an einen Ort begibt, an dem sie keine Angst mehr haben wird. Atmen. Leben. Vertrauen haben zum Licht. Eine große Weiße öffnet sich auf ihrer Stirn zwischen den Augen. Ein Ort ohne Boden unter ihren Füßen und ohne Himmel über ihrem Kopf, an dem sie jedoch fest verankert ist. Sie weiß, dass Leute, Lebewesen da sind, die sie nicht sieht, die aber bei ihr und um sie sind. Ein großes Wohlgefühl erfüllt sie, als wenn sie nach einer sehr langen Reise nach Hause zurückkehrte. Keine Sorge beschäftigt ihren Geist. Dieser Ort ist die Stelle, an der sie endlich ihre Ängste, alle Befürchtungen, die sie zermürben, abwerfen kann. Emmanuela weiß, dass sie träumt, sie lächelt darüber, dass sie es weiß. Ihre Hand kann sich bewegen, sie hebt sie sich vor die Augen und betrachtet sie in ihrem Traum. In dem Moment berührt etwas sie, streift ihre Hand und träufelt ihr eine wohltuende Wärme ein. Du bist nicht allein. Deutlich hört sie diesen Satz. Und sie wacht auf. Wie lange hat dieser unsägliche Moment gedauert? Sie hat keine Ahnung. Was ist ihr wirklich geschehen? Auch davon weiß sie nichts, aber sie wollte diesen Moment, in dem sich ihr Herz zu Tode gehetzt hat, nicht auch nur einen Sekundenbruchteil lang wieder erleben. Sie setzt sich auf ihr Bett und zündet die Nachttischlampe an. Alles scheint im Zimmer in Ordnung zu sein. Ein Duft, den sie nicht kennt, steigt ihr in die Nase. Es ist nicht der Geruch von Verbranntem, eher ein leichter Blumen- und Vanilleduft, vermischt mit einer unbekannten Essenz, die wieder vergeht. Eine ungewohnte, aufregende Mischung. Emmanuela atmet tief ein und fühlt, dass ihr helle Tränen in die Augen steigen. »Wie weißt du, dass der Erzengel bei dir ist?«, hat sie Couz einmal gefragt. »Der Duft ...«, hat die alte Frau geantwortet. »Er hinterlässt einen Duft, der dir bis in die Seele dringt.« Und sie hat hinzugefügt: »Du merkst es auch am Blut deines Körpers. Der Erzengel lässt das Blut deiner Eierstöcke, deiner Monde gefahrlos fließen, wie alt du auch sein magst ... Wogegen die Bestie das Monatsblut austrocknet und es nur laufen lässt, um das Leben zu entreißen.« Emmanuela steht auf, um zur Toilette zu gehen. Sie muss sich kurz am Kopfende des Betts abstützen, ihre Beine zittern ein wenig. Sie geht los und hat kaum zwei Schritte gemacht, als sie wieder umkehrt. Sie geht näher an das Bett und sucht mit den Augen. In der Mitte ihrer Laken befindet sich ein Blutfleck. Sie erschauert heftig, und ihre Tränen fließen reichlicher. Sie will nicht glauben, noch nicht. Sie braucht mehr Zeit, um zu begreifen, was ihr geschehen ist, dieses Glück, fast so stark wie der Tod. Sie kann den nächsten Morgen nicht erwarten, um Couz am Telefon davon zu erzählen. Mit festerem Schritt kehrt sie zur Toilette zurück. Meine Menopause kann warten, denkt sie.

34

Alain und Caroline sehen einen Film an. Sie liegen mit verschränkten Füßen auf dem Bett, Alains Finger spielen geistesabwesend in Carolines Haar, es könnte jeder auch auf einer Insel sein. Ihre Träumereien haben nicht viele Begegnungspunkte, sie fühlen sich aber in der Wärme des anderen wohl. Wenn ihre Körper sich begehren, berühren sie sich ohne Scham, beißen sich, machen frenetisch Liebe und kehren anschließend zu ihrer Zweiereinsamkeit zurück. Von allen Mädchen, die durch Alains Zimmer gegangen sind, ist Caroline vielleicht diejenige, der diese minimalistische Gefühlsbeziehung am ehesten zusagt. Oder aber ist sie diejenige, die verstanden hat, dass man mit diesem Burschen Geduld üben muss, ihn nicht drängen darf, dieselbe Gleichgültigkeit wie er vortäuschen, ihn allmählich herumkriegen, ihn an Wärme und tiefe Sinnlichkeit gewöhnen und an sich binden muss, ohne dass er es merkt. Sie stellt ihm keine Fragen zu seinen Ex-Freundinnen, fragt ihn nicht, ob er sie liebe. Er fragt sie niemals, ob sie ihn liebe. Alains Handy läutet. Er steht auf, um sein Telefon zu holen, das er ans Ladegerät angeschlossen hat. Caroline hält den Film mit der Fernbedienung an. Es ist J-M-B, er ist unterwegs mit Vanika, kommt kurz vorbei.

»N *ap vin chill lakay ou, brother*.* Wir sind in der Nähe.«

»Hm ... Caro ist bei mir ... alle beide müde ... wir sehen einen Film. Wir ...«

J-M-B unterbricht ihn, ungläubig und verblüfft:

»Machst du Scherze, Alter? Wir sind am Samstagabend, weißt du das wenigstens? Die Nacht ist jung!«

Vanikas Haut ist dunkelorange, ihr Blick tiefblau. Ihr Geschlecht ist rätselhaft. Ihr riesiges Geschlechtsteil befindet sich an einer Mauer in der Rue Alerte. Ein Graffito gegenüber dem Friedhof, um die früheren, gegenwärtigen und künftigen Toten zu wecken. *Oh Lord*, ist sie schön, diese Frau! Was sind die Flammen der Hölle süß!

* Wir kommen zum Chillen zu dir, Bruder.

»Ich empfinde dich wie ganz mit Grau bemalt, Alain … Caroline … kommt aus diesem Zimmer! Gibt's Bier im Kühlschrank? Nein? *Of course!* Ich hab's geahnt! Ich hole zwei Packs im Laden an der Straßenecke. Ich komme spätestens in einer Viertelstunde!«

»Gut … Okay!«

Alain schaut auf die Uhr an der Wand, fast zehn Uhr dreißig. Er seufzt. J-M-B ist aufgekratzt und geschwätzig, so ist er jetzt die ganze Zeit. Wie nachlassende Bremsen oder ein sich überhitzender elektrischer Stromkreis. Er ist immer öfter auf seinen Trips à la Basquiat, gerät von tiefer Angst in unbändige Freude, von düstersten Farben zu Sonnenspritzern, die ihn laufen lassen, ohne dass seine Füße den Boden berühren. J-M-B tut sich immer schwerer, an seinen Projekten zu arbeiten und die Zeitvorgaben seiner Auftraggeber einzuhalten, was Alains Tage stressiger macht, der die ungeduldigen Kunden beruhigen muss. Alain hätte ihm gern gesagt, dass er ihn nicht sehen will, seinen Besuch nicht wünscht. Er hat es aber nicht vermocht. Das hieße auch Vanika nein zu sagen. Er wendet sich an Caroline:

»Stört es dich, wenn er kurz zu uns kommt? Er ist mit Vanika …«

Sie sieht ihn an und zuckt die Schultern:

»Ist mir egal, er ist dein Kumpel. Du kannst machen, was du willst.«

Alain zieht eine Augenbraue hoch, bleibt einige Sekunden lang nachdenklich.

»Was hältst du von Vanika? J-M-B ist seltsam geworden, seit er sie kennt …«

Caroline bricht in leises Gelächter aus, das sie ruckartig abbricht.

»J-M-B … ist seltsam geworden? Euphemistischer kann man's nicht ausdrücken. Bravo, Alain.«

Alain schluckt die Ironie, ohne eine Miene zu verziehen. Er fragt erneut:

»Du hast mir nicht gesagt, was du von Vanika hältst.«

»Vanika? Ach … Ich mache mir keine Gedanken über sie. Sie ist okay.«

»Kommt es jemals bei dir vor, dass du eine Meinung hast, Caro?«

Ärgerlich beginnt Alain sich anzuziehen. Caroline liegt auf dem Bauch, beugt sich über den Bettrand, um nach ihrem BH zu suchen, der unter den Kasten gerutscht ist. Mit dem Kopf unten sagt sie zu ihm:

»Ja, mein Liebster. Ich habe manchmal Meinungen, weißt du, aber ich behalte sie für mich, weil ich zu geradeheraus bin und die Leute das stört. Da du mich aber nachdrücklich danach fragst, möchte ich dir sagen, dass du bei dem bloßen Namen Vanika durchdrehst. J-M-B ist vielleicht nicht der Einzige, den sie außer Fassung bringt. Würde dir diese Meinung richtig vorkommen, *darling*?«

Caroline ist von der selbstauferlegten Regel abgewichen, ihre Gefühle hinsichtlich all der Mädchen, die Alain umgeben, nicht zu enthüllen, egal, ob es sich um seine ehemaligen Freundinnen oder seine möglichen Flirts handelt. Seine Frage und sein Tonfall haben sie jedoch herausgefordert. Seine Verärgerung ist bezeichnend für seinen Stimmungswechsel, seit er mit J-M-B gesprochen hat, und Caroline weiß, dass die bevorstehende Ankunft Vanikas ursächlich damit zu tun hat. Vanika bereitet ihr Unbehagen. Beim letzten Mal im *Munchie's* hatte sie sie unablässig hinter ihrem Smartphone beobachtet. Vanika riecht nach Sex. Und sie macht es nicht absichtlich. Caroline vermag es nicht anders zu sagen. Sie misstraut ihr instinktiv und absolut und flüchtet sich ihr gegenüber in eine freundschaftliche Gleichgültigkeit. Vanika, ihr Traumkörper und diese Art Fluidum, das sie umgibt, sind ein faszinierendes Gift. Caroline weiß, dass Alain sich bemüht, sich seine Verwirrung nicht anmerken zu lassen, wenn von diesem Mädchen die Rede ist. Caroline verbirgt nur schlecht ihre kalte Verstimmung. Sie hätte Alain gern gesagt, dass sie es vorziehen würde, mit ihm im Zimmer auf dem Bett liegen zu bleiben, Arme und Beine verschränkt den Film zu Ende zu sehen, Musik zu hören und nochmals Liebe zu machen, um dann hungrig unten über den Kühlschrank herzufallen. All das ohne viele Worte zu verlieren. Emmanuela übernachtet bei ihrer Freundin Patricia, und das Haus gehört an diesem Abend ihnen allein. Sie hätte ihm gern gesagt, dass er in Anwesenheit von Vanika wie ein glücklicher Dussel oder wie ein depressiver Trottel aussah und sie ihm am liebsten die Augen ausgestochen hätte, als sie die verstohlenen Blicke sah, die er ihr zuwarf. All das hat sie hinter ihrem Smartphone im *Munchie's* gesehen. Es wäre ihr erster Streit gewesen, vielleicht eine heilsame Gelegenheit zu einer Meinungsverschiedenheit, sich zu sagen, was sie empfinden, um die entstehende Krise abzuwenden. Aber Caroline kann sich der widrigen Winde nicht erwehren, die sich im Zimmer erheben. Alain öffnet den Mund, um ihr zu antworten, als er das zweimalige Hupen von J-M-B vor dem Tor hört. Er sagt nur:

»Ah, da sind sie!«

J-M-B hat Alain nicht gesagt, dass er mit Pépite und ihrem Freund Jonathan kommt. Er hat vier Sixpacks Bier, Käse, Cracker und ein Päckchen geröstete Pistazien mitgebracht. Pépite ist seit einigen Tagen zu Vanika umgezogen, weil die Situation mit ihrem Vater und ihrer Mutter vollkommen unhaltbar geworden war. Sie schwebt auf einer kleinen Wolke, ihre neue Freiheit berauscht sie. Sie ist verliebt in Vanika, die sie nicht liebt, was ihr aber schnuppe ist, vorausgesetzt, dass sie Vanika berühren und den Duft ihrer Haut einatmen darf. Vanika hat in Pepite Gesellschaft, ihre nächtlichen Ängste zu vertreiben, ihr Geschwätz und ihre Hände auf ihrem Körper sind ein Schutzwall gegen das Verlangen, das sie manchmal packt, wieder irgendwo nach Edwin zu suchen. Vielleicht können sie die Wohnungsmiete gemeinsam bezahlen, wenn die Zuschüsse von ihrem Onkel gestrichen werden. Sie haben aber noch Zeit, darüber nachzudenken. Die Nacht ist mild, eine filigrane Mondsichel leuchtet hinter den Ästen der Eiche der Nachbarn. Alain hat sein Radio und CDs nach unten gebracht, sie hören Musik, die sie mögen. Nach ungefähr einer Stunde, einigen Bieren und einem herumgereichten Joint ist die Atmosphäre entspannt, gedämpft und intim. Nicht zu vergleichen mit ihrem Treffen vor einigen Tagen im Stimmengewirr der Terrasse des *Munchie's*. Sie scherzen, necken sich, kommentieren politische Ereignisse oder Anekdoten des Nachtlebens in der Stadt, in der immer eine latente Sperrstunde herrscht. J-M-B lächelt unablässig und äußert mit verschleierten Augen von Zeit zu Zeit ein *n ap chill man**... Alain sagt sich, dass J-M-B letztlich eine gute Idee gehabt hatte, vorbeizukommen, sie hatten schon lange nicht mehr ordentlich Spaß gehabt und darüber den Rest der Welt vergessen. Er fühlt sich wohler mit Vanika, wenn sie auch nicht viel miteinander sprechen. Sie vermeiden sogar, miteinander zu reden. Als fürchteten sie, sie könnten etwas verstehen, wenn sie sich in die Augen schauen und Worte wechseln. Ihm ist aufgefallen, dass sie kein Gras geraucht hat und maßvoll trinkt.

Jonathan fordert Pépite zum Tanzen auf. Ein stämmiger, schüchterner und nervöser Bursche. Sie tanzen mitten im Garten auf der engen Terrasse, ihre Beine streifen die vier anderen, die um sie herum sitzen. Jonathan wiegt sich mit geschlossenen Augen und streichelt den nackten Rücken Pépites. Nach ungefähr zehn Minuten macht sich Pépite von ihm los und ergreift Vanikas Hand. Jonathan setzt sich wieder. Die beiden Mädchen berühren sich zärtlich beim Tanzen, ohne sich an den Händen zu halten. Pépite dreht lasziv ihre Hüften, und ihre kleinen, rundlichen Gesäßbacken machen die Bewegung mit. Vanika hebt die Arme über ihren Kopf und streicht über ihre Haare, die einen krausen Heiligenschein um ihr Gesicht bilden. Ihre Bewegungen sind ein anmutiges, sinnliches Ballett. Fasziniert kann Caroline die Augen nicht von den Mädchen wenden, die sich vom Rhythmus der Musik und der Spannung ihrer Körper mitreißen lassen, während sie nervös Alains Hand drückt. Pépite berührt flüchtig Vanikas Lippen, schiebt dann erkühnt ihre Zunge in den Mund ihrer Freundin, die in dem Augenblick den Kopf dreht und in Alains Richtung schaut. Jonathan, nach vorn geneigt auf seinem Stuhl, raucht mechanisch eine Zigarette. Er hält die Augen gebannt auf Pépite gerichtet. J-M-B, erregt von dem Schauspiel, begibt sich zwischen die Mädchen, um mit ihnen zu tanzen. Pépite kichert und drückt sich an den Rücken von J-M-B, Vanika tanzt ihm gegenüber weiter und berührt ihn zeitweilig, indem sie ihm mit dem Becken kleine Stöße zum Beat der Trommel versetzt. Alain weiß nicht, was er mit der großen Erregung, die ihn überkommt, anstellen soll. Caroline nimmt ihn daraufhin bei der Hand und

* Wir machen's uns gemütlich, Alter.

geht zum tanzenden Trio. Sie drückt sich an ihn, der schon steif vor Lust ist, weiß aber, dass er nicht für sie erigiert.

Trotz der Annehmlichkeit des Augenblicks liegt tief in der Luft eine Spannung. J-M-B hat jetzt Pépite vor sich, flüstert ihr etwas ins Ohr und streichelt ihr dabei den Nacken. Vanika tanzt weiter hinter J-M-B, die Hände auf seine Hüften gestützt. Pépite, gekitzelt, lacht schallend los, bietet den Hals den Lippen J-M-Bs dar, der verwegener wird. Jonathan steht auf von seinem Stuhl, der umkippt, und packt Pépite, die ein »Wow!« ausstößt, unsanft am Arm. »Was hast du, Jonathan?« J-M-B fällt beinahe um und rempelt Vanika an. Jonathan sagt Pépite nur zwei Worte, die in ihrer Lautstärke die Umfassungsmauer des Hofs durchdringen: »Genug jetzt!« Jonathans Geste lässt die anderen in der Bewegung innehalten. Eine Kühle breitet sich aus, während zugleich die Musik verstummt. J-M-B dreht sich zu Jonathan um, streicht ihm mit der Hand über den Kopf, umarmt ihn und sagt dabei: »*Pa gen danje, brother. Se chill n ap chill!*«* Die Musik setzt wieder ein, aber sie bleiben noch überrascht sitzen, bedienen sich wieder mit Käse, Crackers und Bier. Vanika bittet Alain, ihr zu zeigen, wo die Toiletten sind, und geht zum Haus. Jonathan hat sich beruhigt, Pépite sitzt auf seinen Knien und schmust mit ihm. Caroline langweilt sich und schaut auf die Uhr. Alain hat den Kopf in Richtung Haustür gedreht, von woher Vanika zurückkehren muss. Er hält es nicht aus, sie nicht zu sehen, ihre schwarze Wärme nicht zu spüren. Eine gute Viertelstunde vergeht. Vanika erscheint endlich wieder, ihr voran eine Vibration, die sie alle dazu bringt, ihre Gesichter ihr zuzuwenden. Sie ist von etwas bewohnt, das nicht da war, bevor sie zur Toilette ging. Ihr Blick, ihre Haut, ihr Blut stehen unter dem Eindruck einer Emotion, die ein paar welke Blätter am Boden in Bewegung versetzt. Caroline bricht das Schweigen:

»Du machst ein seltsames Gesicht, Vanika. Hast du ein Gespenst im Haus gesehen?«

Vanika sieht sie an und sagt nichts. Sie setzt sich wieder neben J-M-B, nimmt ihm die Bierflasche, deren Verschluss er gerade geöffnet hat, aus den Händen und trinkt einen Schluck daraus.

* Keine Gefahr, Bruder. Wir chillen doch nur.

35

Emmanuela parkt ihren Wagen in dem engen Sträßchen. Bevor sie aussteigt, wirft sie einen Blick in ihren Rückspiegel und in die Runde, der einfallende Schatten begünstigt Überraschungsangriffe. Es wirkt aber alles normal. Die Anwohner kommen und gehen, ein Ameisenhaufen, der zwanzig Meter weiter unten die Hänge der Bergspalte hinaufklettert, die zu Jalousie geworden ist. Das riesige Elendsviertel nimmt die gesamte Westseite von Pétionville ein, zieht sich durch Juvénat und erstreckt sich kilometerlang oberhalb von Port-au-Prince bis in den Süden nach Martissant. Jalousie ist eine Troglodytenlandschaft. Tausende Betonwürfel auf dem Abhang der Anhöhen, mit einem oder zwei Fenstern an der Vorderseite und steilen Treppen, damit man sich hier bewegen kann. Die Straße von Couz ist ein Übergang zwischen zwei Welten, zwei Universen, die nebeneinander leben, ohne sich zu kennen. Eine unbedeutende Straße, die im Herzen von Pétionville mit seinen asphaltierten Straßen und seinem städtischem Putz in einen Abgrund führt.

Couz hat abgenommen. Sie hat keinen schwarzen Faden mehr im Haar. Die Auswirkungen ihres verlängerten Fastens sind auf den ersten Blick zu erkennen. Sie ist zerbrechlich in ihrem weiten, weißen Kleid. Bewegt sich langsamer und lächelt nicht. Und dennoch fühlt man, wie eine große Gelassenheit sie umgibt. Sie ist bereit, den Sprung zu vollbringen, zu tauchen gegen den Strom der Zeit. Der Zeit, die sich heute um sie, um Elvire, Alain, Beverly, Billy Boy, alle Familienmitglieder ohne Ausnahme, wo immer sie sich aufhalten, zusammenzieht. Couz breitet zu Emmanuelas Begrüßung die Arme aus, umarmt sie aber nicht, ihre Körper berühren sich nicht. Sie sagt zu Emmanuela:

»Du bist neulich heimtückisch angegriffen worden ... Sie haben deinen Schoß auf die Probe stellen wollen. Du hast dich gewehrt. Du wirst mit jedem Tag stärker, weil du betest. Wie geht es Alain?«

»Ach ... es scheint ihm gut zu gehen, ich bin mir aber nicht sicher. Er spricht jedenfalls weniger mit mir. Aber wie weißt du das alles, Couz?«

»Wenn ich bete, kann ich viele Dinge sehen, Emmanuela. Amédée, mein Bruder, hat nicht beten können. Er ist lieber nach Kuba geflogen, um sich der Zwangsvorstellung zu entledigen, die ihn wahnsinnig machte.«

»Welcher Zwangsvorstellung, Couz?«

»Hm ... Amédée, der *boy-scout*, der aufrechte Mann mit stolzem Herzen. Er hat sich an Solène, seiner angebeteten kleinen Tochter, seinem Augapfel vergangen. Er hat sie zur Frau gewollt. Sie war noch keine zehn Jahre alt. Seine Verzweiflung ist unerträglich geworden, er verabscheute sich. Deshalb hat er ein Flugzeug nach Kuba genommen. Wir haben dort Verwandte, einen Zweig, der seit langen Zeiten in Guanabacoa, einer kleinen Stadt in der Nähe von Havanna, lebt. Dort hat ein *babalao**, ein entfernter Vetter namens Jean-Baptiste Valdès, seinen Körper von der Macht des Engels befreit. Eine mystische Kastration. Und seitdem hat Amédée nie wieder eine Frau gehabt, das ist über vierzig Jahre her.«

»Mein Gott!«

»Nach seinem Aufenthalt auf Kuba ist er nach Afrika geflogen, hat seine Ehefrau und die Kleine verlassen. Er musste Ozeane zwischen sich und seine Erinnerung bringen.«

»Wie er darunter gelitten haben muss ...«

»Ja, ein namenloses Leiden. Aber was er auch denken mag, und trotz der Entfernung sind Amédée und die Familie, die er in Haiti verlassen hat, nicht sicher vor Repressalien. Die Ereignisse der letzten Wochen, Emmanuela, haben es uns bewiesen. Ich habe heute Morgen mit Elvire gesprochen, bei ihr laufen die Dinge nicht besser. Billy Boy ist närrisch geworden. Man hat ihn in eine psychiatrische Klinik einweisen müssen. Und ... Valérie erlebt seit dem Tod ihres Mannes seltsame Dinge in ihrer Wohnung in Nantes. Der Weihrauch der Geopferten hat sich in der Wohnung bemerkbar gemacht. Sie rächen sich dafür, dass Jacquot sich ihnen entzogen hat ... Es wird Zeit, dass all dieses Leid endet. Heute um Mitternacht gehe ich hinunter ins Allerheiligste, weil ich an das Wunder glaube und mich in Zukunft

* Priester der Santería, einer dem Voodoo ähnlichen Religion auf Kuba.

nichts erschüttern kann. Elvire wird im selben Moment mit Beten und Fasten beginnen. Geh du weiter deiner Arbeit nach, sei aber bereit, jeden Moment einzuschreiten. Die kommenden Stunden, Töchterchen, entscheiden unser Schicksal. John und Célia sind gewarnt. Sie dürfen sich nicht beunruhigen, mich unter keinem Vorwand stören. Jene ... sie werden versuchen, mich daran zu hindern. Sie werden versuchen, mein Herz auszulöschen, mich auf dem Weg aufzuhalten. Ich mache mich aber auf. Beverly und Samantha ... ihr Blut läuft bereits tropfenweise. Ich weiß nicht, ob ich die Blutung rechtzeitig stillen kann. Die Zeit der Opfer ist gekommen, Emmanuela. Gina will nichts von meinen Warnungen hören. Sie hat mir gesagt, ich solle das Vergangene in der Vergangenheit lassen und ihre Töchter nicht traumatisieren. Mich peinigt der Gedanke daran, was uns zustoßen kann, aber davon abgesehen spüre ich nichts, ich kann meinen Schmerz und meine Befürchtungen vollkommen außer Acht lassen. Ich habe jede Emotion aus mir vertrieben und werde die Kehrseite des Labyrinths gelassen betreten. Es ist allerhöchste Zeit. Ich bin endlich bereit.

Eins um das andere leuchten die Lichter in den Häusern von Jalousie auf. Vom Stand eines Gastwirts, der sich zwei Schritte vom Supermarkt *Le Royal* entfernt niedergelassen hat, weht zu ihnen herüber ein Duft von gegrilltem Huhn. Emmanuela schweigt. Das alles muss ein Traum sein, eine von A bis Z erfundene Geschichte. Sie sitzt nicht im Wohnzimmer von Couz, die sich gerade von ihr verabschiedet, um eine Reise anzutreten, von der sie vielleicht nicht zurückkehrt. Sie stellt sich Szenarien für diese Geschichte vor. Und wenn Couz nicht wiederkäme? Und wenn sie ohne die Botschaft zurückkehrte, ohne die Lichtwaffen, ohne die Worte des Erzengels? Und wenn diese Botschaft nur eine Utopie, eine Familienlegende wäre und keinerlei Macht hätte, zunichte zu machen, was in Truitier angezettelt wurde? Keinerlei Macht, um sie, ihre Generation und die folgenden zu schützen? Wie soll sie mit ihrem Türschloss, das jede Nacht knackt, mit dem Ekel erregenden Rauch leben? Wann werden sie bei ihr zum letzten Angriff ansetzen? Und wenn ... Couz unterbricht die Gedanken Emmanuelas, die sie deutlich zu lesen scheint.

»Sei mit mir während dieser Zeit, Emmanuela. Zweifle nicht.

Ich werde deine Kraft, deine ganze Kraft brauchen. Je stärker du bist, desto hartnäckiger ist der Geist hinter dir her, um dich zu vernichten. Sein einziges Ziel besteht in der Vernichtung allen Widerstands, der sich vor ihm erhebt, und er weidet sich daran, ihm zuzusetzen. Er hat jedoch auch Angst zu scheitern, und das weiß ich. Ich werde dich nicht verlassen. Nur du und ich können diese Mission erfüllen. Gott allein weiß, warum. Es ist nicht mehr die Zeit, Fragen zu stellen. Bete für mich und warte auf mich.«

Die beiden Frauen verstummen. Die Stille zwischen ihnen ist voller Liebe, Vertrauen und Hoffnung. Nach einigen Minuten sagt Couz:

»Emmanuela ... ich möchte dich nur um eines bitten.«

»Ja?«

»Falls ich nicht zurückkehre ... es ist zwar die letzte, aber sehr reale Möglichkeit ... falls ich nicht wiederkomme, gibt es Handgriffe, die du für mich ausführen musst.«

Emmanuelas Herz schlägt schneller. Sie möchte abhauen, ihre Schuhe wegreißen und barfuß fliehen, ziellos davonlaufen wie eine Verrückte. Sie könnte aber nirgendwohin laufen. Unter ihren Füßen ist überall der Abgrund. Sie ist, wie Couz, eine Lichttänzerin. Sie glaubt jetzt daran und ist davon geblendet. Couz fährt ungerührt fort.

»Falls ich nicht zurückkehre, falls meine Kräfte mich unterwegs verlassen, bitte ich dich, nach einem Zeichen auf meiner Haut zu suchen.«

Emmanuela spürt einen lebhaften Schmerz im Nacken und führt die Hand dorthin.

»Einem Zeichen?«

»Ja. Falls ich sterbe, musst du dieses Zeichen suchen ... auf meinem Nacken ... ein Kreuz. Ein ganz kleines Kreuz. Du musst sorgsam danach suchen. Wenn du es entdeckst, heißt das, alles ist gut, ich bin in Frieden hingegangen. Wenn du es aber nicht findest ...«

Emmanuela verzieht das Gesicht, während sie im Nacken die gespannten Muskeln massiert. Die Spannung steigt ihr in die Schläfen hoch. Sie schaut aus dem Fenster, hört die Rufe zweier Jungen, die trotz der Dunkelheit einen Fußball treten. Diese jugendlichen Stimmen bringen sie in die Wirklichkeit zurück. In ihre Wirklichkeit. In die Welt, die sie sehen und hören kann, in der sie bleiben will. Sie holt tief Luft.

»Erinnerst du dich an die Geschichte meiner Tante Suzanne? Was man tun musste, um sie zu befreien?«

»Ja ... Daran erinnere ich mich.«

»Gut. Wenn du das Kreuz an dieser Stelle meiner Haut nicht findest, mach dasselbe mit mir ... halte mein Herz wirklich an ... ohne einen Moment zu zögern, ohne zu viel Zeit zu verlieren und ohne zu versagen. Zweifle kein bisschen im Kopf, lass dich weder durch einen Skrupel noch durch eine Seelenregung verwirren. Ich weiß, dass ich dich da um etwas Gewaltiges bitte, aber kannst du es mir versprechen?«

»Ja, Couz, ich verspreche es dir ...«

»Gut, Töchterchen. Ich habe gewusst, dass ich mich auf dich verlassen kann.«

»Couz?«

»Ja?«

»Und wenn du nicht zurückkehrst? Und wenn du ohne die Botschaft des Erzengels zurückkehrst? Was soll ich dann tun?«

Couz antwortet nicht. Sie steht auf, ergreift vor ihrem Fuß einen mit Wasser gefüllten Aluminiumbecher und gießt ihn auf die Erde der roten Anthurie auf dem Fenstersims. Ihre Schritte sind lautlos, ihre Bewegungen langsam, Gesten einer Messe, eines stummen Rituals. Emmanuela hört, wie das Wasser den Durst der Pflanze löscht, fühlt es in die Wurzel, in jede Faser rinnen. Ihr ganzer Körper zittert dabei. Ein flüchtiges Vibrieren, das ihr bedeutet, Vertrauen zu haben. Ein großer Durst wird in ihr selbst gelöscht.

»Jedes Ding wird zu seiner Zeit geschehen.«

Sie nimmt die Antwort von Couz als die schönste Wahrheit entgegen.

36

Gelobt sei der Alptraum, der uns enthüllt, dass wir die Hölle erschaffen können. Gelobt sei der Engel, der den Countdown des Blutes in Gang bringt. Gelobt sei der ersehnte Tag, an dem deine Hand zuschlägt, an dem die Sonne sich verschleiert und die Herrschaft in ein neues Zeitalter eintritt. Fürchte nichts, die Schatten umgeben dich, du bist zu Hause und der Engel verteidigt deine Tür. Du sollst nicht zaudern. Deine Mission ist dir vorausgeeilt und erlöst dich auf kommende Jahrhunderte hinaus. Schlage geradeaus vor dich hin. Lösche alles aus, was dir ähnelt, alles, was dich von dir selbst entfernt. Du bist die Einzige, die Erwählte, deren Erinnerung niemals vergehen wird. Das Blut muss am Tag der Geburt lebhaft und warm fließen. Sad Tulb ssum ma Gat red Trubeg tfahbel dnu marw neßeilf.

Die Botschaften beginnen alle in gleicher Weise und enden in einem umgekehrten Schlusssatz, um den Pakt zu besiegeln. Beverly hat jeden Tag in der Woche eine von ihnen erhalten. Die Stunden erscheinen ihr lang, bevor sie nach Hause in ihr Zimmer zurückkehrt und sich mit ihrem Bildschirm einschließen kann. Sie findet wohlig beängstigt die seltsamen Sätze am Ende ihrer Geschichte, da, wo sie zuletzt zu schreiben aufgehört hat. Worte, die von so weit her zu kommen scheinen und sie tiefer in ein schrecklich beängstigendes und aufregendes Labyrinth einladen. Sie löscht sie nicht mehr. Jede Botschaft ist ein Fingerzeig, die Richtung, in die ihre Geschichte weitergehen soll. Alles erscheint so selbstverständlich, die letzten Widerstände fallen bereits, alles wurde geduldig aufgebaut wie ein großes Spinnennetz rund um das Haus. Beverly schreibt jetzt jeden Abend, spürt die Müdigkeit nicht. Mit dem Wiederholen des Schulstoffs und ihren Hausaufgaben ist sie rechtzeitig fertig, in der Woche zweigt sie Stunden vom Schlaf zum Schreiben ab, und ihre Energie scheint unerschöpflich zu sein. Obwohl ihr Körper und ihre Augen allmählich Spuren ihrer Nachtarbeit aufweisen. Doktor Longway hat es bemerkt und sie zu Hause klinisch untersucht. Offenbar ist, abgesehen von ein wenig Überarbeitung, alles in Ordnung. Magnesium. Vitamin C. Flüssigkeitszufuhr. Mitsamt dem Verbot, in den Nachtstunden an ihrem Computer zu arbeiten. Die Mutter verspürt einen Anflug von Stolz, zu sehen, wie sehr ihre Tochter die Leidenschaft fürs Schreiben erfüllt und von ihr Besitz ergreift. Eine frühe und verschlingende Leidenschaft. Für Beverly scheint sich eine Laufbahn als Schriftstellerin anzubahnen. Die Schule steht zwar an erster Stelle, aber wenn die Leidenschaft da ist ... Gina Longway wäre überglücklich und erleichtert, wenn auch Samantha eine Begabung an sich entdeckte. Das arme Schätzchen ist eifersüchtig auf ihre Schwester. Sie sieht Gespenster und erfindet seltsame Dinge, die sich angeblich im Haus und sogar in ihrem Körper abspielen. Eine typische Reaktion seit ihrer Kindheit. Sie hat ihre Regel seit drei Monaten nicht gehabt, sicherlich hat der Stress zum Ende des Schulabschnitts damit zu tun. Ansonsten geht es Sam sehr gut. Sobald die Schule aus ist, will Doktor Longway in ihrem Krankenhaus Routineuntersuchungen und einen Schilddrüsenfunktionstest an ihr vornehmen. Als sie Kinder waren, ist manchmal die Eifersucht zwischen den beiden Schwestern fast in körperliche Gewalt ausgeartet. Harmonie und totale Eintracht zwischen Zwillingsschwestern sind ein Mythos, ein naives Klischee, das diejenigen rührt, die sie von außen sehen. Sie können sich mit der gleichen Heftigkeit lieben und verabscheuen. Einander übel mitspielen. Sich bis aufs Blut misshandeln. Solche Vorfälle verbleiben im Repertoire der Familiengeheimnisse. Diese Zeit ist aber zum Glück recht fern. Manmie Paula ist die einzige, die sich Samanthas Geschichten wohlwollend anhört. Am Telefon ist sie offenbar schrecklich aufgeregt gewesen und hat von ihrer Tochter verlangt, ein Kruzifix in jedes Bett zu legen und an jedem Morgen und Abend das Haus mit Weihwasser zu besprengen. Es hatte sie ein im Wohnzimmer heruntergefallenes Foto und ein Geruch im Haus beunruhigt. Tatsächlich ist vor kurzem ein unangenehmer Geruch aus dem Keller aufgestiegen, doch Christopher hat sich darum gekümmert. Und warum sich aufregen und das Böse überall sehen, weil ein gerahmtes Foto vom Kaminsims fällt und zerbricht? Samantha weist auf die erloschenen Augen im Foto von Manmie Paula hin.

Samantha ist zu allem fähig, um die Aufmerksamkeit auf sich zu lenken. Gina hat sich niemals den mysteriösen und esoterischen Aktivitäten Paulas widersetzt, aber sie soll bitte den Teufel nicht auch noch bei ihr in Chicago jagen. Freundlich und bestimmt hat Gina ihrer Mutter gesagt, sie solle sich nicht beunruhigen und die Sorge um ihr Haus ihr überlassen.

Beverly setzt sich hinweg über die Anweisungen von Doktor Longway. Hinter ihrer verschlossenen Tür sind ihre Lichter gelöscht. Nur der Bildschirm des Computers beleuchtet das Zimmer mit einem außerirdischen Licht. Beverly fühlt intuitiv das Ende der Geschichte, die in den Reis- und Zuckerrohrfeldern von Truitier begonnen hat, über drei Kontinente gereist ist und die abzuschließen ihr obliegt. Diese Aussicht erregt sie in höchstem Grade. Sie ist besessen davon. Sie träumt schon, dass ihr Buch ein Bestseller wird. Endlich kommt ihr Geburtstag. Nur noch drei Tage.

37

Jean-Michel-Basquiat ist ungeduldig, Emmanuela Vanika vorzustellen. Er erscheint mit ihr bei Einbruch der Nacht, als schon die Zikaden sich der Dunkelheit bemächtigen. Emmanuela spricht am Telefon mit Patricia. Sie macht ihnen Zeichen, sich in den Garten zu setzen, sie werde sich zu ihnen gesellen. Alain, der ausgegangen ist, um eine Flasche Propangas zu kaufen, wird gleich da sein. J-M-B ist glücklich. Er hat Emmanuela gern und möchte, dass sie das Mädchen, das ihn glücklich macht, kennenlernt. Er fühlt sich als ein Sohn des Hauses, und Emmanuela ist diejenige, die für ihn am meisten einer Mutter ähnelt. Er will ihr zeigen, dass er wirklich zu lieben versteht und ihn Vanika mit einem einzigen Blick um die Erde mitnehmen kann. Er will ihr auch ohne Worte zu verstehen geben, dass er, wenn er auch nicht schön und stark wie Alain ist, ganz in Vanika aufgeht und dort ihrem Bruder Edwin begegnet. Er möchte ihr verständlich machen, dass er Vanika begehrt, wie er einen Mann begehren würde, dass er sich in ihre Mondlandschaft verirrt und deshalb manchmal am liebsten weinen würde.

Emmanuela und Patricia sprechen sich jetzt mehrmals täglich am Telefon. Emmanuela sagt ihrer Freundin, dass Couz an diesem Abend um Mitternacht zu der Reise aufbricht. Sie sagt ihr, dass Alain sich ihr gegenüber zurückhält, nachts schläft, aber keine Erholung findet, dass sie nicht in ihm lesen kann, sie sich nicht mehr ohne viele Worte verstehen, sie den Eindruck hat, dass er ihr etwas verübelt, aber nicht sagen könnte, was genau. Wahrscheinlich verübelt er ihr diesen *zanj*, der wie eine verfaulte Frucht aus ihrem Stammbaum gefallen ist und ihr Leben aus der Bahn geworfen hat. Dabei schien er in ihrer Prüfung solidarisch mit ihr zu sein, und er hat sogar Couz besucht. Sie verliert die Kontrolle über ihre Beziehung zu ihm und kann nichts dagegen tun. Emmanuela hätte gern gesehen, dass er sich in ein Mädchen verliebt, mit ihr Zukunftspläne schmiedet, auch auf lange Sicht. J-M-B und seine nahezu krankhafte Liebe zu Vanika erinnern sie an diesen großen Mangel im Leben ihres Sohnes. Sie hat Schuldgefühle. Alain in einer dauerhaften Beziehung zu sehen, würde ihr die Gewissheit geben, dass ihr Sohn im Einklang mit seinen Empfindungen lebt. Seit Andrés Tod ist sie keine vorbildliche Mutter gewesen. Es ist ihr unmöglich, das Gefühl einer Distanz zu ihrem Sohn an irgendwelchen Handlungen festzumachen, aber sie könnte auf diese Gewissheit ihren Kopf verwetten. Das ist eine Frage des Instinkts. Ein Feeling innen, in ihren Eingeweiden. Seit dem Wachtraum, den sie mit Alain im Bett gehabt hat, seit sie sich seiner Verwundbarkeit bewusst geworden ist, hält ihr ganzer Körper Wache, ihr sensibles Wesen wartet gleich einer Antenne.

Vanika ist hübsch, ein wenig vulgär in ihrer Art, sich zu geben, aber hübsch. Sie bedarf keiner Tricks, um schön zu sein, nur ein bisschen Glanz auf den Lippen, ein paar Muscheln an ihren Zöpfen. Sie trägt ein rosafarbenes T-Shirt, eine eng anliegende schwarze Hose und hochhackige Sandalen, man würde sie aber für nackt halten. Man spürt die Wärme unter ihrer Haut. Ihr Geruch ist anziehend, wenn er auch zu viel Platz einnimmt. Sie bemüht sich, Emmanuela zu gefallen, die sie höchst aufmerksam beobachtet. Vanika sagt, dass ihr der Garten und die Blumen gefielen, sie gern welche gehabt hätte, um sich selbst darum zu kümmern. Emmanuela erzählt ihr, dass André das Blumenbeet, die Palme aus Porto-Rico mit ihrer langen roten Beerentraube, die beiden milchig blühenden Frangipani gepflanzt hat. J-M-B küsst Vanika auf den Nacken, geniert weist sie ihn ab. Entweder ist sie schüchtern oder tut so. Ihr wissensdurstiger Blick hingegen wandert über alles in ihrer Umgebung, verschlingt jedes Detail, nimmt alle Farben in sich auf. Sie beobachtet das Metallgitter über ihrem Kopf, das den Garten überspannt. Scheue Sterne eröffnen die Nacht. Der Himmel scheint sie zu faszinieren. Als wäre sie unter dem Gewölbe einer Kirche. Sie bittet um ein Glas Wasser, das sie mit geschlossenen Augen bis zum letzten Tropfen leert. Danach erzählt sie unumwunden Emmanuela die Geschichte von ihrem Bruder, der unter praller Sonne bei einem Motorradunfall in der Rue Oswald Durand ums Leben gekommen ist. Sie sagt, dass Edwin sehr begeistert für Dichtung gewesen sei, manchmal selbst etwas geschrieben habe und sie es seltsam finde, dass er ausgerechnet auf dieser Straße mit dem Namen eines Dichters gestorben ist. Er habe Jura studiert. Eigentlich sei er ein guter Motorradfahrer gewesen. Ihr Bruder und sie hätten seit dem Tod ihrer Mutter immer zusammen gewohnt. Jetzt habe sie keinen Bruder mehr. Sie sagt ihr, dass sie seit dem Unfall allein in ihrem Haus in Pernier wohnt, dass aber ihre Freundin Pépite gerade erst zu ihr gezogen ist. Dass sie an manchen Abenden Angst hat und Pépite zu ihr ins Bett kommt, um sie zu beruhigen. J-M-B betrachtet sie mit einer Verwunderung, die Emmanuela nicht entgeht. Vanika spricht emotionslos, blickt einfach gerade vor sich hin. Emmanuela hat Mitleid mit ihr, der Schock ihrer Trauer ist noch offensichtlich. Sie sieht eine junge unruhige Frau, deren Augen ihr Haus durchsuchen, als könnte sie darin die Antwort auf den Tod ihres Bruders finden. Aber Emmanuela mag sie nicht, möchte sie nicht mögen. In dieser jungen Frau ist zu viel Unbekanntes und der Weg zu ihr führt über ein gefährliches Meer. Ihre Beziehung zu J-M-B hat etwas Perverses, das sie stört. Vanika ist etwa so alt, wie ihre Tochter jetzt wäre, die nach Alain kommen sollte. Wäre ihr Leben, ihrer beider Leben anders verlaufen, wenn sie eine kleine Tochter, eine Puppe gehabt hätte, deren Held Alain gewesen wäre? Emmanuela sagt ihr, sie sei willkommen in ihrem Haus, weil sie das *girl-friend* von Jean-Michel-Basquiat ist. Diese Worte hat sie gesagt, um J-M-B aufzumuntern. Das Tor knirscht. Alain kehrt vom Lebensmittelgeschäft zurück. Kurz darauf gesellt er sich im Hof zu ihnen. Als er erscheint, unterbrechen die Zikaden ihren schrillen Gesang und der Himmel neigt sich zu einer Seite. Alain ist nicht allein, ein Stück Nacht hält sich rechts von ihm.

Emmanuela versteht sofort, dass Alain und Vanika miteinander im Bett landen werden. Eine neue Gewissheit, die über sie kommt. Ihr Gefühl hat nichts zu tun mit ihren ersten gemischten Eindrücken von Vanika. Die Frau in ihr hat sich gemeldet. Diejenige, die die betäubende Stille kennt, die erstickten Seufzer, das unterdrückte Zittern, das Fieber und den Durst, an einem noch unbekannten Mund zu trinken, als hinge das Leben davon ab. Seit Alain zu ihnen gekommen ist, hat er nur einen Blick und ein Lächeln mit Vanika getauscht. Aber ihre Körper sprechen eine eindrucksvolle Sprache miteinander. Offensichtlich sind sie dafür geschaffen, sich haltlos zu nehmen. Sie vermögen kaum zu verbergen, dass sie sich zueinander hingezogen fühlen. J-M-B trinkt Bier und plaudert weiter von diesem und jenem. Er hat Vanika den Arm um die Schulter gelegt. Aber auch er hat verstanden, und in seinem Kopf befindet er sich im freien Fall. Immer häufiger schnupft er sein Pulver. Der Abend ist voller Vibrationen und Flügelschläge. Das Leben aller vier fährt in eine Kurve ohne Sicht, als das Konzert der Zikaden und die sanfte Brise wieder einsetzen.

38

Alain bereitet sich ein Sandwich mit Hühnchenresten und Salat. Hin und wieder erreicht sie das Brummen eines Automotors. Die Brise weht Bruchstücke der Predigt heran, die ein exaltierter Pfarrer über einen Lautsprecher aus seinem Tempel am Straßenende überträgt. Emmanuela zieht es jedes Mal das Herz zusammen, wenn vor ihrem Tor ein Fahrzeug langsamer fährt. Es ist die Stunde, in der Serge das Haus betrat und es mit seinem nach Zitrone duftenden Kölnisch Wasser in Besitz nahm. Serge fehlt ihr. Seine Autorität fehlt ihr. Seine Hände und ihre Schattenfracht fehlen ihr. Mit ihm verlief das Leben wie auf gut geölten Schienen, ihr Körper fand Ruhe, und jedes Ding befand sich an seinem Platz. Emmanuela hat keinen Zweifel mehr, Serge ist ihretwegen verschwunden, sie wollen alles Solide um sie herum untergraben. Sie holt tief Atem und fühlt, wie sich ihr Hals zuschnürt. Sie tut sich schrecklich leid, genau die Stimmung, in die sie nicht abgleiten darf. Selbstmitleid ruft Tränen und Schwäche hervor. Sie schließt fest die Augenlider und atmet tief durch, um sie zurückzuhalten. Jean-Michel-Basquiat und Vanika sind gegangen. Emmanuela kehrt mit den leeren Bierflaschen in die Küche zurück. Dort bringt sie Wasser zum Kochen und bereitet sich einen Tee mit Zitronenmelisse und Kaskarilla. Etwas später nimmt sie ihre dampfende Tasse und setzt sich zu ihrem Sohn an den Tisch. Behutsam streckt sie den Arm aus, um ihn mit den Fingerspitzen leicht am Nacken zu berühren. Eine liebevolle, tägliche, fast automatische Geste. Alain versteift sich, beugt sich vor, um die Berührung mit seiner Mutter zu vermeiden, und streckt den Arm nach dem Senfglas aus. Eine kaum wahrnehmbare, kontrollierte, unheilvolle Bewegung. Emmanuela sagt nichts. Sie will darin nichts Ungewöhnliches sehen. Sie erlebt einen Moment in ihrem Leben, in dem sie ihre Fantasie und ihre Sensibilität zum Narren halten und ihre Verletzlichkeit steigern. Um den Preis einer heftigen Anstrengung bringt sie ihre Gefühle und Emotionen wieder unter Kontrolle. Das Warten zermürbt sie,

sie sehnt sich nach Befreiung. Das Gebet ist der *poto-mitan**, durch den ihre Energie recycelt wird. Heute Abend fühlt sie sich jedoch schwach. Vanikas Besuch hinterlässt im Garten einen fesselnden und irritierenden Duft. Das Mädchen ist mit J-M-B zwar gegangen, verlässt aber das Haus noch nicht. Mutter und Sohn haben kein Wort gewechselt, seit die Besucher gegangen sind. Sie müssen miteinander reden. Emmanuela muss die blockierten Vibrationen in Bewegung bringen, muss die dichte, harte Stille aufbrechen. Sie öffnet den Mund, kann aber nur von Vanika reden.

»Hm ... ein hübsches Mädchen, diese Vanika. Dieser Motorradunfall, was für eine traurige Geschichte, J-M-B hat mir gesagt, dass er ihr beim Begräbnis des Bruders begegnet ist. Kanntest du ihn?«

»Ich? Nein ...«

»J-M-B scheint seine Seelenverwandte gefunden zu haben. Was hältst du von ihr?«

Alain schaut seine Mutter an und versucht ihre Gedanken zu lesen. Er hat keine Lust, mit ihr zu sprechen. Er hat auch kein Verlangen, mit ihr über Vanika zu reden. Man soll dieses Mädchen endlich in Frieden lassen, ihr Leben ist ohne die krankhafte Neugier dieser und jener schwierig genug. Und dann wird die Unterhaltung wahrscheinlich auf sein Liebesleben oder vielmehr sein fehlendes Liebesleben abdriften. Der Gedanke ärgert ihn bereits. Er erinnert sich an Carolines Kommentare über Vanika. Ohne irgendein Wort, ohne es darauf abzusehen, nimmt dieses Mädchen in seinem Leben einen unabänderlichen Platz ein. Er benötigt sie, wie er keine andere vor ihr benötigt hat. Seit er ihr begegnet ist, öffnet sich die Erde unter seinen Füßen und zieht ihn in langsamem, tiefem Fall mit, den er nicht aufhalten möchte, nicht aufhalten kann. Ein Haar Vanikas zu berühren, hieße, Jean-Michel-Basquiat bei lebendigem Leibe zu häuten. Er weiß es, kann aber nicht anders. J-M-B ist auf halbem Wege zwischen seiner Hölle und seinem Paradies, auf der gefährlichen Kreuzung

* Mittelpfeiler, der den Voodootempel stützt und durch den die angerufenen Geister herabsteigen.

seines Lebens. Alain braucht Stille, keine Worte von Emmanuela.

»Ich kenne sie nicht genügend, um mir eine Meinung zu bilden. Ich kann aber verstehen, dass J-M-B in sie vernarrt ist ...«

»Ja ... sie ist ... anders. Sag mal, triffst du Caroline noch?«

In Alain steigt heiße Lava von den Fußsohlen bis zum Bauchnabel auf. Verzweifelte Worte schwirren ihm durch den Kopf, und er muss sich schmerzhaft anstrengen, sie nicht über die Schwelle der Lippen kommen zu lassen. Hör auf. Hör auf, ich bitte dich, Emmanuela. Ich halte deinen Blick nicht mehr aus, der meine Seele, meinen Körper, mein Bett, meine Laken durchstöbert. Verstehst du nicht, dass meine Hände leer sind? Dass meine Träume leer sind? Dass ich jedes Mal den Boden des Abgrunds berühre, wenn ich dieses Mädchen sehe, das mit meinem besten Freund, meinem Bruder geht? Dass ich ihn zu hassen begonnen habe, seit ich meine Augen auf sie gerichtet habe? Dass ich einen langsamen Tod sterbe, wenn ich seine Hände Vanika berühren sehe? Verstehst du nicht, dass ich ihn umbringen, eigenhändig erwürgen, sehen möchte, wie er stirbt, wie ihm die Augen aus den Höhlen treten und die Zunge aus dem Mund kommt? Und du fragst mich, ob ich Caroline immer noch treffe? Emmanuela, lass mich endlich los. Ich flehe dich an ...«

Emmanuela ahnt nicht, was für ein Gewitter in Alains Kopf grollt. Sie wiederholt ihre Frage. In gespielt leichtem Tonfall:

»Triffst du Caroline noch? Ich finde sie nett, deine Freundin ... eher schweigsam, aber nett ...«

Alain kann nicht mehr an sich halten. Die Lava steigt hoch und ergießt sich. Sie beißt ihm ins Fleisch, und er will, dass auch seine Mutter die Zerstörung mitbekommt.

»Wann willst du mich denn endlich loslassen, Emmanuela? Wann lässt du mich endlich leben, verdammt noch mal? Willst du wissen, ob ich Caroline immer noch ficke? Also das willst du wissen? Hörst du nicht mehr die Schreie aus meinem Zimmer? Hast du schon Entzugserscheinungen? Also ja, du vermutest richtig, ich sehe sie nicht mehr. Wir haben uns getrennt. Sie langweilte mich, wie all die anderen. Verzeih, wenn ich nicht daran gedacht habe, dir rechtzeitig Bescheid zu sagen. Unser Stöhnen muss dir fehlen. Das tut mir leid, rechne aber nicht mehr mit mir, um deine Fantasien zu unterhalten. Such dir einen anderen Liebhaber. Ich kann Serge nicht ersetzen. Ich teile dir übrigens mit, dass ich bald aus diesem Haus abhauen werde ...«

Emmanuela ist erstarrt. Ihr ist eiskalt. Es geschicht etwas, so ernst wie der Tod von André. Alain hat ihr soeben ins Gesicht gespuckt, ihr ins Herz gestochen und in wenigen Sekunden ihr ganzes Leben mit Füßen getreten. Und sie begreift nicht, warum. Nur ein Wort entschlüpft ihrem Mund:

»Warum?«

Die tiefe Verzweiflung in Emmanuelas Augen versetzt Alain in helle Freude, in ein Glücks- und Machtgefühl. Er möchte sie weiter bis aufs Blut quälen.

»Warum? Du fragst mich, warum? Solltest du etwa geschockt sein von dem, was du gerade gehört hast? Nein ... Ich glaube dir nicht. Mach mir nichts vor. Du bist stark, das weiß ich. Oh ja, du bist stark. Spiele nicht die Naive, Mama. Und ich will nicht mehr das Kind für dich spielen. Ich will dir nicht mehr gefallen. Will nicht mehr das bereitwillige Opfer deiner Manipulationen sein. Der brave Junge ... der geliebte Sohn, den du unter deinen Liebkosungen erstickst, den du Tag und Nacht überwachst. Ja, du erstickst mich, du hinderst mich, ein Mann zu sein. Ich hatte dich vor Augen, wenn ich Caroline gefickt habe, hatte dich vor Augen, wenn ich all die anderen fickte. Ich fühlte mich schuldig, in diesen Momenten nicht bei dir zu sein. Du lässt mich nicht los. Aber damit ist jetzt Schluss. Ich werde frei sein, zu lieben wen und wann ich will. Ohne dich hinter meiner Tür zu haben, um mir hinterherzuspüren und mich zu verfolgen ...«

»Sei still! Du spinnst, Alain! Sei still! Du weißt nicht mehr, was du sagst!«

Emmanuela schreit beinahe diese Worte und steht abrupt vom Tisch auf. Das Schwindelgefühl zwingt sie, sich auf die Stuhllehne zu stützen. Sie will aber nicht kneifen. Sie lässt sich weder von Zorn noch von Schmerz hinreißen. Sie muss beherrscht bleiben. Sie sind nicht allein. Das Anwesende in der Küche beobachtet sie. Sie riecht im Augenblick seinen scheinbaren Geruch. Ein unglaubliches, verblüffendes aber derart wirkliches Zusammenleben. Sie teilen ihre Atemzüge, ihren Durst, ihre Ängste, ihren

Schlaf mit dieser Sache um sie, die den Takt ihres Blutes verändert, ihnen die Stunden verkehrt herum zeigt. Diese Sache, die ihr Vorhaben ausführt, zerstört, was sie menschlich macht, die Kraft der Liebe, diese Bindung an Alain, die auf ihren Bauch, ihr Zentrum zurückgeht. Sie sucht Alains Augen und sagt ihm:

»Vergiss nicht ... wir sind nicht allein. Wir müssen uns wiederfinden, Alain. Es ist nicht der richtige Moment, schwach zu sein ... Wir durchqueren ein Unwetter. Aber das kann sich ändern ...«

Alain schaut seine Mutter an, er lächelt.

»Ich weiß, woran du denkst. Couz hat mir gesagt, ich solle mich solidarisch mit dir verhalten, sie hat mir gesagt, dass wir vor einem sehr starken Widersacher stehen, dass du meine Hilfe brauchst, um ihn zu bekämpfen. Sie hat mir gesagt, dass du vom Schicksal ausersehen bist, diesem verfluchten Engel, der uns verfolgt, Widerstand zu leisten. Einverstanden, was die Familienpflichten angeht! Aber ... wo war eigentlich der Engel Yvo, als du es in all den Jahren mit deinen Liebhabern getrieben hast? Wo war er, als du im selben Jahr, in dem Papa gestorben ist, einen Mann in dieses Haus, in dein Schlafzimmer mitgebracht hast? Aus meinem Zimmer hörte auch ich deine Schreie. Ich musste mir Kopfkissen auf den Kopf packen, um deiner Wollust zu entkommen. Steh zu dir, so wie du bist, und suche keinen Sündenbock, Mama. Dann ist das weniger traurig. Und zudem ist es vielleicht jener Engel, der mich aus deinem beherrschenden Einfluss befreit hat. Was hältst du davon? Am Ende kommt er nicht nur, um uns Böses anzutun ... Du bist meine Mutter, das vergesse ich nicht. Aber ich ertrage es nicht mehr, mit dir zu leben, dieselbe Luft wie du zu atmen. Ich gehe aus diesem Haus, sobald ich für mich einen anständigen Ort finde, an dem ich leben kann.«

Emmanuela gelingt es gerade noch, ihre Tränen zurückzuhalten. Mit fester Stimme sagt sie:

»Ich bin deine Mutter, trotz meiner Irrtümer und Schwächen. Und ich will meine Pflicht als Mutter bis zum letzten Atemzug erfüllen. Ich hoffe, dass du wieder zu dir kommst. Ich will dafür beten. Höre mir aber gut zu, Alain. Bleibe in diesem Kampf an meiner Seite. Ich empfange heftige Vibrationen. Alle meine Sinne sind alarmiert. Couz tritt ihre Reise heute Abend um Mitternacht an. Alles kann geschehen. Dieser Alptraum kann innerhalb eines Wimpernschlags enden. So lange, bis ein Menschenmund Worte spricht, die Tropfen der göttlichen Quintessenz sind und die Wurzel dieses Übels auf immer ausreißen. Der Erzengel kann uns diese Macht verleihen. Er hat sie uns bereits verliehen. An uns ist es, sie wiederzufinden und sie zu nutzen. Warten wir zusammen, ohne uns in unsere Emotionen zu verzetteln ... Vergessen wir einen Augenblick unsere intimen Konflikte. Verstehst du nicht, Alain? Jede hellsichtige Minute zählt. An der Oberfläche erscheint alles normal, aber wir beherrschen weder unsere Gesten noch unsere Gedanken. Sie versuchen uns auseinanderzubringen, um uns besser entführen zu können. Wohin sie wollen. Komm Vanika nicht nahe. Ich habe kein gutes Feeling. Ich weiß nicht, was es ist. Der Moment ist nicht günstig dafür, eine Fremde zu uns zu nehmen. Lass dich nicht von diesem Mädchen verwirren. Berühre sie nicht. Sie geht mit J-M-B. Er ist verrückt nach ihr. Töte ihn nicht.«

Alain lässt sein Sandwich liegen. Er steht auf und macht unbeirrbar Ordnung auf dem Tisch. Als er fertig ist, schaut er Emmanuela an und geht, ohne ein Wort zu sagen.

39

Patricia hebt den Kopf, die Nase hoch in der Luft.

»Du sagst, dass der Geruch um uns ist ... ich rieche nichts.«

»Ich weiß. Ich allein rieche ihn. Für sie ist es so, als wenn du nicht im Haus wärest. Sie kennen nur mich ... Alain und mich. Ihre Anwesenheit zeigt sich nur denen, die sie verfolgen. Und sie sind bei dir, wohin du auch gehst. Jetzt spüre ich sie in meinem Büro, manchmal in meinem Auto. Ich kann dir nicht erklären, was das bei mir auslöst.«

»Es ist außergewöhnlich, dass du unter diesen Umständen arbeiten kannst. Ich begreife nicht, wie du es schaffst.«

»Ich habe keine Wahl ... Ich bete die ganze Zeit.«

Emmanuela verrückt den Eisbeutel auf ihrem Kopf. Ihr Blick ist tiefgründig, sie hat Ringe unter den Augen. Solange Couz auf Reisen ist, kann sie nicht schlafen. Patricia massiert ihr die Füße, die sie ihr auf die Beine gelegt hat. Kurz vorher haben die beiden Frauen vor einer angezündeten Kerze gebetet und Weihrauch abgebrannt. Patricia hat zu Ehren von Ogou einige Tropfen Rum auf die vier Wände gespritzt, um Verbindung mit ihm aufzunehmen. In einer Zimmerecke hat sie vor einer brennenden Kerze ein Bild von Dantor verkehrt herum aufgestellt. Danach haben sie den gleichen Seufzer ausgestoßen. Sie erleben die Minuten, um die ihre Wartezeit langsam abnimmt, mit derselben Intensität.

»Immer noch keine Nachricht?«

»Nein ... ein bisschen früh. Ich will John heute Abend anrufen. Vor kaum vierundzwanzig Stunden ist sie ... Tatsächlich weiß ich aber nicht, wie lange die Reise dauern soll. Couz hat es mir nicht gesagt, vielleicht wusste sie es auch nicht. Oft sagt sie das Entscheidende nicht. Sie lässt es dich raten.«

»Und Alain?«

»Immer gleich. Er ist in seinem Zimmer, aber seine Seele ist nicht mehr hier. Es ist verrückt, Patricia, noch nicht einmal eine Woche, und er ist ein anderer geworden. Ich verliere ihn immer mehr.«

Patricia bewegt ihre Finger langsam weiter kreisförmig um Emmanuelas Knöchel. Sie ist nachdenklich.

»Dieses Mädchen, das hierhergekommen ist, die Freundin von Jean-Michel-Basquiat, sag mir etwas über sie. Bist du ihr zum ersten Mal begegnet?«

»Vanika?«

Emmanuela weiß natürlich, auf wen Patricia anspielt. Sie hat den Namen genannt, um Zeit zu gewinnen. Sie braucht einen zeitlichen Abstand zwischen der Frage ihrer Freundin und der Formulierung der Worte, um ihr zu antworten. Die Frage von Patricia verschafft ihr für einige Sekunden, die Distanz, die sie benötigt, um sich klarzumachen, dass Vanika im Begriff ist, das Herz ihres Leben einzunehmen. Als Alain ihr von diesem Mädchen erzählt hat, das J-M-B verrückt macht, ahnte sie nicht, dass Vanika ihr Haus betreten und sie den flüchtigen und erschreckenden Eindruck haben würde, nicht mehr Herrin darin zu sein. Vanika ist in ihr Leben eingebrochen und nähert sich wie eine Flut, alles zu überschwemmen. Alles scheint so schnell zu gehen. Es gibt keine Anhaltspunkte, keine Steuerknöpfe mehr. Patricias Neugier bestärkt sie in ihrem Instinkt, sie hat etwas gespürt, auch ohne Vanika gesehen zu haben. Sie hat ihre Anwesenheit in den Vibrationen um Emmanuela gespürt.

»Ich weiß nicht viel von ihr, außer dass sie ein gestrandetes Mädchen ist. Sie verkraftet sehr schlecht den Tod ihres einzigen Bruders, der ein und alles für sie war. Sie hat einen seltsamen Eindruck auf mich gemacht.«

»Inwiefern seltsam?«

»Ihre Anwesenheit im Haus ... ist mir seltsam vertraut vorgekommen und hat zugleich ein ungutes Gefühl bei mir ausgelöst. Genau genommen habe ich sie abgelehnt. Das hat bei mir nicht lange gedauert. Wer ist sie, Patricia? Ich war die ganze Zeit, die sie hier verbracht hat, auf der Hut.«

Sie schweigen einen Moment lang. Patricia sagt:

»Sie kommt mitten im Unwetter ...«

»Wenn alles schon so verworren ist.«

»Die Bäume beugen sich und stöhnen.«

»Und der Regen peitscht uns ins Gesicht ...«

»Was hat Alain dazu gesagt?«

»Ich habe ihn gewarnt. Aber alles, was ich sagen kann, ist nicht mehr von Bedeutung. Er hat nicht von ihr gesprochen. Er hat es vermieden, ihren Namen zu nennen. Er ist eifersüchtig auf J-M-B. Das zumindest habe ich verstanden. Vanika und er ziehen sich magnetisch an. Auch das habe ich verstanden. Und es ist wohl das erste Mal, dass der Gedanke an Alain in Verbindung mit einem Mädchen diese Wirkung bei mir auslöst. Wenn wir doch erfahren könnten, woher sie kommt.«

»Aus welcher Stadt, welcher Familie, welchem Blut. Welche Geschichte sich mit eurer Geschichte dadurch vermischt.«

»Die einzige Person, die mir etwas dazu sagen kann, ist J-M-B selbst. Mit ihm ist nichts sicher.«

»Er weiß wohl nichts oder fast nichts von ihr. Kennst du ihren Familiennamen?«

»Nein.«

»Müsste man wissen.«

»Alain kann mit ihr nicht in dieses Haus kommen, ich weiß es und er weiß es. Ihre Verbindung ist unter diesem Dach nicht möglich. Hier gibt es einen Widerstand, der ihn verrückt macht. Einen Gebetsschirm. Den Flügel der Erzengel. Deshalb will er weggehen.«

Emmanuelas letzte Worte sind schmerzerfüllt. Patricia sieht ihre Freundin an und sagt nach leichtem Zögern:

»Es kann nicht verkehrt sein, wenn er weggeht, Emmanuela. Alain ist jetzt ein Mann, und er muss sein Leben als Mann leben.«

Emmanuela ist empfindlich getroffen. Sie weiß, dass Alain gehen muss, dass er lernen muss, ohne sie ein Mann zu sein. Das ist wahr und tut weh. Sie weiß, dass er lernen muss, allein und ungetröstet zu sein, Liebe zu erwidern, ohne dass sie ihn daran erinnert. Patricia scheint nicht zu erfassen, wie schwindelerregend der Abgrund ist, der sich zwischen Alain und ihr aufgetan hat. Alain geht rückwärts darauf zu. Und Couz ist unterwegs. Patricia hat keine Kinder, sie versteht nicht, welche Amputation Emmanuela bevorsteht. Emmanuela seufzt, neigt den Kopf zurück und legt sich den frischen Eisbeutel auf die Augen.

»Ich weiß ... Du hast Recht. Es ist Zeit, dass er geht. Aber nicht mit diesem Mädchen. Nicht mit Vanika.«

»Da sind wir uns einig. Du ... du hast von einem unguten Gefühl, während sie da war, gesprochen. Kannst du deutlicher werden? Eine physische oder psychische Empfindung?«

»Beides. Sie hat versucht, nett zu mir zu sein, aber das einzige Gefühl, das sie bei mir geweckt hat, war Mitleid. Keinerlei Empathie. Ich habe ihren Kummer verstanden. Aber hinter diesem Kummer ist etwas anderes, das ich nicht durchschaue und das mich erschüttert. In ihr gibt es eine sehr starke Präsenz.«

»Hm ...«

»Sie ist ins Haus gegangen, um die Toilette aufzusuchen. Ich bin kurz nach ihr ins Wohnzimmer gegangen. Da habe ich gesehen, wie sie das Familienfoto an der Wand genau betrachtet hat. Als sie mich sah, hat sie sich abgewandt und wortlos den Raum verlassen. Beschäftigt sie sich zwanghaft mit unserer Familie? Bin ich paranoid? Sie ist bereits vergangene Woche hergekommen. Nachdem sie weg war, hatte ich das Gefühl, dass alles um mich herum fade geworden war. Es ist töricht, aber ich habe kurz das Gefühl gehabt, dass sich mit ihr etwas von der Seele des Hauses entfernt hatte. Und diese Sehnsucht war Alain ein Stachel im Fleisch. Er wollte ihr folgen. Er litt darunter, ich fühlte es. Er hat mir Dinge gesagt, die ich wusste, die mir aber sehr wehgetan haben. Ich komme vom Thema ab, nicht wahr?«

Emmanuela hebt die Augen und stellt fest, dass Patricia ihr nicht mehr zuhört. Sie schläft nicht und schaut vor sich hin, als sähe sie sich beim Leben zu. Emmanuela legt den Eisbeutel auf einen Tisch neben sich und stützt den Kopf auf die Rückenlehne ihres Sessels. Als Patricia etwas später mit ihr spricht, ist ihre Stimme verändert. Sie nimmt den rotseidenen Schal vom Hals. Emmanuela betrachtet Patricia aufmerksamer. Ihr Schweigen. Etwas ist geschehen. Sie ist auf der anderen Seite der Stille gewesen und von dort zurückgekehrt. Eine Blitzreise. Der rote Schal. Eine Vorladung. Einen Schauder lang.

»Emmanuela ... erinnerst du dich an die Nacht im *djevo*?«

»Ja, warum?«

»Was im *djevo* geschieht, bleibt im *djevo*. Aber was dort geschehen ist, gehört auch dir und muss dir von Nutzen sein. An jenem Abend war dein Kopf frei, und Bilder haben sich bei dir eingestellt. Geister, die du nicht kennst. Denen du nicht dienst. Sie aber kennen dich. Sie sind in deiner Familie. Sie sprechen mit dir in deinen Träumen. Die *ginen*. Erinnerst du dich an deine Träume nach deinem *lavé tèt*?«

»Nein ... Hm ... Nein, mir fällt nichts ein. Ich weiß nur sicher, dass ich im *djevo* Träume hatte. Abdias hat mich morgens danach gefragt, aber nicht verlangt, dass ich sie ihm erzähle. Ich habe sie vergessen. Woran denkst du?«

»Abdias hat dich nichts gefragt, das war nicht das Ziel des Rituals. Lass uns zu deinen Träumen dieser Nacht gehen. Man sagt mir, dass ich so vorgehen soll. Willst du dorthin zurückkehren? *Anba dlo?*«*

»Ja ... Glaubst du, dass es ...«

»Das Einzige, was dir passieren kann, Emmanuela, ist, dass du dich nicht an diese Träume erinnerst. Sonst nichts. Ich werde dir nur helfen, einzuschlafen. Und dann werden wir sehen.«

»Okay.«

Patricia lässt sie sich in der Mitte des Raumes auf den Boden legen und schiebt ihr ein kleines Kissen unter den Kopf. Mit dem rotseidenen Schal streicht sie leicht über ihren Körper. »Schließ die Augen. Vergiss alles. Denk nur an jenen Abend, als du allein im *djevo*, allein im Dunkel warst. Du hast keine Angst mehr ... Das heilige Wasser und die Gebete haben deine Ängste und alle Erschöpfung aus deinem Körper entfernt. Geh den Weg zurück. Kehr unter Wasser zurück.« Der Schal bewegt sich weiter, immer leichter. Patricias Stimme entfernt sich immer weiter. Emmanuela fällt sanft. Da ist keine Wand. Da ist niemand. Glänzende Schwebeteilchen tanzen blendend und wollüstig in der Luft. Emmanuela geht über die Schwelle, sie hat keinen Boden unter den Füßen. Sie tritt in Kontakt mit den glänzenden Teilchen. Beim ersten Schritt wird sie zerschunden, von Tausenden teuflisch feinen Klingen zerschnitten. Kleine messerscharfe und glänzende Klingen, spitz wie Nadeln an den Enden, die immer tiefere Einschnitte in ihrem Fleisch hinterlassen. Sie tritt in die Strudelbewegung ein und stirbt bei jedem Schritt. Ihre Schmerzen

* Unter Wasser?

sind namenlos. Seltsamerweise fließt bei dieser Marter kein Blut, und sie weiß, dass sie in die Marter eingetreten ist. Der Glanz der Teilchen brennt ihr in den Augen. Sie dringen ihr in den Mund und verschlingen sie von innen. Sie hat aber keine andere Wahl als weiterzugehen. Ihr steht kein anderer Ausweg offen. Umkehren kommt der Vernichtung, dem Fall in den Abgrund, dem Ende aller möglichen Überquerungen gleich. Der Übergang bis zur anderen Seite der Lichtwand und der verschlingenden Teilchen ist lang. Sie ist spät dran, wie üblich. Alain erwartet sie im Auto. Sie ist fast fertig. Sie muss spätestens in den nächsten fünf Minuten, äußerste Grenze, aus dem Haus gehen, sonst kommt Alain zu spät zur Schule und sie zur Bank. Eine Wolke Parfum. Der Handspiegel für einen letzten Blick über dreihundertsechzig Grad. Es ist dort, hinter ihrem Kopf, mitten in ihrem Haar, das zwiegeteilt ist, um es hinauszulassen. Es ist riesig, monströs. Den Handspiegel vor Augen wendet sie den Rücken zum großen Badezimmerspiegel. Sie sieht ihren Hinterkopf. Dort ist es. Das Auge, das sie betrachtet. Sie sieht das Badezimmer in zwei Dimensionen. Ihr ist gerade etwas Unglaubliches geschehen. Sie nimmt ihre Handtasche vom Bett und eilt in den Hof hinaus. Ihr Herz schlägt zum Zerreißen. Sie versucht, das Augenlid ihres rückwärtigen Auges zu schließen, um den Schwindel anzuhalten. Noch handhabt sie diesen Befehl nicht gut, muss ihn aber hinbekommen. Es ist, als schaue sie unentwegt in einen Rückspiegel. Um aus dem Haus zu gelangen, fährt sie im Auto im Rückwärtsgang einen Tunnel entlang. Auf dem Rücksitz weint Alain. Schließlich kommt sie aus dem Tunnel hinaus. Da stehen zwei Männer und verlangen die Wagenpapiere. Als sie sie ihr zurückgeben, betrachten sie sie argwöhnisch. Sie nimmt sie in Empfang und fährt aufs Land. Das Wetter ist schön, es ist Mangozeit, und die Mangobäume sind übervoll, zahlreiche Fliegen summen in den Pflanzen. Die Sonne ist stark, die Erde von Hitze durchtränkt. Emmanuela steigt aus dem Wagen und geht auf die Hütte am Straßenrand zu. Einige Pfützen sind da, sie passt auf, ihre Schuhe nicht zu beschmutzen. Sie muss sich bücken, um durch die niedrige Tür einzutreten. Im Innern dieses Einzimmerhauses mit einem Holzpfosten in der Mitte ist es dunkel. Viele Leute gehen ihrer Beschäftigung nach, einige liegen, andere essen. Man weist sie zu einer Ecke des Raums, wo die Großmutter auf sie wartet. Die alterslose Greisin betrachtet sie lange Zeit. Sie zieht unter ihrem Lager einen Gegenstand hervor und reicht ihn ihr. Es ist eine lederne Umhängetasche. Emmanuela bedankt sich, nimmt die Tasche und geht. Draußen am Licht öffnet sie die Tasche und findet darin einen Säuglingskopf, der den Mund zum Schreien aufreißt, mit schwarzen Lippen und spitzen Zähnen. Emmanuela wirft die Tasche weit von sich, eine Galleflut steigt ihr in den Mund.

»Sie hat mir die Tasche gegeben ... ich habe den Teufel gesehen, Patricia.«

Emmanuela öffnet die Augen. Sie fühlt noch unter ihren Fingern das Leder der Tasche, die sie in ihrem Traum hielt. Patricia zieht sanft ihre Hände zurück, die sie Emmanuela auf den Kopf gelegt hatte. Ihre Gesichtszüge sind angespannt.

»Wer war es?«

»Eine Alte ... die auf einem Tierfell lag ... in einer Hütte voller Leute.«

»Ist sie der Teufel?«

»Nein. Sie kennt mich. Sie meint es gut mit mir. Ich habe es gespürt.«

»Hat sie mit dir gesprochen?«

»Nein. Sie hat mir nichts gesagt, mich aber lange angeschaut. Und sie hat mir die Tasche mit dem Kinderkopf gegeben.«

»Einem Kinderkopf? Was für ein Kind?«

»Der Teufel ... das Entsetzen ... ich habe das Entsetzen in meinen Händen gehalten ... ich kann es dir nicht beschreiben. Sein Anblick bricht einem die Knochen. Es ist schrecklich.«

»Das Baby des Teufels ... es dient dazu, sich bei Müttern einzuschmeicheln, die ein Kind in ihrem Bauch getragen oder ein Kind wie eine Mutter geliebt haben. Es kann schön sein, dieses Baby, du aber hast sein wahres Gesicht gesehen, Emmanuela. Das Kleine der Bestie. Jetzt kennst du es, die Alte hat es dir gezeigt.«

»Wer war die Alte?«

»Eine *grann* ... Eine Urahne. Sie bewahren die Erinnerung, sie sind auch Wächterinnen. Man will dir sagen, dass sie bei dir sind ... in deinem Innersten. Das Kind ist in deinem Schoß.

Nur das Feuer kann es zerstören ... Vergiss es nicht, Emmanuela. Was gibt es Neues an dir? Hast du Unterwäsche gekauft ... einen Lippenstift ... Modeschmuck?«

»Nein, mir steht im Moment der Sinn nicht danach, Ausschau nach Nippes zu halten, Patricia.«

»Hast du ein Geschenk erhalten? Irgendetwas, das vorher nicht da war?«, fragt Patricia unerschütterlich weiter.«

»Ich könnte es dir nicht sagen ... ich glaube aber nicht. Einen Gegenstand? Kannst du dir vorstellen, mit wie vielen Dingen ich täglich umgehe?«

»Ein ganz persönliches Ding ... nicht irgendetwas.«

»Warte mal! Ich bin nicht sicher, ob das damit zusammenhängt ... es ist nichts Neues ... ich habe neulich die Brieftasche von André gefunden. Sie war leer.«

»Die Brieftasche von André? Wo war sie? Was hast du damit gemacht?«

»Ich habe sie in meine Handtasche gesteckt. Nur, um sie nicht wieder zu verlieren. Sie ist das Einzige von ihm, was ich nach dem Unfall wiedergefunden habe. Erinnerst du dich? Und neulich, als ich die Schubladen im Gästezimmer ausgeleert habe, ist sie mir in die Hände gefallen. Ich könnte dir nicht sagen, wie sie dort gelandet ist.«

Emmanuela spricht von der Brieftasche und kommt zu der Einsicht, dass sie sie an jenem Tag nicht hätte an sich nehmen sollen. Es geschah in einem Moment der Schwäche, denn als sie es tat, kam ihr ein Zweifel. Es war aber doch ein Stück von André. Das Leder der Brieftasche zu berühren, beruhigt sie. Patricia antwortet ihr beunruhigt:

»Ja, ich erinnere mich daran. Wo ist sie? Zeig sie mir.

Emmanuela steht auf, geht in ihr Schlafzimmer, kehrt mit der ledernen Brieftasche zurück, die sie Patricia reicht. Als sie die Handtasche öffnet, sieht sie das Weihwasserfläschchen, das Couz ihr gegeben hat. Sie wäre gern in einem Traum, ist aber in einem schrecklich wirklichen Alptraum. Einige Minuten lang ist die Brieftasche für die beiden Frauen der Mittelpunkt der Welt. Emmanuela sieht zu, wie Patricia sie befühlt, mit den Fingern reibt, sie sich unter die Nase hält, das Zentralfach für die

Geldscheine öffnet, dann die Fächer, in die man die Kredit- und Visitenkarten schiebt. Der Gegenstand ist lebendig. Er besteht aus demselben Leder wie die Tierhaut, die sich im Traum unter dem Rücken der Alten befand. Patricia forscht weiter, sagt nichts. Emmanuela greift zu ihrem Handy, um John anzurufen. Sie weiß, dass es noch früh für Nachrichten ist. John hätte sich bestimmt gemeldet, wenn es etwas gäbe. Wenn er ihr bestätigen müsste, worauf sie wartet. Sie will ihn dennoch anrufen, um irgendetwas zu tun. Patricia gibt einen eigenartigen Laut von sich. Einen Laut, wie man ihn ausstößt, wenn man die Tür öffnet und dahinter auf einen versteckten Unbekannten trifft. Patricia befühlt die Brieftasche noch genauer, ihr Zeigefinger verharrt besonders auf einer Stelle.

»Eine Schere, gib mir eine Schere.«

»Fühlst du etwas?«

Patricia antwortet nicht. Emmanuela holt eine Schere vom Bürotisch und reicht sie ihrer Freundin. Patricia schneidet äußerst sorgfältig aus der Oberseite der Brieftasche dicht am Rand ein Lederquadrat heraus, das unter dem Schnitt der Schere ein kleines schwaches Geräusch abgibt. Emmanuela tut der Hals weh. Die Schere schneidet ihr in den Hals. Patricia hebt das ausgeschnittene Leder an und zieht behutsam ein viereckiges Stück Pappe heraus, das unter das seidene granatfarbene Futter geschoben war. Ein Foto. Ein vergilbtes Foto. Ein kleines, vorpubertäres Mädchen in Uniform am Eingang einer Schule. Das Gesicht des Mädchens ist verschwommen, ein misslungenes Foto. Ihre Haut ist schwarz, der Kopf gekrönt von kleinen Zöpfen, an deren Enden Schleifen hängen, die wie Schmetterlinge unter der trüben Sonne der Aufnahme tanzen. Sie verschlingt mit den Augen die Person, die sie aufnimmt, würde gern in den Apparat schlüpfen und mit ihr auf und davon gehen. Ein Foto, geschoben in ein Fach, das sicherlich geöffnet und hinterher fest verschlossen wurde. Ein kleines Mädchen, das André immer bei sich wissen wollte, auch wenn er es nicht sah. Auf der Rückseite des Fotos stand ein Datum, wenige Tage vor seinem Unfall eingetragen. Emmanuela und Patricia schauen einander schließlich an, bewegt von denselben Zweifeln und derselben Angst.

40

Durch die Heirat mit Emmanuela, genau ein Jahr nach ihrer Begegnung bei gemeinsamen Freunden, geriet André Lenois ahnungslos in den Plan des Engels Yvo. Er trat in eine Geschichte ein, die nicht zu ihm gehörte, die er aber fortsetzte, indem er Emmanuela einen Sohn gab. Auch wenn er Edouard Ducasse geheißen hätte, wäre das vollkommen gleichgültig gewesen. Es geschah ganz zu Beginn der 1990iger Jahre am Ende der Diktatur, unerhört schnell folgten provisorische Regierungen und Staatsstreiche aufeinander, die Demokratie war auf der Suche nach sich in einem Haiti, das allen Träumen und Abwegen offen stand. Es war erregend, ein junges Paar in diesen Zeiten der Straßendemonstrationen und sozialen Forderungen zu sein, die von der neuen Racine-Musik und dem Voodoo-Jazz getragen wurden. *Se kreyol nou ye ...** Auch Emmanuela wusste nicht, dass der Engel Yvo in ihr Leben einbrechen würde. Sehr viel später sollte sie durch eine Schlussfolgerung die Rolle Andrés bei den bösartigen Machenschaften des Teufels verstehen. Jedoch ohne jede mögliche Bestätigung oder Gewissheit, denn der Tod hatte die Lippen ihres Mannes auf immer verschlossen.

André war eine Liebesheirat eingegangen, liebte diese Frau mit einer hartnäckigen Leidenschaft, diese Frau, die wie eine Professionelle Liebe machte, ihr Haar nicht entkrauste, eine Vorliebe für exotisch duftende Öle hatte und ruhig gegen die jahrhundertealten Diktate ankämpfte, die auf den Frauen lasten. Wenn sie die Haare mit einem Band zusammenfasste, ihre voll entwickelte Mähne ihr um den Kopf stand, war sie eine Königin von Saba, eine schwarze Göttin, die *black magic woman* von Carlos Santana. Es fiel schwer zu glauben, dass Emmanuela die Tochter von Judith war, einer unscheinbaren Frau, die sich maßvoll ausdrückte, deren Körper nichts von ihrem Geschlecht erkennen ließ und die als Mutter ihrer einzigen Tochter blind ergeben war.

* Wir sind Kreolen (Refrain der Gruppe Boukman Eksperyans).

Als André Lenois drei Jahre später der Liebhaber von Isabelle Lanatte wurde, wusste er nicht, dass der für seine Rolle entworfene Plan in seine zweite Phase trat, Alain eine Schwester außerhalb des Hauses zu geben. Der Engel Yvo spann mit Wonne ein Gewebe, das diese beiden Familien zu einem okkulten Zusammenleben brachte. Wie konnte André wissen, dass der Großonkel von Isabelle das Lamm-Kind für den Engel Yvo war, versprochen vor einem halben Jahrhundert von einem Horacius Melfort, der nicht gewagt hatte, sein eigen Blut zu opfern? Der Lauf der beiden Geschichten kreuzte sich durch das Geschlecht von André, den Erzeuger des Bruders und der Schwester, deren unheilvolle Paarung der Engel feiern wollte.

André befand sich an einem Scheideweg. Um seine Ehe stand es schlecht, Emmanuela war in ihren Sohn verliebter als in ihn. Trotz aller Liebe, die er für Alain empfand, wurde André von einer hoffnungslosen emotionalen Leere zermürbt. Er betrog Emmanuela, weil er sich nach der Wärme seiner Frau sehnte. Isabelle verlangte nie etwas von ihm und war immer für ihn bereit. Sie gab sich der Liebe zu ihm bedingungslos hin, musste nach ihrer letzten Enttäuschung in ihren Augen wieder eine Frau werden. André mit der spontanen Zuneigung, André, der Zärtliche mit der starken weiblichen Sensibilität festigte erneut die Umrisse ihrer Weiblichkeit. Sie vergaß, dass er verheiratet war und einen Sohn hatte. Auch sie hatte einen kleinen Sohn ungefähr in Alains Alter, ihren Edwin, den sie allein erzog. Isabelle wohnte bei einer Dame, die ihr eine kleine Wohnung vermietete. Die Dame gab vor, nicht wahrzunehmen, wenn André ins Zimmer ihrer Mieterin trat, den Ehering an seinem Finger nicht zu sehen. Der kleine Junge mit den großen lachenden Augen ging in den Hof spielen oder sah in der Wohnung fern, wenn André seine Mätresse besuchte. Letzterer fand eine Zeitlang Gefallen an der Promiskuität und der bescheidenen Würde dieses Viertels, das gerade noch kein Armenviertel war. Nach dem Liebesakt erfrischte Isabelle mit einem feuchten Handtuch seinen schweißnassen Körper, seinen Kopf, die Stirn, den Hals, folgte seinem ganzen Leib abwärts, öffnete ergeben und aufmerksam seine Falten. Isabelle nahm ihn zu einem anderen Ufer des Lebens mit. Da seine Seele ihr verschlossen blieb, vergötterte sie seinen muskulösen Körper. Denn Isabelle konnte in Andrés Augen sehen, dass er sich an ihr Bett nicht lange binden würde. Er liebte Emmanuela und bangte nur dem Moment entgegen, ihr wieder treu zu sein. Dadurch, dass Isabelle seine Bedürfnisse befriedigte, verschaffte sie André den nötigen Abstand, damit er Emmanuelas Verlangen zurückgewinnen konnte. Er verargte seiner Frau weniger, nicht so oft wie früher mit ihm zu schlafen, und belastete sie nicht mit seinen stummen Vorwürfen. Er umwarb sie, bemühte sich, sie in kleinen, gemeinsam vollbrachten Dingen wiederzufinden, die ihr Einverständnis wiederherstellten. Als Emmanuela ihn fragte, ob er sie betrüge, begriff er, dass es Zeit wurde, mit Isabelle zu brechen.

Isabelle, die ein Kind von ihm erwartete. André geriet in einen gewaltigen Zorn. Ein Kind war keine Geisel, keine Ware, kein Wetteinsatz. Man musste es wollen, und er wollte es nicht. Er wusste, dass sie es absichtlich gemacht hatte, damit er sie nicht verließ. Sie zwang ihn, sich zu entscheiden. Er befahl ihr, bat sie inständig, es wegzumachen. Er drohte ihr, sie zu verlassen, wenn sie es nicht abtreiben ließ. Er gab ihr doppelt so viel Geld wie nötig, damit sie es loswurde. Isabelle wusste, dass es schwierig würde, ein zweites Kind ohne Vater zu erziehen, konnte aber diesen Liebessamen nicht aus ihrem Bauch herausreißen. Sie sagte André, wenn er sich wegen dieses Kindes, mit dem sie schwanger war, aus ihrem Leben zurückziehe, verweigere sie ihm das Recht, es jemals zu Gesicht zu bekommen. André ging und Isabelle tat wie gesagt. Sie wandte sich von ihm ab. Sie zog in ein anderes Viertel, wechselte die Arbeit, wechselte schließlich den Liebhaber.

Die Zeit verging. André erfuhr, dass Isabelle ein Mädchen geboren hatte. Sein Stolz hielt ihn weiter in einem gerechten Zorn auf diese Frau und ihr Kind, die er vergaß. Seine Ehe lebte wieder auf. Er war mit Emmanuela und Alain in ihrem unfertigen Haus glücklich. Der Plan des Engels funktionierte präzise.

Und dann kamen André nach neun Jahren allmählich Gewissensbisse. Er wusste, dass seine Tochter vielleicht irgendwo in der Stadt lebte, und dieser Gedanke nahm ihm die Ruhe. Alain hatte eine Schwester und wusste es nicht. Wie hieß sie?

André suchte, erkundigte sich diskret, kehrte zu den Ursprüngen zurück. Isabelle war während dieser Zeit mehrmals umgezogen, niemals länger als zwei Jahre im selben Viertel geblieben. André träumte von einer Begegnung, um Frieden zu schließen, um der Vater eines kleinen Mädchens zu sein. Sollte er sie wiederfinden, würde er es Emmanuela gestehen und sie um Verzeihung bitten. Er würde ihr erzählen, dass er eine Tochter hatte und wünschte, dass sie auch die ihre sei. Er würde seine Rechte fordern, Besuche und, falls nötig, einen Vaterschaftstest verlangen. Emmanuela empfand ihn intensiver in der Liebe, diese Suche nach seiner Tochter ließ Andrés Körper unablässig brennen.

Und schließlich gelang es ihm, sie, das kleine Mädchen, wieder ausfindig zu machen. In einer Grundschule in Delmas 24. Man musste durch mehrere stumme, staubige Gassen fahren, einige namenlose Kreuzungen überqueren, ehe man zu diesem Betongebäude gelangte, das wie ein stückweise erbautes Haus aussah. Eine Ordensschule, deren enger Hof Schwärme kleiner elektrisch geladener Mädchen mit ihren beigefarbenen Blusen, ihren granatfarbenen Faltenröcken und den vielen Bändern an den vielen Zöpfen kaum fassen konnte. Er hatte sie fotografiert. Sie hatte ihn mit den Augen verschlungen und ihm ihren Namen Vanika genannt.

André hätte Vanika niemals sehen dürfen. Seine Mission war seit langem erfüllt. Isabelle hatte sich, wie von ihr erwartet wurde, von ihm abgewandt. André hätte das Leben mit seiner Frau und seinem Sohn wieder aufnehmen und alles vergessen sollen. Er hatte eine Tochter, durfte sie aber nicht mit Emmanuela teilen. Er durfte sich ihr nicht nähern, sie nicht lieben. Er stellte sich dem Plan des Engels in den Weg. Das Mädchen musste noch verborgen bleiben. Die Stunde der Zusammenführung war noch nicht gekommen. Und als er sich an jenem Morgen am Steuer seines Autos vornahm, Emmanuela nach dem Abendessen in der stillen Schlafkammer sein Herz auszuschütten, geschah der Unfall. Aber all das verbleibt im Bereich der Annahmen und Zufälle.

41

Das Hupkonzert und die gedämpften Geräusche der Straße ziehen unter das Holzgewölbe der Kirche. Die linke Hand auf dem Samtband, das das Querschiff vom Chor trennt, steht eine Frau vor der Statue des heiligen Petrus und macht ihm bittere Vorwürfe. Sie wendet sich an einen Mann, in den sie all ihr Vertrauen gesetzt und der sie enttäuscht hat. Der Heilige auf seinem Sockel hinter dem Altar ist für sie aus Fleisch und Blut und kann sie hören, ihr Gesicht sehen, das von Zorn, Enttäuschung und Kummer verzerrt ist. Die Fransen ihres blauen Kopftuchs, blau wie der Samt des Bandes, zittern bei jeder Bewegung des Halses um ihren Kopf. Gelbes Licht fällt aus den Glasfenstern, umhüllt ihren Körper und das dicke Karottenbündel, das sie wie ein Kind in der linken Armbeuge hält. Sie klagt den Heiligen als Betrüger, als Hochstapler an. Als Gauner. Als einen Unfähigen. Seit sie ihn anruft, Kerzen für ihn entzündet, die ein Heidengeld kosten, nichts, Boss* Jérémie ist nicht aus dem Gefängnis gekommen. Zwölf Monate ist er schon in der Strafanstalt von Port-au-Prince, weil er einem Mann den Arm gebrochen hat, der ihm Geld schuldig war und ihn verarscht hatte. Er ist so, ihr Mann, er braucht lange, bis er wütend wird, gerät aber außer Kontrolle, wenn man ihn zum Äußersten reizt. Es wurde noch kein Urteil gesprochen. Eine Ungerechtigkeit, die der Heilige verstehen müsste. Sie verkauft Gemüse in Pétionville. Mit ihrem Korb auf dem Kopf und mit Paketen aus Broccoli, Lauch oder Karotten auf den Armen geht sie umher und spricht die Kunden an, die ihre Wagen vor den Geschäften am Rand des Platzes parken. Ihr Rundgang besteht aus der Rue Ogé, den Bürgersteigen zwischen der Kirche Saint-Pierre und dem *Sir George Plaza*. Wenn der Platz unergiebig ist, macht sie Schlenker über *Big Star Market*, rue Chavannes, und *Fior di Latte*, die Pizzeria oben in der Rue Lamarre. Essen für Jérémie ins Gefängnis zu bringen, ist ein schrecklicher Einkommensverlust.

* In Haiti übliche Anrede für einen selbständigen Handwerker.

Die Fahrt im Kleintransporter bis zur Rue du Centre kostet sie dreißig Gourde, und sie muss ein gutes Stück Weg gehen. Sie kann nicht jeden Tag dorthin fahren, wenn sie auch weiß, dass die Kost, die man ihm im Gefängnis gibt, nichts taugt und ihn krank macht. Er geht zugrunde, sie geht zugrunde. Die beiden Jungen gehen ebenfalls zugrunde, sie besuchen die Schule nicht mehr. Sie glaubt an diesen verdammten Schlüssel in der Hand des Heiligen nicht mehr, der die Höllenpforte für ihren Mann nicht aufschließt. Bevor sie geht, stößt die Frau einige Beschimpfungen gegen die Mutter des Heiligen hervor und sagt ihm, dass sie wiederkommen werde. Sie haben ihre Rechnungen noch nicht völlig beglichen. Draußen ist die Straße in Bewegung. Die Autoschlangen folgen dicht gedrängt den Kurven des kleinen Platzes. Das Himmelsgewölbe ist von einer dicken Wolkenschicht verdeckt, die die Sonnenglut abschwächt. Auf die Stadt fällt gedämpftes metallisches Licht.

Vanika geht die Rue Grégoire hinauf, nähert sich der Place Saint Pierre, die um die Tagesmitte ein Ameisenhaufen ist. Ihre Füße berühren den Boden nicht. Rechts von ihr, fast an der Ecke der Rue Grégoire, steht dicht aufgereiht auf dem Bürgersteig eine Unzahl von Sandalen und Pantoffeln aus Gummi. Gegenüber legen die Korbmacher in ihrer Ecke direkt auf dem Bürgersteig Körbe und Strohhüte aus. Das Gymnasium von Pétionville mit blauer Frontseite und blauen Balkonen spuckt Pakete von Schülern in blauer Uniform aus, die zu beiden Seiten der Straßentrennung bis vor den Kiosk der Blumenverkäufer ausschwärmen. Vanika überquert die Rue Ogé und geht in Richtung Kirchenstufen. Ein schmiedeeisernes gelbes Gitter führt rings herum und ist in seinem Zentrum durch ein Portal geöffnet, das Zugang zum Kirchenvorplatz bietet. Ein paar Bettler in farbkräftigen Lumpen schwatzen und strecken den Passanten die Hände entgegen. Vanika hat keinen Zweifel mehr. Sie hat das Haus ihres Vaters betreten. Er war es, sie hat ihn auf dem Foto trotz all der vergangenen Zeit sofort wiedererkannt. Als sie zum ersten Mal mit J-M-B, Pépite und Jonathan in dieses Haus gekommen war, wäre sie fast umgekippt vor dem Familienporträt an der Wohnzimmerwand. Das Gesicht ist, wie vor so langer Zeit vor der

Schule, wieder aufgetaucht. Sie meinte, diesen Mann vergessen zu haben, der sich ihr genähert und mit ihr gesprochen hatte, aber dem war nicht so. Ihre Wege haben sich wieder gekreuzt, und wo er ist, muss er glücklich sein, wie auch sie glücklich ist Alain ist ihr Bruder, ein und dasselbe Blut fließt in ihren Adern. Ihre Gebete sind erhört worden, sie hat Edwin wiedergefunden. Jean-Michel-Basquiat hat sie zu Alain gebracht, in dem sie Edwin wiederfindet. Die Schlange beißt sich in den Schwanz. Der Kreis ist geschlossen. Vanika könnte schreien vor Glück. Sie beherrscht sich und ist vor Freude atemlos.

Auf dem Vorplatz begegnet ihr die wütende Frau auf ihrem Rückzug. Sie wechseln einen langen Blick. Ihr kommt ein flüchtiger Duft in Erinnerung, und Vanika glaubt kurz, Halluzinationen zu haben. Sie geht weiter, durchquert die Vorhalle, bleibt auf der Schwelle der Kirche stehen, um ihre Augen an die sanfte Helligkeit zu gewöhnen, die durch die bunten Fenster eindringt. Oberhalb ihres Kopfes führt eine eiserne Wendeltreppe zu einem kleinen runden Zwischenstock und zum Glockenturm. Sie betritt das Kirchenschiff. Am Ende der ersten Bankreihe sitzt eine dösende Frau. Auf den Bänken in den Seitenschiffen sind ein paar vereinzelte Gläubige im Gebet. Vanika hält im gedämpften Licht Ausschau, nichts entgeht ihr, die Rosetten der Fenster, die vierzehn Bilder vom Kreuzweg, je sieben an jeder Seitenwand, die Statuen in den Querschiffen.

Am Geruch der Frau, die die Kirche mit einem Bund Karotten auf dem Arm verlassen hatte, hat Vanika Man Inès gerochen. Ihre Großmutter, die immer von einem Duft nach Gemüsesuppe umgeben war. Man Inès, bei der sie in Bas Peu de Choses eine Zeitlang gewohnt hatte und die sie an Sonntagen um sechs Uhr morgens zur Kirche Saint Gérard mitnahm. Edwin hatte sich geweigert, so früh aufzustehen, und es vorgezogen, mit seiner Mutter in die Neun-Uhr-Messe zu gehen. Mit schweren Beinen, mühsam atmend, erklomm die alte Frau mit immer derselben Entschlossenheit die Steigung von Saint-Gérard. Mit ihr in die Kirche zu gehen, hatte etwas Wunderbares und Unheimliches. Um diese Zeit gab es sehr wenige Leute, man flüsterte nur, und große Bäume warfen ihre Schatten auf die Kirchenfenster. Man

Inès legte ihr Gebetsworte in den unschuldigen Mund. Vanika musste sie vor jeder Statue der Kapelle wiederholen, und die Alte ließ sie mit Engelsgeduld über die seltsamen Worte stolpern. »Heilige, Engel, bewahrt die Seele von Ti Raymond in eurem Reich der Gnade bis zu unserem Wiedersehen auf der anderen Seite des Himmels. Amen!« – »Wer ist Ti Raymond, Man Inès?« – »Er war mein Bruder, Schätzchen. Mein kleiner Bruder. Ich hatte nur einen einzigen. Er ist vor langer Zeit gestorben. Verlorengegangen in der Truitier-Savanne weit weg von hier Richtung Meer. Es waren Ferien. Er ist nie zurückgekehrt. Meine Mutter hat ihn bis zum Tod beweint.« Das Leben war darüber weitergegangen. Man Inès hatte selbst ein Kind geboren, aber ihr Bruder blieb ein Stück, das in ihrem Dasein fehlte. »Wiederhole, Vanika: Heilige ... Engel ... bewahrt die Seele von Ti Raymond .... in eurem Reich ... der Gnade ... bis zu unserem Wiedersehen ... auf der anderen Seite des Himmels. Amen!« Vanika weiß, dass ein Bruder kostbar und gefährdet ist, man ihn ein ganzes Leben lang beweinen kann. Sie geht seit dem Tod von Man Inès schon lange nicht mehr in die Kirche. Mit ihrer Mutter war es nicht dasselbe, die Magie war verschwunden wie Ti Raymond in der Savanne.

Und dann ist ihr jetzt auf einmal ein Bruder wiedergegeben worden. Sie weiß nicht, warum. Sie musste an diesem Morgen hierher, in diese Kirche Saint-Pierre kommen, die sie noch nie zuvor betreten hatte. Sie kommt, um sich zu bedanken, das Zeichen zu suchen, das Symbol zu finden, das ihr den Weg zeigt, die Quelle ihrer Entschlossenheit. Sie geht bis zum Ende des Mittelgangs, bleibt dort kurz an der Vierung gegenüber dem Altar stehen, wo sich vor kurzem die Frau von Boss Jérémie befunden hatte. Riesig in seiner braunen Kutte mit einem blauen Mantel darüber, hält Sankt Peter auf Schulterhöhe in der linken Hand einen dicken Schlüssel. Einige Kerzen brennen. Vanika zögert einen Moment. Sie weiß nicht, welche Richtung sie einschlagen soll. Nach zwei Minuten Stillstand wendet sie sich nach rechts, dorthin, wo sich im Allgemeinen die Chöre und die Kirchenmusiker aufhalten. Vor einen kleinen blumengeschmückten Altar. Das bunte Motiv mit dem Feuervogel befindet sich ganz oben im Fenster. Ein Vogel, gezeichnet in geometrischen Linien, mit fast senkrecht himmelwärts gespannten Flügeln, wie ein im Auffliegen erstarrter Adler. Vanika nähert sich dem Vogel. Sie macht keine Bewegung, zwinkert nicht mehr. Sie atmet ruhiger, der Schweiß auf ihrer Stirn trocknet. Die Zeit verharrt, und eine große Schwäche bemächtigt sich ihrer Knie. Sie muss sich hinknien, den Nacken beugen, ihren Körper diesem Atem aussetzen, der vom Fenster auf sie herabfällt. Was sie sucht, ist da, sie fühlt es. Der Feuervogel ist ein Scheinobjekt. Ein Trick, den sie gefunden haben, um sich in die Kirche einzuschleusen, um im Schatten und im Verborgenen zu herrschen und mit ihren Anhängern zu kommunizieren. Ein Tier verbirgt dabei ein anderes. Ein gotteslästerliches Einverständnis. Nachdem Vanika zehn Minuten reglos vor dem Fenster gestanden hat, wird es für sie in der Linienführung der Zeichnung sichtbar. Die beiden aufrecht stehenden Flügel des Vogels sind seine Hörner, der auf die Brust gesenkte Kopf vertritt die Stelle des Gesichts, die beiden seitlich ausgestreckten Fänge des Vogels sind seine Ohren und der Schwanz ist sein Spitzbart. Ein in einen Kreis eingelassenes Bild, das nur von denen wahrgenommen wird, die *Bouk kabrit*, das Symbol der Mond- und Nachtfruchtbarkeit, verehren. Vanika ist kurz davor umzufallen, sie zittert und legt sich in dem kleinen Gang in voller Länge auf den Rücken. Es gibt nicht viel Platz zwischen den Stühlen und den Musikinstrumenten, ihr Körper streift das Gehäuse eines am Boden abgestellten Schlagzeugs. Sie konnte sich nicht mehr auf den Beinen halten. Sie musste niederfallen und sich unterwerfen. Mit ausgebreiteten Armen empfängt sie das Licht der Bestie. Es ist Mittag in der Kirche Saint Pierre. Die zwölf Schläge hallen im Glockenturm wider. Es ist ihr Herz, das im ehernen Gehäuse widerhallt. Sie schließt die Augen und hört ihn kommen. Sie hört seinen mächtigen Atem. Das Hämmern seiner Hufe auf den gelben und grauen Fliesen. Sie riecht seinen Duft. Den herben männlichen Geruch, den Schweiß des Hengstes, den Duft der Paarung, Essenz der Fruchtbarkeit. Vanika schaudert es. Er wird seine Macht in ihren Bauch säen. Der *Bouk kabrit* ist ihr Bruder. Edwin oder Alain. In ihren Körpern wird er sie lieben. Auf diese Weise wird sie endlich die wahre Lust erfahren und gebären können. Doch die Stunde ist noch nicht gekommen. Es muss Vollmond sein. Bald. Zwei Neugierige kommen zu ihr heran und betrachten sie. Sie weint ausgiebig. Sie sagt inmitten ihrer Seufzer danke, steht auf und entfernt sich rückwärts. Sie hat ihren Bruder wiedergefunden. Edwin wiedergefunden in Alain, derselbe Atem, dasselbe Herzklopfen, die fötale Erinnerung. Die Verschmelzung, die sie verfolgt, verletzt und verschlingt. Sie muss diese Liebe schützen. Die Ewigkeit wird es ihr nicht verzeihen, wenn sie keine Nachkommen dieses Blutes weiterträgt. Sie hat es mit Edwin nicht gekonnt. Das Schicksal hat anders darüber befunden. Es wird aber keine dritte Chance geben. Dieses Kind, Blut von ihrem Blut, das sie von Alain bekommen wird, wird große Gunst genießen. Nichts kann sie aufhalten. Um Alain ist niemand, nur Fliegen, lästiges Zeug ist um ihn. Sie wird sie verjagen. Sie wohnt von nun an um ihn. Sie mag seine Mutter Emmanuela, aber der wird nichts übrigbleiben als zu weinen.

42

In einer Stunde ist sie siebzehn Jahre alt. Seit drei Tagen schläft sie nicht mehr. Sie glüht. Sie liegt verkeilt zwischen zwei Kopfkissen, den Computer auf dem Bauch, der in ihre Eingeweide und ihre Atmung eingedrungen ist. Ihre Gesichtshaut glänzt blau, das Licht des Bildschirms hat sich darauf festgesetzt und verschwindet nicht mehr. Ihre Augen sind zwei Schlünde, zwei tiefe Brunnen. Sie ist genau an diesem Tag vor siebzehn Jahren mit einem Doppelgänger geboren worden. Samantha. Die anderen im Haus nennen sie Sam. Sie kennt Sam nicht. Sie weiß nur, dass Samantha ihr so ähnlich wie ein Ei dem anderen ist und dass ihr Samantha ihr Ebenbild gestohlen hat. Sie hindert sie daran, in Höhen aufzusteigen, die sie erwarten. Deshalb, um sie zu ihrer Bestimmung zu begleiten, sind sie ins Haus und in ihr Leben gekommen. Die beiden anderen Bewohner des Hauses erkennt sie nicht mehr. Sie bestehen aus einem gallertartigen Material, das aussieht wie mit Wasser gefüllt. Sie geben Laute von sich, die sie manchmal wiedererkennt. Sie lächelt sie an, um sie irrezuführen. Sie beschützen Samantha. Deshalb haben die zu ihrer Rechten ihr befohlen, nachts zur Tat zu schreiten. Wenn die zweite Morgenstunde geschlagen hat. Genau zur Stunde des Geburtstags. Jene sind ihre wahre Familie. Sie sind über die Zweige der Magnolie gekommen, haben die Hüte über ihre in Finsternis badenden Augen gezogen. Beverly hat ihnen ihr Zimmer und ihren Computer geöffnet. Sie haben die Grundfesten des Hauses tagein, tagaus mit dem Weihrauch der Geopferten imprägniert. Sie haben Woche für Woche ihr Umfeld dekonstruiert, ihr die Augen für die Hassschuld geöffnet, die sie an diese andere bindet, die ihr das Gesicht gestohlen hat. Sie wird sich von aller Sklaverei, aller Abhängigkeit befreien. Sie wird sie umbringen, ihr die Kehle durchschneiden, aufhören in Samanthas Adern zu bluten. Es ist eine Taufe, wie sie ihr gesagt haben. Auch sie wird bluten, aber danach wird sich ihr, nur ihr allein, die Welt öffnen. Sie wird alle Privilegien erhalten. Erster Roman, erster Bestseller.

Ein weltweiter Erfolg. Das haben sie ihr gesagt, sie, die mit ihren Augen sehen, mit ihren Ohren hören, durch ihren Mund sprechen. Jene, die ihren Fingern auf der Tastatur Leben verleihen.

Mit dem Greyhound werden Vettern aus Baltimore und Atlanta kommen, um am Samstagabend zu feiern. Stanley bringt die Anlage in seinem Pick-up. Vanessa, Michèle und Rebecca kommen um fünfzehn Uhr, um die Deko anzubringen. Sie kommen auch mit ihren sorgfältig für den Anlass gewählten Outfits, mit ihrer Kosmetiktasche und ihren Parfumfläschchen und machen sich dann am Ort schön. Das Haus wird vor Lachen, Musik und Aufregung vibrieren. Die Handys werden endlos läuten. Das Fest wird aber früher, sehr viel früher beginnen. In einer Stunde. Jeden Tag sind die Nachrichten mit einer erschreckenden Präzision auf dem Laptop eingetroffen. Sie muss mit Kraft und Schnelligkeit handeln, bewaffnet mit dem Messer, mit dem Christopher an den Feiertagen den Metzger und Sternekoch spielt. Jenem Messer, in das er eifersüchtig verliebt ist, das er minutenlang sorgfältig auf seinem Naturschleifstein schärft, wenn er nachdenken muss. Seinem Messer mit einem Griff aus Schlangenholz, einem wunderschönen, braungemaserten Holz. Er hat es am Tag zuvor besonders gut geschärft, weil er sich um die Schweinekoteletts kümmern will, die er würzt und auf dem Grill mit einer Senfsoße gart, deren Rezept er sorgsam hütet. Der Teufel hat mehrere Gesichter, er verwirrt. Samantha stiehlt ihr Licht. Samantha ist nicht Beverly und darf nicht in ihrer Haut stecken. Die beiden anderen sind ihre Helfershelfer und verteidigen sie. Sie ist von früh bis spät ein Herz und eine Seele mit ihnen. Zum Glück gibt es die Nacht für die Opferhandlungen.

Das Haus ist in dem stillen Winter ruhig. Es schneit leicht. Eine Nacht wie ein Vorgeschmack auf Weihnachten, das kurz bevorsteht. Es gibt zwei Szenarien hinsichtlich Samanthas Lage auf ihrem Bett, wenn Beverly mit Christophers Messer, das am Ende ihres rechten Arms hängt, in ihr Zimmer eindringt. Beverly öffnet leise die Tür. Sam liegt auf dem Rücken. Szenario Nummer eins. Das einfachere. Beverly springt und setzt sich auf ihre Brust, erstickt sie. Sie klemmt ihre beiden Arme unter das Gewicht ihrer Knie und reißt ihr das Kissen unter dem Kopf weg.

Samantha, plötzlich aus dem Schlaf gerissen, ist bewegungslos und verdutzt. Das blaue Licht unter Beverlys Gesicht blendet sie. Ihr bleibt keine Zeit, sich zu wehren. Nur ihre Füße können sich noch bewegen und nützen ihr zu nichts. Ihre Schwester lastet mit einer Tonne auf ihr. Mit der linken Hand hebt Beverly ihr das Kinn an und schneidet ihr mit aller Kraft die Kehle durch. Von rechts nach links. Eine einzige Bewegung. Die Klinge öffnet einen klaffenden Schlitz. Das Blut sprudelt kräftig. Im Bruchteil einer Sekunde ist überall Blut. Auf Christophers Messer mit dem braungemaserten Schlangenholzgriff, auf Beverlys Händen, ihrem Gesicht, ihrer Brust, und es durchtränkt die Steppdecke mit den gelben und weißen Blümchen. Blut, als sollte es nie zu fließen aufhören. Beverly hat ein leichtes Schwindelgefühl, atmet tief ein, bezwingt Samanthas Zuckungen unter ihrem Körper mit halb geschlossenen Lidern. Eine tiefe Freude überkommt sie, ein Gefühl intensiver Erfüllung, das immer noch zunimmt. Endlich wird sie ohne *marassa* wiedergeboren. Einzigartig und vollständig. Sie ist überrascht von ihrer Kraft und der Perfektion, mit der sie die Tat, die sie befreit, vollbracht hat. Einige Sekunden lang war sie ein Orkan, eine Flutwelle, ein Erdbeben. Als Samanthas Körper erschlafft, wischt Beverly das Messer und ihre Hände auf der Steppdecke ab. Sie geht hinaus, verschließt die Tür hinter sich und kehrt in ihr Zimmer zurück, um ihre Geschichte zu beenden.

43

In ihrem weinroten Morgenrock, die Haare aufgesteckt zu einem weichen Knoten, geht Gina Longway mit ihrer Kaffeetasse in der Hand den Merkzettel durch, den sie an der Kühlschranktür mit einem gelben, wie ein Honigkuchenpferd grinsenden Magneten befestigt hat. Ein köstlicher Geruch von mit Zimt glasiertem Hefegebäck entsteigt dem Mikrowellenofen. Auf dem Tisch stehen Kaffee und Orangensaft, in einer Schüssel Äpfel, Bananen und Erdbeeren. Sie wird zuerst die beiden Geburtstagskuchen abholen. Heute arbeitet sie nicht im Krankenhaus. Seit mehreren Wochen hat sie vorgesorgt, damit sie an diesem Wochenende keinen Dienst hat. Von allen Geburtstagen, die die Zwillinge bisher gefeiert haben, ist dieser wohl der wichtigste. Es gibt noch viel zu besorgen, und sie möchte genug Zeit haben, um sich bei der Frisörin im Einkaufszentrum das Haar neu färben zu lassen. Shirley Jackson, die Nachbarin von gegenüber, kommt zum Mittagessen und hilft ihr, die Dips, die Appetithäppchen und den Fruchtpunsch vorzubereiten. Christopher ist am Herd, von dieser Seite gibt's nichts zu befürchten, er hat alles mit seiner üblichen Akribie geplant und ist schon zum Einkaufen losgefahren. Gina Longway wirft einen Blick auf die Uhr über dem Vorratsschrank. Acht Uhr dreißig am Morgen. Es wäre vielleicht Zeit, dass die Mädchen sich regten. »Beverly! Samantha!« Gina Longway ruft die Zwillinge von unten an der Treppe. Wegen Christophers Skoliose bewohnen die Eltern Longway seit einigen Monaten das Gästezimmer im Erdgeschoss. Keine Antwort. Zehn Minuten später ruft sie lauter und hört immer noch keine Regung. Diese Manie der Kinder, bis zu unmöglichen Stunden über ihre Handys zu chatten .... Sie wird sich selbst aufmachen müssen, um sie unter ihren Decken hervorzuziehen. Ärgerlich steigt Doktor Longway die Treppenstufen hoch. Samanthas Zimmertür ist die erste links. Einige energische Schläge an die Tür. »Sam! Sam! Wach auf, gleich ist es neun Uhr!« Innen scheint sich nichts zu regen. Gina Longway dreht den Türknauf, die Tür ist abgeschlossen. Sie runzelt die Stirn. Sie entdeckt dunkelrote Flecken auf dem elfenbeinfarbenen Teppichboden. Sie bückt sich und berührt den einen. Klebrig. Sie sieht genauer hin. Auch auf dem Türknauf sind Flecken. Ihre Hand ist rot. Sie hält sich die Finger unter die Nase. Sie weiß genau, wie Blut riecht. Ein Kolikanfall verkrampft ihr die Därme. Aber was ist los? Im Haus scheint alles gut zu gehen. Niemand ist bei ihnen eingestiegen. Chris ist als Erster aufgewacht und hat nichts Ungewöhnliches festgestellt. Sie eilt zu Beverlys Zimmer. »Beverly! Beverly! Wach auf, mein Schatz! Ist Samantha bei dir? Beverly! Antworte!« Gina Longway klopft frenetisch an Beverlys Tür. Die Blutspuren auf dem Teppichboden sind dickflüssiger, es gibt auch einige an der Tür. Ein neuer Krampf im Bauch. Die Panik steigt stufenweise an. Die Schlüssel! Wo sind die Schlüssel, die die Zimmer der Töchter öffnen? In ihrem Kopf ist ein Loch, ein riesiges Loch, sie weiß nicht mehr, wo Christopher die Zweitschlüssel des Hauses aufbewahrt. Sie fühlt nur den Schmerz, der ihr in die Eingeweide beißt, und das Loch in ihrem Kopf. Was ist los in diesem Haus? Wo sind die Mädchen? Sie geht schnell wieder nach unten, nimmt ihr Handy vom Esstisch und ruft Christopher an. Ihre Hände zittern, erst nach drei Versuchen hat sie die Nummer. Der Anrufbeantworter. Sie versucht es noch einmal. Christopher vergisst oft sein Telefon im Auto. Mein Gott! Doktor Longway geht wieder die Treppe hoch und versucht, Samanthas Tür mit der Schulter aufzustemmen. Der Schmerz im Schultergelenk lässt sie mit den Zähnen knirschen, und die Tür gibt nicht nach. Sie wählt die Handynummern jedes der Mädchen. »Hi! Hier ist Sam Longway! Hinterlassen Sie mir eine Nachricht und ich schwöre, dass ich Sie zurückrufe. Bye! ...« – »Hallo! Hier Beverly Longway, hinterlassen Sie eine Nachricht nach dem Piep und ich rufe vielleicht zurück. Ciao!« Gina Longway zögert nicht länger und ruft die 911 an.

Die beiden jungen Polizisten, ein Afroamerikaner und ein Latino, kommen mit dem Rammbock. Nach zwei Stößen fliegt das Schloss heraus und die Tür springt krachend auf. Die Stille im Zimmer ist brutal. Seit der Ankunft der beiden Polizeiwagen mit ihrem kreisenden Blaulicht scheint die Straße ihre eigene Elektrizität zu produzieren. Ein Krankenwagen wartet vor dem Haus. Es fällt immer noch Schnee, die Schritte hinterlassen tiefe Spuren in dem dicken weißen Teppich, der den Boden bedeckt. Ein gelbes Sperrband verwehrt den Zugang zum Garten der Longways. An den Fenstern tauchen Köpfe auf. Nachbarn beobachten ungläubigen Blicks von ihren Dielen her. Andere, eingemummt in ihre Wollpullover, halten sich hinter dem Band. Man hat Beverly tot neben dem Computer in ihrem Bett gefunden. Mit Christophers Messer getötet. Die Adern an den Handgelenken geöffnet. Die Rückseite ihres Körpers weist tiefe Verletzungen auf, die sie sich selbst nicht hätte zufügen können. Im anderen Zimmer liegt der leblose Körper Samanthas auf dem Rücken.

44

Zwei Reisetage auf einem kleinen Bett im Allerheiligsten. Couz ist dem Ziel nahe. Sie hat sich durch jede Sekunde, jede Minute, jede Stunde jedes der neunundsiebzig Jahre seit ihrer Geburt einen Weg gebahnt. Sie hat alle Schmerzen durchlitten, alle Qualen verspürt, ist in unsichtbare Gräben gerutscht, aus denen sie sich um den Preis ihres Blutes herauswuchten musste. Ihr Körper hat sich von der niedrigsten zur höchstmöglichen Temperatur, die ein menschliches Wesen ertragen kann, erhitzt. Eine Reise ohne Lachen oder Freude, denn um die Zeit zurückzureisen, muss man jede einzelne Prüfung, jede einzelne Qual auf sich nehmen, die man seit dem Ursprung erlebt hat. Wenn sie lebendig von dieser Erkenntnisreise zurückkehrt, behält sie keine Erinnerung daran, im Wachzustand wäre die Intensität dieser schwindelerregenden Wanderung gegen die Zeit, die die Sinne überfordert, nicht zu ertragen. Couz wird immer schwächer, aber die Kraft der Botschaft des Erzengels ruft sie. Im Raum brennt eine Kerze, die John auswechselt, bevor sie verlöscht. Seine Aufgabe ist es, dafür zu sorgen, dass im Allerheiligsten stets eine Flamme brennt. Anschließend geht er auf Zehenspitzen zum Eingang des Tempels und legt sich dort auf eine Matte. Er hält Wache, darf nicht schlafen, stumpft sich ab mit Kaffee. Seit zwei Tagen liegt seine Mutter reglos hinter der Wand, ihr Atem ist nur noch ein schwacher Faden, ganz in seiner Nähe, aber in unermesslichen Fernen. Plötzlich erschallt eine starke Detonation zwischen den vier Wänden des Tempels. Eine grundlose Explosion, die die Nacht in dem engen Raum erschüttert. Couz erfährt den Schock mit voller Wucht. Sie ist auf ihrem Weg gegen ein Hindernis, eine spirituelle Granate geprallt. Sie wollen sie in die Luft sprengen, in die Unendlichkeit zerstäuben. Als Beverly mit starrem Blick und zuckendem Messer in der Hand das Zimmer ihrer Schwester betritt, rollt sich Couz zusammen, und ihre Schultern heben sich wie bei einer kaputten Puppe. Als das Messer Samantha das Leben nimmt, wird Couz gewaltsam aus ihrem Bett gerissen und fällt verrenkt zu Boden. Sie bringen es aber nicht fertig, sie von ihrem Weg abzubringen. Sie fällt mit dem Gesicht zu Boden, die Augen immer noch geschlossen, und steuert auf stürmischen Gewässern mit festem Kurs ihrem letzten Ziel entgegen. John hört von seinem Lager einen dumpfen Laut, wie ein heftiger Schlag, der einen trifft. Und den schweren Aufprall eines fallenden Körpers. John zögert. Paula darf nicht gestört, nicht geweckt werden, ihre Anweisungen sind strikt. Sie ist jedoch gefallen. Dieses Szenario war nicht vorgesehen. John wagt nicht, den Tempel zu betreten. Er weiß, was im Moment auf dem Spiel steht. Sie ist jedoch schwach, seine Alte, das weiß er auch. Er würde es sich nicht verzeihen, wenn ihr etwas Verhängnisvolles, das er hätte verhindern können, zustieße. Ein Schleier kalten Schweißes auf seiner Stirn. Seine Lippen murmeln zusammenhanglose Wörter, während er sich von seiner Unentschlossenheit lähmen lässt. Ein Brandgeruch mischt sich in das Halbdunkel. Der Weihrauch der Geopferten. Sie kommen, um die Arbeit zu vollenden, die Alte zu ersticken, ihr das Herz abzudrücken, ihre Adern aufzusprengen. John ist speiübel. Seine Brust hebt sich krampfartig, seine Augen springen fast aus ihren Höhlen. Sein Körper zwingt ihn zu reagieren. Er zögert nicht mehr, betritt den Tempel. Couz liegt am Boden, ein Fuß verfangen in den Gittern des Holzbetts, das in absurder Lage auf sie gefallen ist. Aus ihrer aufgeplatzten Lippe ist ein Blutrinnsal geflossen. John hebt das Bett an, lehnt es an die Wand und dreht den reglosen Körper auf den Rücken. Er nimmt das Handgelenk seiner Mutter, sucht ihren Puls. Nichts. John ist verloren. Er blickt auf die starren Gesichtszüge, die zusammengekniffenen Nasenflügel, die wächserne Haut. Panik erfasst ihn und blockiert im Hirn seine Gedanken. Mit ausgestreckten Beinen setzt er sich hin, hebt Paulas Oberkörper an und legt ihren Kopf auf seine Knie. Er beugt sich über sie, bis er ihr Gesicht mit seinen Lippen berührt. Er sucht nach ihrem Atem, den er nicht spürt. Was soll er tun? Seine Mutter hat ihm keine Anweisungen gegeben, was geschehen soll, wenn sie nicht weiterlebt, wenn sie auf Widerstand stoßen und zurückgeworfen würde. Er streichelt ihr das Gesicht und das Haar und wiegt sich sanft hin und her. Klagelaute entsteigen seiner Kehle. Die Augen auf die Decke gerichtet, versucht er nachzudenken, aber nichts kommt. Er richtet seinen Blick erneut auf Paulas Gesicht und nimmt diesmal ein flüchtiges Zittern der Augenlider wahr. Hat er es sich eingebildet? Er spricht mit der Alten. Hast du mir wirklich von dem Ort, von dem aus du abdriftest, ein Zeichen gegeben, Paula? Stürzt du weiter lebend in deinen Schwindel? Ein neuerlicher Lidschlag, so flüchtig wie der erste. John reagiert endlich. Er spricht laut weiter, während er seine Beine befreit, um aufzustehen. Wo ist er denn, dieser Erzengel, der dich beschützen, begleiten soll? Du liegst im Sterben und er rührt sich nicht, erscheint nicht, kommt nicht, um diese widerlichen dämonischen Geister zu verjagen, die das Haus weiter mit ihrem fauligen Rauch füllen. Wo ist er, dieser verdammte Erzengel, der dich verteidigen soll? Der Zorn holt John aus seiner Betäubung. Er läuft, um Célia zu rufen, die in ihrem Zimmer schläft. Er will Couz ins Krankenhaus bringen, selbst wenn es sie ärgern sollte. Im Moment können nur John und Célia Couz helfen. Michael wird nicht einschreiten, seine Arbeit ist getan. Er hat die Botschaft Couz bei ihrer Geburt unter die Wiege geschrieben. Ihr obliegt es, die Waffe der Befreiung aufzufinden. Der Preis, den sie dafür zahlen muss, ist ihr Glaube, ihr Mut und vielleicht ihr Leben.

45

Emmanuela schläft nicht. Sie wartet. Freitagabend. Die dritte Nacht der Reise von Couz hat begonnen. Bevor sie in ihr Schlafzimmer hinaufging, hat sie mit John gesprochen, der ihr mitgeteilt hat, dass die Großmutter immer noch mit geschlossenen Augen, die Hände auf der Brust gefaltet, auf dem Rücken liegt. Sie atmet schwach, aber sie lebt. Emmanuela hat daraufhin Patricia angerufen. Sie wissen, dass es eine lange Nacht wird. »Ich bin zu Hause. Im Gebet. Ruf mich an, Emmanuela, wann du willst. Ganz gleich wann.« – »Danke, Patricia. Ich fühle, dass du bei mir bist.« Emmanuela weiß jedoch, dass sie allein durch das Reich der Schatten gehen muss. In Fragneauville machen sich die Erscheinungen im Haus deutlicher bemerkbar. Emmanuela verspürt Bewegungen in der Luft, die sie mit solcher Intensität noch nicht gefühlt hat. Sie bleibt im Gebet, eingeschlossen in den Kreis der Erzengel. »Rettet meine Seele ... erleuchtet sie in ihrer Finsternis ... entflammt meine Gebete mit dem göttlichen Feuer, mit dem ihr brennt, und tragt sie vor den Thron des Großen Meisters ....« Unheilvolle Geister sind ums Haus postiert, sie sind da, auch wenn sie sie nicht sieht. Emmanuela stellt eine brennende Kerze vor jede Öffnung und ans Fußende ihres Bettes. Seit dem Nachmittag tropfen Spuckefäden von den Bäumen des Gartens. Sie besetzen den Raum. Die Minuten sind zu Geiseln geworden. Das Schloss in der Küche hat geknackt, und diesmal hat Emmanuela gehört, dass die Eisentür geöffnet wurde. Alain ist fortgegangen, er kann es nicht sein. Alles ist klar, der Angriff steht bevor. Emmanuela denkt an Vanika. Sie ist zuinnerst überzeugt davon, dass sie das kleine Mädchen auf dem Foto aus Andrés Brieftasche ist, hat aber keinen Beweis, um ihr Gefühl zu bestätigen. Diese Tochter, von der sie geträumt hatten, hat André also mit einer anderen Frau gehabt. Hätte er ihr Vanikas Existenz gestanden, wenn das Schicksal ihm nicht so brutal das Leben geraubt hätte? Wäre sie imstande gewesen, diese Tochter, die sie nicht an ihrer Brust genährt hatte, zu lieben? Diese Tochter, die kommt, um sich mit ihrem Bruder zu paaren und dem Teufel ein Kind zu bescheren? Emmanuela bebt bei dem Gedanken, dass sie vielleicht dazu beitragen wird, die Macht des Teufels über diese Erde auszuweiten. Alain hat zwei Koffer mit seinen persönlichen Sachen gefüllt und sie in den Flur neben die Treppe gestellt. Er hat ein kleines Haus in Kenscoff in den Bergen gemietet, etwa eine Autostunde entfernt von Fragneauville. Seiner Mutter hat er nichts davon gesagt. Sein Abschied aus der Familienbleibe steht unmittelbar bevor. Freitagabend. Er geht im Allgemeinen mit J-M-B aus. Sie wartet trotz der Schweigemauer, die zwischen ihnen entstanden ist, auf seine Rückkehr, sie muss mit ihm sprechen, versuchen, ihn zur Raison zu bringen, ihn inständig bitten, noch nicht gleich zu gehen. Sie hofft, dass er allein zurückkehrt, ohne ein Mädchen für die Nacht, ohne J-M-B, ohne Vanika. Das letzte Mal, als sie ihn gewarnt hatte, hat er sie verrückt genannt und ihr die Gemälde an den Hauswänden gezeigt, die sie aus ihrer Anordnung gebracht hatte.

Ein Auto fährt durch das Tor. Es ist fast zwei Uhr morgens. Alain kehrt zurück. Gleich darauf folgt ihm ein Fahrzeug, und das Metalltor schließt sich mit dem Knirschen, das Emmanuelas Nerven peinigt, seit Serge tot ist. Sie holt tief Luft. J-M-B wird den Rest der Nacht im Gästezimmer schlafen, wie er es oft gemacht hat, er ist sicherlich nicht fähig, zu sich nach Hause nach Thomassin zu fahren. Aus dem Garten steigen Stimmen von zwei Männern und einer Frau auf. Vanika ist bei ihnen. Sie kann mit J-M-B im Gästezimmer schlafen. Alain ist allein, Caroline ist nicht mehr in Sicht, er hat sie noch nicht ersetzt. Er bedarf dessen nicht. Jetzt kommen hektische Geräusche vom Erdgeschoss, Türen werden aufgerissen und zugeschlagen. Alains Stimme hat eine tiefere Lage als sonst. Vanika lacht, ein Gurren aus ihrem braunen Hals. J-M-B spricht wenig, seine Stimme ist schleppend, seine Wangen sind hohl und seine Augen ertrinken in ihren Höhlen. Er hat sich, bevor er zum Schlafen ins Gästezimmer geht, ein Bier aus dem Kühlschrank geholt. Er sieht nichts. Er sieht nicht das Stilett im Etui, das Vanika sich in den Gürtel gesteckt hat. Er wird nicht wissen, wann es Leinen los für ihn heißt. Auf der Etage folgt Emmanuela aufmerksam den Bewegungen des Trios. Nach einer Viertelstunde kommt Alain allein in sein Zimmer hoch. Emmanuela entspannt sich, obwohl ihr bei der Anwesenheit Vanikas im Haus siedend heiß ist. Solange das Mädchen mit J-M-B unten ist, befürchtet sie noch nicht das Schlimmste. Emmanuela will sich nicht auf ihrem Bett ausstrecken, aus Angst, vom Schlaf entführt zu werden. Sie muss jeden Augenblick bereit sein, auf den Anruf von Couz zu antworten. Couz muss sie anrufen, muss zurückkehren. Sie sitzt im Sessel vor dem ausgeschalteten Fernseher, schaut auf ihre Uhr, stützt den Kopf auf die Rückenlehne, und ihr fallen die Augen zu. Sofortiger Blackout. Unmöglich, der Müdigkeit, der Angst, den Schmerzen zu widerstehen, die ihre Muskeln seit so vielen Tagen verspannt halten. Jede Sekunde, die sie ohne Bewusstsein atmet, stellt ihren erschöpften Körper und Geist wieder her.

J-M-B ist *stoned*. Er ist dabei, sich zu töten. Ihn verlangt es zu sterben. Koks und Alkohol. Eine Flucht nach vorn. Das Kissen, auf dem sein Kopf ruht, ist nass von Speichel. Das Unbekannte des Todes ist eine schlüssige Alternative zur Leere, die ihn verschlingt und ihm all die Farben von Basquiat wegfrisst. Die Farben, mit denen er ohne Angst den Abgrund seiner Nächte überquert, die Graffitti, die er an die Wände projiziert, als könnten sie ihm in seinem psychedelischen Himmel als Kompass dienen. All das ist verschwunden. Basquiat kann nichts mehr für ihn tun. Er ist wieder zu Didier Jeanton geworden, dem Jungen, der seinen Namen nicht will, dem jungen Mann, dem es zu eng in seiner Haut ist. Der Tod wird besser sein als das Leben. An diesem Abend hat er ihnen im *Yanvalou* beim Tanzen zugeschaut. Ein Trio, Banjo, Trommel und Akkordeon, spielte unten im Hof. Auf den Treppen ein Kommen und Gehen von Paaren. Man ging zum Tanzen nach unten, wieder hoch, um sich zu erfrischen, die Körper glücklich in der Wehmut der karibischen Rhythmen, die Augen getrübt von der Reise, die eine Melodie lang gedauert hat. Vanika hat sich bei Alain untergehakt und ihn zur Musik mitgenommen. Sie sind lange unten geblieben, umschlungen, haben gefühlt, dass sie leben, ihre Wärme ausgetauscht. J-M-B ist aufgestanden und hat sie vom Balkon des Restaurants beobachtet. Sie gehörten einander, sie waren füreinander geschaffen. Die Seufzer des Akkordeons, die Brise in den Mangobäumen, der Mond am Himmel, alles gehörte ihnen. Alain und Vanika haben über die Augen und die Haut miteinander gesprochen. Während sie tanzten, drängte sich ihnen das Offenkundige auf, eine Erleuchtung, und sie haben sich angelächelt. Alles war klar, eindeutig und zwingend. Oben auf dem Balkon des Restaurants hat sich die Silhouette von J-M-B abgezeichnet, und sie haben auch ohne die Augen zu heben gefühlt, dass er dort war. Dass er sie betrachtete. Er würde daran sterben. Er musste endlich sterben. Sie mussten ihm helfen zu sterben, weil sie ihn gern hatten und nicht ertragen konnten, ihn dermaßen leiden zu sehen. Weil nichts und niemand sich zwischen sie stellen, ihnen hinderlich sein konnte. Sie würden einen einfachen und schwerwiegenden Akt vollbringen. Ein Leben, um ihnen alle Leben zu eröffnen. J-M-B musste von der Bildfläche verschwinden, es gab keinen Platz mehr für ihn im Gästezimmer, in der mondgebadeten Nacht und in Vanikas Körper, der auf den Moment wartete, mit dem ihres Bruders zu verschmelzen. Im Übrigen wollte J-M-B nichts anderes als das. Verschwinden. Er tötete sich bereits. Seit Edwins Tod folgte ihm der Tod überallhin als dunkler Schein um seinen Kopf.

Vanika hat J-M-B im Gästezimmer gelassen und ist nach oben zu Alain gegangen, der ein Köfferchen mit seinen Toilettenartikeln füllt. Sie sprechen wenig miteinander, streifen sich. Hin und wieder presst sich Vanika an Alain, steckt die Nase unter seine Achseln, atmet ihn voll Vorfreude, sucht den Geruch des *Bouk kabrit*, dürstet danach, verspürt ihn aber nicht. Noch nicht. Ihr Bedürfnis, sich zu berühren, ist so drängend, dass es schmerzt, sie wissen aber, dass der Moment ihnen angezeigt werden muss. Sie verlassen das Zimmer auf Zehenspitzen. Alain trägt die beiden Koffer nach unten. Als er ins Haus zurückkehrt, sieht er J-M-B aus dem Gästezimmer kommen und sich unten am Fuß der Treppenstufen Vanika nähern. Er schwankt. Er taumelt. Das Übrige geschieht wie im Zeitraffer. Vanika zieht das Stilett aus ihrem Gürtel, ihr Blick hat den kalten Glanz der tödlichen Klinge. Sie geht dicht an J-M-B heran, bis sie ihn berührt, und gibt ihm einen langen Kuss. Dann weicht sie zwei Schritte zurück, und ihre Hand schnellt mit einer anmutigen, kraftvollen Bewegung unter seinen Hals. Ein Schnitt von chirurgischer Präzision. Die Halsschlagader durchtrennt. Er pisst sein Blut aus, die großen, dicken roten Tropfen hängen einen Sekundenbruchteil in der Luft und fallen zugleich mit J-M-B auf die ockerfarbenen Fliesen. Er krümmt sich, zieht die Beine an die Brust und hört sich Tropfen für Tropfen sterben. Alains Körper versteift sich, ein verlorener Blitz durchzuckt seinen Blick. Er setzt an, sich über J-M-B zu beugen. Vanika fasst ihn an der Hand. »Lass ihn, es geht ihm gut ...« Sie lächelt ihn an, und die Nacht entspannt sich. Gemeinsam verlassen sie das Haus.

46

Emmanuelas Handy vibriert und weckt sie ruckartig. Im selben Moment erhebt sich das Knirschen des Tores in die Nacht. Ein Wagen fährt aus der Garage. Sie hat fast eine Stunde geschlafen. Der Anruf kommt von John. Ein Adrenalinschub treibt sie auf die Füße.

»Hallo, John? Couz ... ist sie erwacht?«

»Nein ... Krankenhaus von Canapé Vert, Notaufnahme ... Koma«

»Was? Wie ist es geschehen?«

»Emmanuela ... Komm.«

»Ich komme.«

Mit umgehängter Handtasche, die Autoschlüssel in der Hand, klopft Emmanuela an Alains Tür, einmal, zweimal, immer stärker. Er antwortet nicht. Sie dreht den Handgriff, das Zimmer ist leer. Nicht der geringste Laut. Das Zimmer ist tot. Der Tod schleicht im Haus herum. Die Koffer sind nicht mehr auf dem Treppenabsatz. Plötzlich verlöschen alle Lichter. Ein Panikhauch erschüttert Emmanuela, ihr ist mitten in der Brust kalt. Durch die Fenster hüllen die Strahlen des Vollmonds die Gegenstände im Umkreis in silberne, besorgniserregende Sanftheit. Sie muss augenblicklich aus diesem Haus laufen, das zu einem Grab wird. Emmanuela eilt zur Treppe, verfehlt die dritte Stufe, stolpert, überschlägt sich und landet bewusstlos im Erdgeschoss. Sie wacht gleich darauf stöhnend, auf dem Rücken liegend, wieder auf. Sie dreht den Kopf und heult auf vor Schreck, als sie eine menschliche Gestalt ihr zur Seite in Fötusposition liegen sieht, die sie aus aufgerissenen Augen ansieht. Aus den blutlosen Lippen kommt kein Laut. Emmanuela versucht aufzustehen, stützt sich auf einen Ellenbogen. Der Boden ist glitschig, sie merkt, dass sie in einer schwarzen Lache liegt, ihre Kleider sind beschmutzt davon. Eine zähe Flüssigkeit, die vom gekrümmten Körper an ihrer Seite herrührt. Von J-M-Bs Körper, dessen Blut ausläuft. Alles, was sie schaffen muss, ist, das Haus schnellstmöglich zu verlassen. Es in den nächsten

Sekunden zu verlassen, sonst bleibt sie darin auf immer gefangen. Sie fühlt nicht den Schmerz an ihrem verrenkten Knöchel. Sie wischt ihre schmierigen Hände an ihrem weiten Rock ab. Wo sind Alain und Vanika? Die Frage geht ihr nicht aus dem Sinn, aber sie wird im Haus nicht nach ihnen suchen. Sie sind geflohen und haben die Koffer mitgenommen, es war Alains Wagen, den sie wegfahren gehört hat. Sie sind geflohen, nachdem sie J-M-B das Leben genommen haben. Sie sind geflohen, um den Plan zu erfüllen, den der Teufel für sie entworfen hat. Emmanuela beugt sich und berührt einen Arm von J-M-B. Die Haut ist leicht gespannt aber nicht kalt. Der Tod ist erst vor kurzem eingetreten. Ist er überhaupt tot? Sie hat weder Zeit, sich zu vergewissern, noch ihrem Sohn nachzulaufen. Übrigens wüsste sie nicht, wo sie ihn in der Nacht finden sollte. Sie muss so schnell wie möglich zum Krankenhaus ans Bett von Couz. Das Morgen muss gerettet werden, den jetzigen Moment beherrscht Emmanuela nicht. Trotz ihres Schreckens überlegt sie klar und überaus schnell. Während ihres Sturzes auf der Treppe hat sie ihre Schlüssel fallen lassen. Sie muss sie finden. Sie tastet auf dem klebrigen Parkett und unterdrückt einen Übelkeitsanfall. Der Schlüsselbund liegt da, vor den offenen Augen von Jean-Michel-Basquiat. Während sie mit der rechten Hand nach den Schlüsseln greift, entflieht den ausgetrockneten Lippen J-M-Bs ein gutturaler Laut, sein Körper regt sich jedoch nicht. Emmanuela stößt einen Schrei aus, der zwischen den Hauswänden widerhallt. Mit ihrer immer noch über den Schultern hängenden Handtasche läuft sie zum Ausgang.

Sie öffnet die Eingangstür mit fiebrigen Fingern. Ihr Herz klopft wild. Sie kann den unheilvollen Vibrationen entkommen, die um sie sind. Doch als sie über die Schwelle des Hauses tritt, lässt ein schwaches Geräusch sie innehalten. Ihr ganzer Körper ist in Aufruhr, sie möchte zu ihrem Auto fliehen, laufen, fliegen und losbrausen, doch dieses Geräusch lähmt sie. Sie wartet und steckt sich behutsam die Schlüssel in die Rocktasche. Sekunden vergehen. Emmanuela kann nicht mehr fortgehen, sie ist plötzlich gerührt. Ein Gefühl, das sie schon seit sehr langer Zeit nicht mehr empfunden hat. Der gekrümmte Körper von Jean-Michel-Basquiat liegt einige Meter von ihr entfernt am Boden, er scheint zu schlafen. Das Geräusch hebt wieder an, diesmal länger. Ein Miauen. Nein. Ein Weinen. Ein schwaches Wimmern. Der Schrei eines kleinen nackten, hilflosen Wesens. Mit der Hand auf dem Türknauf wendet Emmanuela den Kopf zum Hausinnern und konzentriert sich, um herauszufinden, woher der Schrei kam. Ihre Schritte führen sie zum Gästezimmer. Sie vergisst darüber wegzulaufen, sich zu retten. Sie vergisst darüber Couz, die in einem Krankenhausbett zugrunde geht. Die Tür ist angelehnt. Die Luft im Zimmer ist schwül, einem Schwindel gleich, der unsichtbare dichte Rauch umgibt sie, aber Emmanuela riecht ihn nicht. Reflexartig betätigt sie den Schalter. Nichts. Das Licht ist aus dem Haus verschwunden. Ein Mondstrahl geht durch das Zimmer. Fieberhaft lässt sie ihre Augen darin umherschweifen. Das Baby weint noch immer. Ein Klagelaut. Emmanuelas Brustwarzen ziehen sich zusammen. Es muss sich um ein ganz kleines Wesen, ein Neugeborenes handeln. Es hat Hunger. Die weiße Wiege steht unter dem Fenster, und die Schreie wirken näher. Ein dicker rosa-weißer Teddybär liegt mitten im Raum auf dem Bauch. Alles ist sauber und rosa im Zimmer, die Vorhänge, die Möbel mit Blumenmotiven. Die junge Mutter hat das Zimmer für ihre kleine Tochter traumhaft ausstatten lassen. Vanika! Vanika, mein Liebling, ich bin da, mein Baby ... pssst ... weine nicht. Mama ist da. Emmanuela ist außer sich vor Freude. Diese Tochter, von der André und sie geträumt hatten, um derentwillen sie sich so frenetisch geliebt hatten, endlich ist sie da. Vanika! Emmanuela beugt sich vor und betrachtet das weinende Kind. Es trägt ein zart besticktes Babykleidchen aus weißem Leinen, das ihm die Füße bedeckt. Seine Ärmchen bewegen sich hastig und scheinen sich seiner Mutter zuzuwenden. Sie ist so schön, so anrührend im Mondlicht, mit ihrem violetten Zahnfleisch, ihren Mandelaugen und einer Flaumlocke oben auf ihrem Köpfchen. Siehst du, Mama hat dich erwartet, sie hat ein Zimmer für dich herrichten lassen, mein kleiner Liebling, für dich allein. Ich weiß ... du bist hungrig, mein Baby. Ich will dich mit meinem ganzen Körper ... all meiner Liebe ernähren. Emmanuela fühlt das Einschießen der Milch, hervorgerufen durch das weinende Baby, sie erkennt das Prickeln unter der Haut, die leichte Elektrizität in den feinen

Kanälen, die das Leben zu ihren Brustwarzen führen. Rührung überwältigt sie. Ihre Hände gehen zum ersten Knopf ihrer Bluse. Ihre fünf Sinne sind wach, Emmanuela hält inne und kraust die Stirn. Im Haus sind Geräusche zu hören. Etwas hat sich bewegt. Wer will ihr das Baby rauben? Sie nimmt behutsam das Kind auf, das mit seiner Nase und seinen kleinen Lippen instinktiv die Wärme der Mutterbrust sucht und immerfort wimmert. Emmanuela geht zur Zimmertür und schiebt den Kopf durch den Türspalt. Der Körper von J-M-B auf dem Fußboden hat seine Lage verändert. Emmanuela zieht die Stirn kraus und fragt sich, ob sie sich das nicht eingebildet hat. Der Säugling fängt wieder an zu weinen, und die Milch fließt in zwei lebhaften Rinnsalen aus ihren Brüsten. Ihre Welt beschränkt sich von nun an auf dieses Kind, das sie in den Armen hält und das sie um jeden Preis ernähren und verteidigen muss. Weine nicht, mein Baby ... Sieh doch, meine Brüste sind übervoll mit Milch für dich ... Sie hat alles vergessen, ihre Gebete, ihre Verteidigung, ihre Wache. Sie senkt die Augen, um den zweiten Knopf ihrer Bluse zu öffnen. Sie hat nur noch ihre linke Hand frei, es ist schwierig, den Knopf aus dem Knopfloch zu schieben. Eine Bewegung lässt sie den Kopf heben. J-M-B steht vor ihr mit wirrem Haar, verstört wie ein Zombie, und aus seinen starren Lippen erhebt sich eine Stimme, die sie kennt:

»Töchterchen ... Er wird gleich sterben ... vergeht schon ... ich habe seinen Astralleib einen Augenblick lang zurückgehalten, nur einen Augenblick. Ich kann nicht lange durch ihn hindurch mit dir sprechen. Du musst das Kind mit eigenen Händen opfern ... Sofort, Emmanuela! Du musst es verbrennen! ...«

Emmanuela schaut auf den kleinen Engel in ihren Armen und reißt entsetzt die Augen auf. Wer wagt es, ihr derartige Grausamkeiten zu sagen? Der Teufel hat sich in diesen Körper eingeschlichen, den sie nicht kennt. Der Teufel hat die Stimme von Couz angenommen. Die alte Frau hätte ihr nie so etwas gesagt. Vanika opfern? Ihre kleine Tochter, die nach so langer Wartezeit erschienen ist? Niemals! Das hieße, sich selbst das Leben zu nehmen. Der Blick von J-M-B ist starr, er sieht sie an, ohne sie zu sehen. Er wiegt sich leicht, vorn ist sein ganzer Körper blutbefleckt. Emmanuelas Bluse ist getränkt von der Milch, die durch den Spitzenstoff ihres Büstenhalters unaufhörlich aus ihren Brüsten fließt. Das Baby weint immer schwächer. Es stirbt vor Hunger. Emmanuela ist hysterisch.

»Verschwinde! Ich kenne dich nicht! Ich lasse nicht zu, dass du mein Baby berührst! Verschwinde!«

Emmanuelas Schrei lässt die Nacht erzittern, J-M-B rührt sich nicht. Die Stimme kommt – schwächer – weiter über seine Lippen:

»Vergiss nicht ... Botschaft ... Die Zeit der Opfer ...«

»Verschwinde! Verschwinde, sage ich dir! Wenn du mir nahe kommst, töte ich dich! Ich schwöre dir, dass ich dich töte!«

Emmanuela weicht zurück. Sie sucht mit verzweifelten Augen nach einer Waffe, um sich zu verteidigen, findet aber keine in der Nähe. Sie lässt den kleinen Körper nicht los und versucht, eine Brust freizumachen. J-M-Bs Beine geben nach. Er wird fallen. Die Stimme in seinem Kopf ist sehr viel schwächer, sie befiehlt ihm aber, noch am Leben, noch aufrecht zu bleiben. Sie befiehlt ihm, Emmanuela anzugreifen. »Das Weihwasser ... in ihrer Handtasche ... nimm es ...« Angefeuert vom letzten Todesschub springt J-M-B wie ein Besessener auf Emmanuela los, greift mit der Hand in ihre Handtasche, sucht fieberhaft und ergreift das Fläschchen Weihwasser. Er kämpft mit ihr, die versucht, ihn zurückzudrängen. Taumelnd schraubt er den Stöpsel auf und besprengt aus der Distanz Emmanuela und das Baby. Daraufhin fällt er rückwärts auf den Boden und tut seinen letzten Atemzug.

Das Licht kehrt plötzlich wieder zurück. Emmanuela blinzelt. Ein schrecklicher Schrei entweicht dem Mund des Säuglings, den das Weihwasser berührt hat. Ein markerschütternder Schrei, der Emmanuela aus der Nacht, in die sie versunken war, weckt. Sie schaut nach unten auf das Kind, das Tier, das sie in den Armen hält und dessen abscheulicher Mund sich zwei Fingerbreit vor ihrer Brust befindet. Sie erkennt den Teufel aus ihrem Traum, aus dem mit der Umhängetasche. Sie schreit nicht. Sie hat ihn bereits gesehen, eine Ahne hat ihn ihr gezeigt. Aufgerüttelt von namenlosem Zorn packt Emmanuela das Baby an den Füßen und zerschmettert ihm mit ihren verzehnfachten Kräften an der Wand gegenüber den Kopf. Der kleine Schädel birst mit schwachem Laut, hinterlässt eine Spur von Blut und Gewebe auf dem gelben Anstrich der Steinwand. Emmanuela zittert wie ein Blatt im Sturm. Sie muss fort, darf keine Sekunde länger warten. Sie weiß nicht, wie viel Zeit ihr verloren gegangen ist, wie lange sie sie im Haus zurückgehalten haben, um zu versuchen, ihre Milch zu trinken, ihre Lebenskraft und ihre Seele zu stehlen. Sie muss aufbrechen, all ihre Zellen schreien ihr zu, von diesem verflucht gewordenen Ort abzuhauen. Sie ist aber nicht fertig, wie sie weiß. Kann sie den Kampf bis zum Schluss durchhalten? Unter Aufbietung ihrer ganzen Energie hebt sie die Kreatur auf, die auf die Keramikfliesen des Fußbodens gefallen ist. Trotz des Schocks ist die Bestie nicht tot und schlägt kräftig um sich. Emmanuela durchquert im Laufschritt den Flur zu Küche und Garten. Am Ende des Flurs kommt sie nicht weiter. Ein Widerstand versperrt ihr den Weg, sie stößt auf eine unsichtbare Wand. Der Säugling hat wieder zu weinen begonnen. Er ist in seinem unbefleckten Kleidchen wieder unschuldig und schön. Ein vollkommenes kleines Mädchen! Emmanuela traut ihren Augen nicht. Das Kind hat ständig Hunger und ruft sie. Vanika ruft sie. Emmanuelas Milch beginnt wieder zu rinnen, sie kann es nicht verhindern. Sie schaut auf die gelbe Wand und sieht dort keine Blutspuren mehr. J-M-B liegt auf dem Rücken und schläft friedlich. Die Verletzung und das Blut unter seinem Hals sind verschwunden, der Boden unter seinem Körper ist sauber. Die Szene wird nochmals gespielt, die Beweise sind gelöscht. Wo beginnt die Illusion? Emmanuela heult auf, um sich von Panik und Verzweiflung, die sie lähmen, zu befreien. Wie soll sie töten, wenn ihre Brüste verlangen, Leben zu schenken? Sie weiß, dass sie Halluzinationen hat, und kämpft gegen ihre eigenen Sinne. Wie eine Verrückte kehrt sie, das Kind immer noch in den Armen, um. Wo durchkommen? Instinktiv weiß sie, dass alle Wege im Haus versperrt sind. Sie sitzt in der Falle. J-M-B tot am Boden ist ihr von keinem Nutzen mehr. Couz hat keine Stimme mehr. Und ob ich gleich wanderte im finsteren Tal des Todes, fürchte ich kein Unglück, denn du bist bei mir. Sie macht noch einen Schritt rückwärts und stürzt beinahe über einen Gegenstand, der unter ihren Fuß rollt. Das Weihwasserfläschchen. Emmanuela bückt sich, ergreift es und stürmt abermals in die Küche, wobei sie mit aller Kraft die letzten Tröpfchen Weihwasser versprengt. Finstere Schreie werden laut, Echos aus der Höhle, zu der ihr Haus geworden ist. Endlich kann Emmanuela wieder vorankommen. Sie geht durch die Küche, entriegelt entschlossen die seit Wochen in Geiselhaft genommene schmiedeeiserne Tür. Die nötigen Handgriffe drängen sich jetzt mit blitzschneller Gewissheit auf. Ohne zu zögern, läuft sie zum Barbecue, legt den kleinen Körper auf den Rost und schließt den Deckel. Sie dreht den automatischen Zündknopf für das Gas und läuft davon. Kaum ist Emmanuela mit dem Auto durch das Tor gefahren, hört sie eine Explosion im Garten, eine Druckwelle, die die Grundfesten des Hauses erzittern lässt. Ihren Augen kaum trauend, sieht sie im Rückspiegel, wie in wenigen Sekunden eine rote Glut, eine höllische Feuersbrunst aufsteigt, die ihr Haus einhüllt. Emmanuela drückt aufs Gas und rast in die Nacht hinein.

47

Der Nachtwächter schaut auf die Leuchtzahlen seiner elektronischen Uhr. Drei Uhr fünfzehn am Morgen. Auf dem Parkplatz des Krankenhauses von Canapé-Vert herrscht Stille. Die Verwaltungsdienste im Erdgeschoss sind geschlossen. Wie aus einem Horrorfilm sieht der Wächter eine keuchende Frau mit aufgelöstem Haar und schmutziger Kleidung auftauchen. Eine Mondsüchtige. Er hält sich hinter seinem Gitter bereit, sie abzuweisen. Emmanuela ist sich ihrer Erscheinung nicht bewusst, mit einem Hauch Elektrizität in der Stimme bittet sie den Mann, sie nach oben in die Notaufnahme zu lassen. Als er sie bereits abweisen will, erscheint John auf der Treppe hinter dem Wächter und macht ihm Zeichen, sie einzulassen. Der verblüffte Angestellte betrachtet die beiden Personen und gibt den Durchgang unwillig frei. Johns Gesicht auf der Treppe ist rätselhaft. Er bleibt mitten auf den Stufen stehen, legt Emmanuela eine Hand auf die Schulter und sagt zu ihr: »Meine Mutter ist ... Paula ist ... tot ... man hat die Apparate abgeschaltet.« Und er steigt die Stufen hoch. Emmanuela hat nicht verstanden. Sie gehen am Raum der Schwestern vorbei, die sie neugierig betrachten. Die Nachricht, die John ihr gerade mitgeteilt hat, ist in ihrem Geist nicht angekommen. Als sie im Flur auf die ihnen entgegenkommende tränenüberströmte Célia trifft, rüttelt es sie wach. Couz ist tot. Fortgegangen. Schon lange? John schaut auf seine Uhr: eine Stunde und zehn Minuten. Zur Stunde ihres diabolischen Handgemenges in Fragneauville war Couz noch am Leben. »Wo ist die Botschaft vom Erzengel Michael? Hast du sie erhalten, John?« – »Nein ...« Emmanuela kennt zwar das Szenario vom Ende der Geschichte nicht, aber dies kann es nicht sein. Eine Sackgasse. Die Niederlage.

Der Körper ist in einen kleinen an die Notaufnahme grenzenden Abstellraum gebracht worden, der als Übergangsleichenhalle dient, bis am frühen Morgen das Beerdigungsinstitut kommt. Eine Schwesternhelferin führt sie dorthin, damit sie die Verstorbene sehen und einen Moment lang andächtig verweilen können. Die Luft ist dort eiskalt. Auf den Regalen hinten im Saal sind Flaschen mit Lösungen und andere medizinische Materialien untergebracht. John, Célia und Emmanuela stehen vor dem schmalen Bett. Man hat Couz bis zum Kinn mit einem weißen Laken bedeckt. Célia schluchzt. »Mein Gott ... mein Gott ...« Emmanuela ist seltsam ruhig. Seit sie ihrem Haus entkommen ist, fühlt sie sich in Trance, in einer anderen Dimension, frei. Sie hebt das Laken an. Es gilt, schnell zu handeln, bevor die Verantwortlichen des Krankenhauses auftauchen. Mit einer Handbewegung bittet sie John, ihr behilflich zu sein, die Tote auf die Seite zu drehen. Couz hat noch das weite, weiße Kleid an, das sie bereits drei Tage, seit Beginn ihrer Reise, getragen hat. Während Célia John hilft, den Körper im Gleichgewicht zu halten, sucht Emmanuela im Nacken der alten Frau nach dem Kreuz. Die Haut ist dunkel und zart. Sie schiebt die kleinen weißen Haarsträhnen zurück, spannt die Haut zwischen beiden Zeigefingern und sieht genau hin. Nichts. Keine Spur. Sie sieht nichts. Sie nimmt ihr Handy aus ihrer mit Blut und der Milch aus ihrer Brust befleckten Tasche und schaltet die Lampe an. Sie führt das Licht auf den Nacken. Nichts. Sie sieht noch einmal nach. Es gibt kein Kreuz auf der Haut. Sie haben gewonnen. Sie haben ihre Seele entführt. Sie werden ihr keine Ruhe lassen. Emmanuela überlegt schnell, während ihre Augen um den kleinen Raum wandern. Sie weiß nicht, wie sie Couz Frieden verschaffen soll. Wie sie ihr Versprechen halten und sie befreien soll. Sie hatte nicht darüber nachgedacht. Auf keinen Fall einen Arzt oder eine Krankenschwester rufen und sie bitten, das Leben der Frau auszulöschen, die sie eben erst für tot erklärt haben, indem sie ihr ein Gift ins Herz injizieren. Die Zeiten sind nicht mehr dieselben. Mit ihrer abschreckenden Erscheinung würde man sie kurzerhand vor die Tür des Krankenhauses setzen. Couz hat ihr geholfen, der Hölle dort unten zu entkommen, und sie weiß nicht, wie sie ihrerseits sie retten kann. Über Emmanuela stürzt der Himmel ein, sie muss ihn aber mit ihren Händen, ihren Armen, ihren Schultern festhalten. Sie hat einen Einfall, geht zu den Regalen und durchsucht mit den Augen, was es dort gibt. Wohlgeordnet aufgereihte Gazepakete, Verbandrollen, Flaschen mit Hautdesinfektionsmitteln, Handschuhkästen. Es gibt auch gut geordnete Kästen mit Spritzen. Natürlich befindet sich hier kein Gift. Nur leere Spritzen. Wie soll man mit leeren Spritzen Paulas Herz dem Teufel entreißen? Emmanuela überlegt intensiv. Hoffentlich kommt niemand in den Raum, sie muss sich stark konzentrieren. Zwei Minuten vergehen. Nichts. Was tun? Couz, lass mich dir Frieden verschaffen. Célia wechselt den Platz, um zur anderen Seite des Bettes zu gehen, und stößt mit einer ungeschickten Bewegung einen Kasten Spritzen vom Regal. Emmanuela bekommt einen Schock wie von einer elektrischen Ladung. Sie möchte vor Schmerz und Freude zugleich heulen. Sie öffnet einen Kasten, ergreift eine Spritze und reißt hektisch mit den Zähnen ihre Zellophanhülle auf. Ihre Hände zittern ein wenig, aber eine riesige Dankbarkeit erfüllt ihre Brust. Sie befestigt die Nadel im Ansatzstück, zieht alsdann am äußeren Ende des Kolbens, um den Spritzenkörper mit Luft zu füllen. Célia weint lauter. John bleibt stumm und folgt aufmerksam den Bewegungen Emmanuelas, während sich seine Finger mechanisch wie im Echo bewegen. Ohne eine weitere Sekunde zu verlieren, schiebt Emmanuela die schräg abgeschnittene Nadelspitze in eine Vene in der linken Armbeuge von Couz und injiziert ihr die gesamte Luft aus der Spritze. Sie wartet einige Minuten lang bis zum allerletzten Todesröcheln des Körpers. Célia hat aufgehört zu weinen.

48

Also ist alles zu Ende. Die Botschaft ist nicht ans Ziel gelangt. Die Hölle richtet sich ein. Eine verfluchte Familie, das also sind sie. Die jetzigen und die künftigen Generationen werden die Rache der bösen Mächte zu spüren bekommen, wo immer sie auf Erden sind. Emmanuela weint nicht. Finsternis ist um sie. Finsternis ist um Alain. Sie weiß nicht, wo sie sind, ihr Sohn und diese junge Frau, die das düstere Antlitz ihres Schicksals in sich trägt. Emmanuela ist dennoch von einer Kraft beseelt, die ihr Fassungsvermögen übersteigt. Von der Kraft des Glaubens, den ihr Couz mitgeteilt hat und der trotz der eindeutigen Niederlage nicht sterben will. Sie wartet immer noch. Was noch wird man von ihr verlangen? Was kann sie noch verlieren? Sie verlässt das Krankenhaus von Canapé-Vert. Wohin gehen? Nach Hause? Davon sind gewiss nur Ruinen übrig, denen sie sich noch nicht aussetzen kann. Zu Patricia laufen? Ihre Schwester wird sicherlich die Worte finden, die sie beruhigen. Aber nein ... sie wird zu Couz gehen. Es gibt keinen anderen Ort, an dem sie auf den Tagesanbruch warten kann. John und Célia werden sich zu ihr gesellen, nachdem John im Krankenhaus die Formalitäten mit der Verwaltung geregelt hat. Die Nacht hat noch nicht alle ihre Geheimnisse preisgegeben. Jede Sekunde, jede Minute, die vergeht, zeichnet ihre Geschichte mit der Schneide einer Rasierklinge auf, einer Rasierklinge, die sie verbluten lassen oder aus ihren Körpern den Wundbrand der Vergangenheit entfernen kann, davon ist sie überzeugt. Zum gleichen Zeitpunkt sind Alain und Vanika glücklich, glücklicher als sie es in ihrem ganzen Leben je waren. Der schwere, weiße Mond steht direkt vor ihnen über dem Höhenrücken von Fermathe. Je mehr sie sich dem Berg nähern, desto kälter wird es. Die Wagenfenster sind geschlossen. Vanika nimmt ihr Handy und schickt eine SMS an Pépite: »Warte heute Nacht nicht auf mich. Ich mache mich auf in die Ewigkeit.« Kenskoff ist nur noch zehn Minuten entfernt. Sie fahren die lange Schlucht entlang, die sich vom Ausgang von Fermathe bis zum Eingang von Kenskoff erstreckt, kurz bevor sie Platon Café erreichen. Obwohl der Mond hell scheint, können Alain und Vanika die Ausdehnung der vom Nebel verhangenen Steilwand rechts von ihnen nicht sehen. Sie wissen nur, dass dieser Abgrund so tief wie ihr Glück ist. Sie können den Sandtransporter nicht sehen, der in Gegenrichtung das Gefälle heruntergerast kommt, weil seine Lichter nicht funktionieren. Der junge Fahrer am Steuer hat es eilig, vor Tagesanbruch die Sandgrube von Boutilliers zu erreichen, um unter den ersten Lastwagen zu sein, die ihre Sandladung aufnehmen. Er wird niemals herausfinden, warum die beiden Scheinwerfer des Kolosses ausgerechnet an dieser engen Kreuzung ausgegangen sind. Einige Sekunden lang hatte er nichts unter Kontrolle. Er ist sich nicht sicher, ob er in diesem kurzen Augenblick, in dem die Scheinwerfer die Fahrbahn nicht beleuchteten, mit einem anderen Wagen zusammengestoßen ist. Er hat nur links vorn an seinem Fahrzeug einen leichten Stoß gespürt, und als die Lichter wieder angegangen sind, hat er nichts gesehen. Er ist weitergefahren, hat sich von seinem Schrecken erholt und sich gefragt, was da wohl mit der Elektrik seines Fahrzeugs los war. Alain und Vanika sehen den ihnen entgegeneilenden Tod nicht. Die riesige metallene Stoßstange des blinden Lasters trifft sie an der Kreuzung mit voller Wucht und stürzt das kleine Auto mit atemberaubender Geschwindigkeit in die Tiefe der Schlucht. Einige Sekunden lang sind sie in der Schwebe zwischen Traum und Wirklichkeit, Hölle und Paradies. Ein erster Aufschlag auf die felsige Flanke des Abhangs lässt sie abprallen und sich mehrmals in ohrenbetäubendem Lärm überschlagen. Niemand ist bei diesem Unglück zugegen. Das Auto landet schließlich in einem Feuerwerk aus geborstenen Scheiben, zerrissenem Blech und Funken im Abgrund auf dem Dach, alle Viere in der Luft. Alain sagt nichts. Das Leben hat ihn bereits verlassen, als sein Genick beim dritten Überschlag gebrochen ist. Ein starker Benzingeruch zieht durch das Wageninnere, unter den wiederholten heftigen Aufschlägen sind die Flüssigkeitsleitungen im Fahrzeug geplatzt. Kopfunter hört Vanika wie in einem Traum die beim Sturz des Wagens mitgerissenen Steine auf die Karosserie prasseln. Ihr bleibt nur ein Hauch von Leben, sie kämpft aber darum, wieder zu sich zu kommen. Blind tastet sie mit einer Hand beim Versuch, die Wagentür zu öffnen, als ein schwerer Felsblock, der sich vom Abhang gelöst hat, auf die Karosserie stürzt und die beiden Körper endgültig in den Innenraum verdammt. Der brutale Zusammenstoß der Felsmasse mit dem Fahrzeug erzeugt neuerliche Funken. Eine kleine Flamme springt auf, schön in ihrem Kleid aus verbrannter Sonne, lechzend nach Sauerstoff. Emmanuela geht den Gang entlang, der zum Parkplatz des Krankenhauses führt.

»Madame! Madame!«

Sie hört ein Geräusch eiliger Schritte hinter ihrem Rücken. Sie geht weiter, wer sollte sie in diesem Moment benötigen?

»Madame, warten Sie!«

Emmanuela bleibt stehen und sieht eine Schwesternhelferin auf sich zukommen, eine kleine Frau in den Dreißigern mit rundem Gesicht, die eine blauweißkarierte Uniform, eine weiße Schürze und eine weiße Haube trägt. Sie hat enorme und formvollendete Waden. Sie ist außer Atem und heftig erregt.

»Rufen Sie mich?«

»Sind Sie Emmanuela?«

»Ja. Warum?«

Die Helferin sieht Emmanuelas zerzauste Haare, ihre schmutzigen Hände, ihre blutbefleckte Kleidung. Sie ist überfordert. Nach einem Blick rundum holt sie aus ihrer Tasche einen weißen verschlossenen Umschlag mit dem Briefkopf des Krankenhauses und reicht ihn Emmanuela. Sie spricht in abgehackten, angstvollen Worten, hat es eilig, ans Ende zu kommen, zu ihrer Arbeit zurückzukehren und zu vergessen.

»Die Dame ... die alte Dame, die man heute Nacht in die Notaufnahme gebracht hat. Sie ist tot ... Die Maschine ist abgestellt worden. Lebenszeichen ... gab es keine mehr ...«

Emmanuela schaut auf den Umschlag und erkennt die junge Frau, die sie in den kleinen Abstellraum zu Couz geführt hat. Hat sie gesehen, wie sie Couz die Spritze in den Arm eingeführt hat? Der anbrechende Morgen versammelt seine Grautöne.

»Ja ... ich weiß, dass sie tot ist.«

Die Helferin holt tief Atem, ihre Stimme ist gefestigter:

»Ich habe sie in den kleinen Raum gebracht ... Der Arzt hatte alles abgeschaltet. Ich sollte sie nur dorthin bringen nur ... für die Familie. Und dann ... als sie im Raum eintraf ... hat sie die Augen geöffnet und ... und ... hat mit mir gesprochen.«

Emmanuela betrachtet den Umschlag, der ihren Vornamen trägt. Sie erkennt die Handschrift von Couz. Sie steht am Eingang zum Parkplatz des Krankenhauses unter dem fahlen Licht einer Straßenlaterne, es ist schon nach vier Uhr am Morgen, eine junge Frau erzählt ihr gerade unter dem Vollmond, der die Verrückten zum Heulen bringt, ein Wunder. Sie sagt einfach:

»Sprechen Sie weiter ...«

»Gut ... ich bin beinahe selbst gestorben. Sie hat mich um einen Stift und Papier gebeten. Ihr Blick war klar ... doch war sie nicht von derselben Welt wie ich ... sie kontrollierte mein Denken ... meinen Willen. ›Machen Sie schnell!‹, hat sie mir gesagt. Ich habe ihr meinen Stift und ein Blatt zum Erheben von Lebenszeichen gegeben ... ich hatte keine anderen ... bedaure ... aber ich hatte kein anderes, Madame... Ich habe ihr sogar mein Klemmbrett gegeben. Sie hat etwas auf die Rückseite des Blatts geschrieben. Ein paar Zeilen. Für Sie. ›Emmanuela übergeben‹, hat sie mich gebeten. ›Und sagen Sie niemandem etwas von dem, was gerade geschehen ist.‹ Anschließend hat sie den Kopf auf das Kissen gelegt und ist wieder gestorben. Das ist alles. Also, ich habe die Botschaft überbracht. Auf Wiedersehen, Madame!«

Ohne den Umschlag in ihren Händen hätte Emmanuela geglaubt, diese Szene geträumt zu haben. Sie hört die eiligen Schritte der jungen Frau, die an ihren Arbeitsplatz zurückkehrt. Sie beeilt sich zu ihrem Auto zu gelangen. Als sie den Anlasser startet, vibriert ihr Handy. Patricia. Sie sieht, dass ihre Freundin sie während der Nacht mehr als zehnmal angerufen hat. Sie nimmt den Anruf an.

»Pat?«

»Emmanuela! Endlich! Wo bist du?«

»Ich verlasse Canapé-Vert. Couz ist von uns gegangen ...«

»Ach?! ... Es tut mir leid ... Die Botschaft?«

»Ich habe sie ... Ich werde in den Tempel zurückkehren.«

»Gut ... Fühlst du dich bereit?«

»Ja … ich bin bereit.«

»*Ginen yo avè w …*«*

Die Verbindung ist unterbrochen. Emmanuela holt tief Luft und verlässt den Parkplatz des Krankenhauses. Sie nimmt rechts die Einbahnstraße, umrundet einige Meter weiter unten den kleinen Platz von Canapé Vert, um nach Juvénat und Pétionville hinaufzufahren. Auf der Straße sind kaum Wagen. Die Umrisse der Bäume beginnen sich vom Dunkel abzuheben.

* Die *ginen* sind mit dir.

49

Emmanuela geht zu Couz, um sich zu waschen, ihren Körper zu läutern, sich weiß zu kleiden und mit bloßen Füßen ins Allerheiligste hinunterzusteigen. Sie findet dort alles Nötige, und dort wird aus ihrem Mund auch die Botschaft Michaels verlauten. Célia und John wollen im Gebet und in Hörweite bleiben. Als sie bei Couz eintrifft, machen sich der Duft und das Blut bemerkbar. Der Duft durchdringt sie ab der Schwelle des Hauses. Zuerst atmet ihre Haut ihn ein. Daran ist sie gewöhnt. Das Blut sickert aus ihrem Intimbereich, einige warme Tropfen, um zu bestätigen, dass etwas Unsagbares zugegen ist. Keinerlei Zweifel mehr. Der Erzengel hat sie nicht verlassen. Couz ist von ihrer Reise mit der Losung zurückgekehrt, die die Finsternis verbrennt, mit dem Feuerwort, das den Frevel der Ahnen sühnt, und hat es ihr wie versprochen übermittelt. Das erlösende Wort, das in einem Moment seinen Weg durch ihren Körper nehmen wird. Die Morgendämmerung zieht Jalousie behutsam aus den Abgründen, als Emmanuela in den Tempel tritt. Was im Allerheiligsten geschieht, soll im Allerheiligsten bleiben.

KETTLY MARS bei litradukt

Die zwielichtige Stunde

Vier Stunden im Leben von François Eric L'Hermitte, genannt Rico, Gigolo in Port-au-Prince. Einen Nachmittag lang hängt er seinen Gedanken und Erinnerungen nach, während er sich von einer durchfeierten Nacht erholt. Hinter seinem vordergründigen Zynismus werden immer wieder die Zwänge einer Gesellschaft sichtbar, »die einem Mann alles verzeiht (...), nur nicht seine Armut«. Ricos Gedanken kehren immer wieder in die vorangegangene Nacht zurück, in der eine unerwartete Begegnung seine Gewissheiten ins Wanken gebracht hat ...

148 S., Softcover, 12,00€

ISBN: 978-3-940435-26-2

»Über Klassenverhältnisse und Sextourismus in Lateinamerika lässt sich unterschiedlich schreiben. Kettly Mars aus Haiti tut dies unsentimental, freimütig und ohne Vorurteile.«

Margrit Klingler-Clavijo, *WOZ*, Zürich

KETTLY MARS bei litradukt

Wilde Zeiten

Haiti zu Beginn der Sechzigerjahre. Um ihrem inhaftierten Mann zu helfen, lässt die schöne Mulattin Nirvah sich auf eine Affäre mit dem Staatssekretär Raoul Vincent ein. Nach und nach ergreift der Emporkömmling Besitz von ihr und ihren Kindern und wird zur Metapher für die Herrschaft der Duvalier-Diktatur über ein gelähmtes Land. Eine intimistische Schilderung von Situationen, in denen Gewissheiten und die Begriffe von Gut und Böse zerfallen, und zugleich ein spannender Politthriller.

214 S., Softcover, 13,80 €
ISBN: 978-3-940435-10-1

»Wilde Zeiten *von Kettly Mars ist nicht nur literarisch ein großer Wurf – das Buch ist ein Meilenstein auf Haitis holprigem Weg zur Aufarbeitung seiner Vergangenheit.«*

Hans Christoph Buch, *Die Zeit*

KETTLY MARS bei litradukt

Ich bin am Leben

Port-au-Prince: Das Anwesen der Familie Bernier ist vom Erdbeben verschont geblieben, aber die Katastrophe vom 12. Januar 2010 erschüttert ihr Leben dennoch. Alexandre, der älteste Sohn, leidet an Schizophrenie. Die Anstalt, in der er vierzig Jahre gelebt hat, muss wegen der Choleraepidemie schließen, seine Familie hat 48 Stunden Zeit, ihn nach Hause zu holen. Die Rückkehr des zum Fremden gewordenen Familienmitglieds verändert das Leben aller Hausbewohner. In den verwobenen Erzählungen der Personen treten verschüttete Erinnerungen wieder zu Tage, Konflikte brechen auf, Gewohnheiten und scheinbare Gewissheiten geraten ins Wanken.

128 S., Bindung, 12,90€

ISBN: 978-3-940435-17-0

»Ein beeindruckendes Stück Literatur aus einem Land, das […] eine äußerst lebende literarische Szene unterhält.«

Cornelius Wüllenkemper, *Süddeutsche Zeitung*

KETTLY MARS bei litradukt

Vor dem Verdursten

Haiti Anfang 2011. Fito könnte als Erfolgsautor und Architekt ein ruhiges Leben führen, wäre da nicht eine dunkle Seite seiner Persönlichkeit, die er in Canaan, einem Lager für Erdbebenopfer, auslebt. In dem »Gelobten Land« in der Nähe der Hauptstadt leben in Notunterkünften über 80 000 Menschen. Fito kämpft vergeblich gegen seine Neigung zu den Mädchen an, die sich dort aus Not dem Meistbietenden hingeben. Der Besuch von Tatsumi, einer japanischen Journalistin, die eine Reportage über Haiti verfassen soll, bringt ihn zusätzlich in Bedrängnis: Fito muss sein Geheimnis vor ihr verbergen, fühlt sich aber auch zu ihr hingezogen ...

124S., Softcover, 12,90€
ISBN: 978-3-940435-13-2

»Kettly Mars' ungewöhnliches Talent vermag die Trostlosigkeit der Verhältnisse drastisch zu beschreiben und sie zugleich immer wieder in poetischen Metaphern zu verdichten. Diese Geschichte ist ein adäquates Spiegelbild von Haiti: eines Landes, geschlagen von vielen Katastrophen, aus denen immer wieder Poesie entsteht.«

Peter B. Schumann, SWR2